傾世皇妃

傾世皇妃 上

一寸情思千萬縷

慕容湮兒——著

好讀出版

目錄

編織公主夢——繁體版序

慕容湮兒

台灣的讀者大家好，《傾世皇妃》是我在台灣出的第一部繁體書，希望大家能夠喜歡。

記得寫這部小說的時候剛剛高考完，終於能夠放鬆心情寫下這人生意義中第一部完整的長篇小說。寫這部小說，只是構思了一個框架，並沒有列下大綱就動筆了，在沒有大綱的約束下，我可以毫無顧慮的天馬行空，將心中的故事寫出來與大家分享。

儘管現在回首再看這部青澀時期寫的處女作，是有一些缺陷和遺憾的，但是卻阻止不了我對這篇小說的喜歡，《傾世皇妃》給我的感覺就像是「初戀」，永遠是那麼美好，令人怦然心動。每次有記者問道為什麼小小年紀就能寫出這樣一部長篇小說，並獲得這麼大的成功時，我只有一個答案，當初我寫這部小說僅僅是因為每個少女都有一個公主夢，想編織一個屬於自己的童話故事，並沒有想到，會獲得出版，並改編成電視劇。

讀者常問，你最喜歡筆下的哪一個男主角，我毫不猶豫的說，我喜歡祈佑。他孤獨，隱忍，複雜，卻也深情，他愛美人更愛江山，為了那個江山一次又一次的傷害了馥雅，可是我卻能深深的理解這樣一個現實的男人，有那麼多的無可奈何。而那個完美的連城，在小說故事中溫潤儒雅，為了美人可以放棄江山，和祈佑成為強烈的對比，可我卻更喜歡那個現實的祈佑。但是在現實生活中，我只希望能夠遇見一個像連城一樣的男子，默然相愛，寂靜歡喜。

我希望，那些和我一樣曾經年少時期都有一個公主夢的讀者，能夠看到這篇故事，並能產生內心中的共鳴，喜歡上劇中的每一個人物。

第一卷　夜闌翩舞雪海心

望著一株株已經凋零的梅樹，心中五味參雜，眼裡酸澀難忍。我明白自己來長生殿的真正目的，並不是為了破解考題而來，更深的原因……是緬懷回憶。

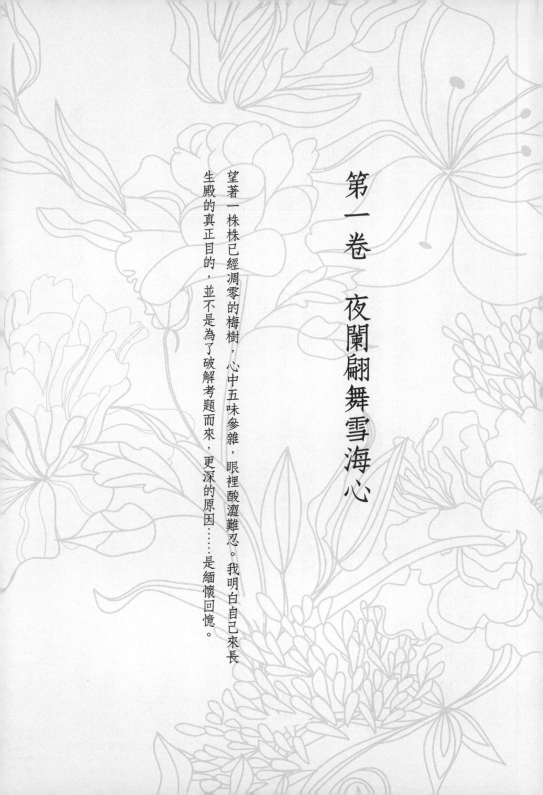

第一章　夜闌驚弦心

亓國金陵城。（亓，讀音「其」）

春雨方歇，略帶輕寒。

帝苑巍峨，神武樓高，禁苑宮牆圍玉欄，寶顏堂殿一線牽。赤紅肅穆的宮門有手持金刀的禁衛軍於兩側把守，金碧輝煌的宮牆後每半個時辰都會有好幾批禁衛軍來回巡邏。宮內亭台樓閣，森嚴壁壘，青磚鋪路，花石爲階，白玉雕欄，這就是我所見到的亓國東宮，比我想像中的更加金碧輝煌，莊嚴肅穆。

黃昏時分，夕陽西下，赤紅的晚霞映紅了天際，紅霞覆蓋了整個皇宮，爲這原本淒涼冷寂的宮殿染上了一層暖色。經過半個月的顛沛流離、舟車勞頓，今天晌午我由蘇州城抵達這民間所謂的「人間天堂」——大亓朝皇宮。

三個月前，世宗皇帝納蘭憲雲向各縣郡頒佈《選皇太子諸王妃敕》，命百官各自舉薦十歲以上嫡女、妹、姪女、孫女以爲太子諸王選妃。與我同來的還有數百名官宦千金。形形色色的少女紛紛被太監總管李壽公公領進東宮的釆薇宮住下。我與數百名女子中的七位被分往「蘭林苑」，分居東西八個廂房，正好對門而住。

在這兒我們將進行十日的宮廷禮儀學習，最後再一同覲見太子殿下，他將在我們之中選出一位太子妃與兩位側妃。沒被選上的將被送往暢心殿，由三位已封王的王爺們挑選，再沒被選上的則會被收編爲宮女，這就是亓國的規矩。
這也正是許多女子的父親爲何一直不願意將女兒送入宮選妃的原因。
最終，我還是選擇了進宮選妃這條路，執意放棄了我所嚮往的自由毅然前來。但今日踏進這富麗堂皇的宮殿，卻沒有想像中那麼開心。
再瞧瞧與我同住的七位少女，眼中閃爍著期待的亮光。我知道她們心中都有夢，夢想著自己被選爲太子妃，有朝一日鳳袍加身貴爲皇后，母儀天下，統攝六宮。相較於她們對這分尊貴的期許，我反而顯得冷淡了許多。
當今太子殿下的母親是權傾朝野的杜皇后，也是她向皇上提議選妃的。朝中大臣都心知肚明，此次選妃只是個可笑的幌子，杜皇后不過是爲選一名家世顯赫的女子，進而鞏固自己的權力與太子的地位，最重要的還是爲與韓昭儀一爭高下。
說起這位九嬪之首的韓昭儀，那眞是了不得，十年前一被選入宮就被封爲九嬪之首，而今眾妃嬪皆因色衰而愛弛，韓昭儀卻依舊受盛寵而不衰。
或許……皇上對她有愛吧！
只可惜她患有不孕之症，至今仍無所出，可皇上對她的寵愛非但絲毫不減，反而與日俱增。她在宮內的勢力也日漸增大，分割了杜皇后的權勢，這才有了民間廣爲流傳的「杜韓之爭」。
杜皇后，權傾朝野。
韓昭儀，貴寵六宮。
皇上納蘭憲雲共有十四位皇子，已經成年的皇子有八位，但被封王的僅有三位王爺。

嫡長子納蘭祈皓於剛出生就被封為皇太子。
三皇子納蘭祈星被封為晉南王。
五皇子納蘭祈殞被封為楚清王。
七皇子納蘭祈佑被封為漢成王。
這次的選妃讓原本都該居住在自己府邸的他們又重新回到宮中居住，只為到時選妃方便行事。聽說五皇子與七皇子於今日就被宣入皇宮留宿，唯獨三皇子依舊在邊關與卞國軍隊交鋒，恐於十日之內無法趕回，婚事怕也只能讓其母明貴人為其著手操辦了。
也不知自己在窗口沉思了多久，只覺夜幕低垂，被分配來伺候我的宮女雲珠在案上點亮燭火，微暗的亮光塡滿了整間屋子。我回首望著這個嬌小的身影在屋裡來來回回地忙著，削肩細腰，腮凝新荔，榴齒含香，纖腰楚楚，一雙水靈的雙目看似乾淨純潔卻又藏著一閃而過的憂傷，她的年齡應該在我之下，為何會有這樣的眼神？
一想到此我便自嘲地一笑，宮裡的奴才，有哪一個不是經歷痛徹心扉的往事才淪落到此，不然有哪個人願意進這皇宮為奴為婢呢？
「姑娘，該是晚膳時辰了，李壽公公吩咐下來，今夜姑娘們須同桌進食，相互熟悉以增情誼。」她恭敬謙卑地在我身側，用低潤的嗓音細語。
我微微頷首應允，舉步往妝台前坐下，任雲珠用纖細的巧手為我挽髻梳妝。玲瓏金鳳，環佩瓔珞，名貴首飾皆一樣樣地加諸我身上。望著鏡中緻雅高貴、嬌媚柔膩的自己，我再次愣神。
共進晚膳以增情誼？多麼可笑的一句話。我們這些人進宮是為選妃而來，在某種意義上可說是情敵，要我們如何放下心與彼此相處增加情誼？而我又將以何種姿態在這弱肉強食的皇宮中生存下去？

「姑娘眞美！」這是雲珠在爲我梳妝時唯一所說的話，不論在什麼地方，都有人稱讚著我的美貌，我已經分不清楚他們是爲謀得私利來假意奉承我，還是我眞如他們所言。久而久之我已經不願再費神去猜想其眞假，現如今我對雲珠的話又起了疑，她這句話彷彿另有深意，本想細問，終是未開口。她只是一個伺候我的宮女而已，我不想與她有過多的糾纏。

不出半個時辰，雲珠已爲我挽好柳髻，細心傅粉施朱，還挑選了一件用名貴的紫綾金絲綢裁剪而成的衣裙爲我披上。我多次對著銅鏡上下打量自己，深覺不妥，遂將耳上金寶翡翠耳墜卸下，又將髮梢上的玲瓏珠翠取走，最後脫下那身耀眼的赤紫百褶鳳裙。

雲珠則用奇怪且複雜的目光望著我的一舉一動問：「姑娘這是何故？」然後彎下身子，小心翼翼地拾起被我遺落在地的衣裳後，將妝台上散落的那些零零碎碎的首飾珠釵收進妝盒內。

「太引人注目。」我走至衣櫃，取出一件普通的淡緋色小褶素裙穿上，一件首飾也未佩戴，只是拿起一枚小巧的百蝶穿花珍珠簪斜別於髻側，再次打量鏡中的自己後才安心地離開妝台。

我只是個蘇州鹽運使的女兒，在這些重臣家千金面前應該自持身分不要逾越爲宜。

轉身那一刻正對上雲珠讚賞的目光，原來這個雲珠也非池中之物。微微朝她一笑，她先是愣愣，隨後也回我一笑。我才發現她笑起來眞的很美，美得動人心弦。

冰池澄碧空明，香徑落紅飛散，竹欄微涼，輕風襲惠畹。

在雲珠陪同下，我到了蘭林苑的偏園內堂，本以爲自己會早到，卻發現我是最晚到的。一張偌大的紫檀朱木圓桌旁靜靜地坐著七位盛裝打扮的秀美女子，未佩戴金玉瓏簪的我在她們面前顯得格外寒磣。

我的遲到引得她們將目光紛紛匯聚在我身上，僅一瞬間的觀望後她們就收回了審視之色。我明白自己已經成功地在她們面前扮演好了我的角色，我輕輕拂過額前低垂那縷縷流蘇，悠然地在最後的空位上就座。

偌大的內堂卻在此刻格外安靜，所有人都沉默地呆坐於桌前，誰也沒動碗筷，氣氛冷凝得令人尷尬。

也不知道是誰打破了這冷到令人窒息的氣氛，首先介紹自己的身世，隨後又說了一些客套話。這才令我們漸漸放鬆了緊繃的神經，緊接著她們也紛紛淡笑著介紹起自己來。

「我叫程依琳，金陵人氏，二七年華，父親正就任兵部尚書……」

「我叫薛若，揚州人氏，二六年華，爹爹是揚州知府……」

「蘇姚，漠北大將軍蘇景宏是我父親！」此話一出，吸引了所有人的目光，我也用眼角餘光細細打量起這位坐於我左側的女子來。

「國色天香」一詞用在她身上一點也不爲過，容貌端麗，瑞彩翩徙，顧盼神飛，宛然如生，她的美猶如空谷幽林中一抹暖陽，讓人看著都是一種享受。

原來她就是朝廷中手握重兵的蘇景宏大將軍之女。這位將軍應該是現今朝廷中唯一身家乾淨的重臣了，他不像其他官員那般，或隨著皇后攀附權勢，或依附韓昭儀博皇上寵愛，而是在朝廷中保持中立，從不偏袒任何一方，面對東西二宮向其施加的壓力，毅然堅持立場，這是極難能可貴的。

我還未將目光從蘇姚身上收回，卻聽聞我正對面的女子開口了，「我姓杜……」短短三個字硬是將所有人的目光從蘇姚身上轉移到她。

「我叫杜莞，我爹是丞相杜文林，母儀天下的皇后是我的姑姑。」雖粉白黛黑，卻弗能爲美。但說話時的神態有著常人無法比擬的高傲自負，舉手投足間皆充滿名門貴族的高雅氣質。

她憑藉這句話博得了所有人羨慕的目光，可是我除外。她的出身何等高貴那又如何，能不能坐上太子妃的位置全憑杜皇后一句話；雖說她是皇后娘娘親哥哥的女兒，但是依我之見，太子妃的位置未必是她囊中之物。

「姑娘，你呢？」右側的薛若詢問起始終未開口的我。

「潘玉，年十五，蘇州人氏，父親潘仁就任兩江鹽運使。」不如她們有著顯赫的身世，所以我的話並沒有引得誰的格外關注。

一次所謂的聚膳就在看似和諧安寧之下宣告結束，我們便各自回自己的住處就寢。還記得臨走時一名聲稱是李公公派來傳話的小太監叫住了我們，說是明日卯時務必早起於內堂集合，宮裡要遣一位資歷頗深的姑姑前來訓導我們宮廷禮儀。

此刻已近子時，我躺在這陌生的床榻上依然無法入睡。在多次翻覆下我終於還是選擇揭開輕紗簾帳，隨手拿起一件鵝黃披風罩在單薄的身子上徒步出屋。雖然開門時動作很輕，可這厚重的大門在寂靜的夜幕小苑中還是發出了「咯吱」的一聲。

初春的寒意直逼全身，我不適應地打了個冷顫，伸手合了合披風將自己單薄的身子緊緊裹住。

遙望夜色中冉冉升起的新月，皚皚月彩穿花樹，水榭樓台參差成影。

多年來我早已習慣於深夜獨坐台前孤望月，時常想起蘇軾那句「但願人長久，千里共嬋娟」，自嘲一笑，詞句甚美，可如今又有誰能與我同在這千里之外共賞這溶溶殘月。

長歎一聲，微微提起腳邊微長的裙襬，側身坐於門外長廊前，地面冰涼的寒意由下半身升起。我沒想到皇宮內春日的初寒竟冷到此種地步，才坐片刻我已然全身僵硬，正在考慮要不要回屋窩進那暖暖的被褥裡時，一道黑影在長廊上拉了好長，我倏然驚起，將視線朝黑影來源處望去。

還未看清來人，一把鋒利的長劍已硬生生地架在我脖子上，一名身著夜行衣蒙著半張臉的男人正冷冷地望著我，在他眼中我看見昭然若揭的殺意。難道是來殺我的？

不可能，我在宮中隱藏得如此之好，怎會輕易結下仇家。那就只有一個可能，他是刺客，只是很不幸運地被我撞到了！轉念一想，能如此輕易地深入東宮，定然是熟悉宮內地形的人，此人背後必有一個大人物。

「太子殿下，那名刺客好像從這兒……」恍惚間我聽見了有人喚著太子殿下，他竟然能引得太子親自領兵搜捕，定是不凡之人。

訝異之餘再次打量起這一身夜行衣的男子，冷漠的眸子無一絲溫度，右臂還受了嚴重箭傷。此時，一個很危險的想法猛然闖進我的腦海——我要救這名刺客。

「躲進屋吧！」我很嚴肅地對他說，可他的眸子裡卻閃爍著猶疑，顯然並不信任我。

「若要害你，何必多此一舉？」眼看著點點火光逼近這裡，而他還在猶豫不決，我也顧不了此刻那鋒利的劍隨時可能割斷我的咽喉，伸手拉過他的右臂就往房裡跑。他並沒有拒絕，只是聽到一聲悶哼從他用黑巾蒙著的口中傳出來，我才驚覺自己拽著他被箭射傷的手，羞赧地鬆開他的手，再將屋門緊閉。

我倆半蹲著背靠門，屛住呼吸，靜靜地聽外面的動靜，很多腳步聲朝蘭林苑湧來，點點火光隔著雪白的糊紙映進，照亮了我們的側臉。如果僥倖被我們逃過也就罷了，若太子硬是要進屋搜索一番才甘休，那爲這名刺客陪葬的將是我。

突然痛恨自己一時衝動下的決定，救他是對還是錯？

事到如今，我一定要救他脫身，這樣才能保住自己，更能長久地在這個噬血的王宮中生存下去。

用力撫平自己內心的焦躁不安，心情也漸漸平復，我深呼吸一口氣對他說：「你躲到床下去，其他的事我來應付。」說完這句話後，我看到他眼中一閃而過的疑惑與複雜，他一定不清楚我爲什麼要救他。

只見他一連在地上翻滾了幾圈滾到床邊，再翻身縮進床下。這一連串動作僅在一瞬間完成，動作利索得根本不像個受傷的人，一看就知是個高手。

「裡面的姑娘都給我出來。」很多人用力地敲門吶喊，聞聲漸逼近了，我立刻將身上的披風卸去，再將額前的髮絲扯下幾束以顯得凌亂，看上去就像剛從睡夢中蘇醒的惺忪態。

拉開門走了出去，一眼望去，院子裡站著好幾排身披銀色盔甲手持刀戟的侍衛，兩側有二十餘位侍衛高舉火把將四周照亮，數百人之眾，使原本寬闊的院子瞬間顯得格外窄小。

東西兩排廂房的姑娘也陸陸續續從房內走出，臉上皆是剛睡醒的倦容，嘴裡還喃喃抱怨著。

此時一位方面大耳高鎖骨，鼻直口闊臉色紅的粗野男子從眾侍衛中站了出來，厲聲厲語地朝我們吼道：「你們都站好了，可有見一名蒙面黑衣刺客闖入？」

杜莞剛從房中出來，一聽這話頓時火氣就上來了，用尖銳的聲音將他的話語全數蓋了下去：「狗東西，你有什麼資格對本小姐這般吼叫?!」

他被杜莞的氣勢駭住，頓在原地傻傻地望著她。

「那名刺客已被侍衛射傷，我們追到蘭林苑前他就沒了蹤影。打擾到姑娘還望見諒。」說話的是一名始終站在眾侍衛面前沒有說話的男子，他雙手置於身後，用淡漠的眼神掃過我們。

杜莞望著他出神，沉吟片刻才怔然出聲：「你是……」

剛被杜莞駭得有些傻眼的粗魯男子立刻收回失態，清清嗓子響亮地說：「這位就是當朝的皇太子殿下。」語方罷，冷冷幾聲抽氣聲響起，東西兩排的姑娘睡意全無，全部拜倒在冰涼地上，還偷偷地收拾儀容，生怕自己的醜態會被太子殿下記住。

「起罷！」他輕輕揚手，依舊溫潤的嗓音再次響起，我偷偷地打量著他，稜角分明，朗目疏眉，神骨秀氣飄蕭，龍章鳳姿，眸子剛中帶柔深不見底。這位就是自打一出生就受盡萬千寵愛，被所有人捧在手心含在嘴裡當至寶寵著的太子殿下嗎？

我們得到應允起身，還沒站穩腳跟，恍惚間見一個嬌小的身影一閃而過，已飄到太子懷中，如八爪章魚般死抱著他不放。「祈皓哥哥，莞兒好想你。」她激動得失了女子應有的矜持，可我看太子的表情，似乎對她完全陌生。

「我是杜莞，記得小時候你還同姑姑到過我們府上呢……難道你不記得了？」她好像也察覺到太子對她的陌生，立刻說著什麼想勾起他的回憶。

這原本是搜捕刺客，卻演變成了兄妹相認的戲碼，周圍的姑娘皆用羨慕且夾雜著妒忌的目光緊盯著「相擁」的二人，事情似乎開始變得紊亂。

太子尷尬地將她從懷中推開，漠然的神色中略帶反感之色：「是你！」

「你記起來了？祈皓哥哥，我又見到你了，好開心啊……」她絲毫沒會意太子的敷衍之色，愈說愈來勁，雙手不自覺地又勾上了他的胳膊。原本只是爲了引起太子注意，卻不想這般糾纏只會引來他的厭惡。

他再次不留痕跡地抽回胳膊，越過她走向我們：「你們可有見到那名刺客？」

所有人都輕輕搖頭，這個庭院頃刻間陷入一片安靜。

他先是停在最右邊的程依琳面前，打量了一會兒越過她走向蘇姚，又是一陣打量，最後終是走到我面前停住。我如其他姑娘那般垂下雙眸，不直視他的雙眼，作嬌羞狀。太子終於還是越過了我走向下一位姑娘，我才在心中暗暗地鬆了口氣。

「太子殿下，何必如此麻煩詢問，直接進她們的閨房一搜即可。」剛才那侍衛的氣焰又再次上來。此語一出立刻引得周圍數位姑娘神色一變，可始終沒人開口答腔，太子殿下在此，她們怎敢在他面前放肆。

只有蘇姚蹙眉冷聲開口：「你也知道這是閨房，閨房是爾等說搜就能搜的？」

「你阻止我們進去搜，莫不是刺客此時就藏在你的房內？」他立馬衝到蘇姚面前質問，最後還欲擅自闖入她的閨房。

蘇姚沒來得及出聲制止，我已經橫手在他胸前擋住了他的步伐：「太子殿下都未發話，你憑什麼在這造次？」我的聲音雖一如往常，話語中卻夾雜著濃烈的警告意味。

「陳鵬，你退下。」太子殿下停住腳步，轉身朝我與蘇姚走來，我直視太子那深不可測的瞳目，絲毫不畏懼地將我，也將所有姑娘心中所想吐露出來。

「太子殿下貴爲將來一統天下的儲君，而我們進宮則是欲博得太子殿下青睞，怎會冒窩藏刺客之罪名而自毀前程。太子殿下難道連這點自信都沒有？」我的話還沒說完，太子殿下已經在我面前停住，一語不發，高深莫測地盯著我，看得我心裡有些發毛。

「太子殿下此次驚動這麼多官兵搜捕刺客，想必那刺客定是不凡之人，與其把時間浪費在我們身上，還不如儘快搜捕刺客來得實在。」蘇姚突然說話，引得太子將落我身上的目光收回，細細打量起蘇姚。

太子突然笑了起來：「你們是哪家的千金？」

「蘇州兩江鹽運使潘仁之女，潘玉。」

「漠北大將軍蘇景宏之女，蘇姚。」

雖訝異他爲何詢問起我們的身分，卻也如實照答，最後太子殿下帶著大批人馬紛紛離去，依稀記得太子臨走前說，「諒你們也沒膽子窩藏刺客。」其氣勢猶如一個眞正的王者。這就是太子與生俱來的狂妄自信吧，但是他太過於自信。若能放下他的不可一世，命人進屋搜尋，我與那刺客皆已被送入天牢，等候問罪，可他並沒有。

當我回到房中時，那名刺客已經從床下爬了出來。我點燃案上的燭火，借著淡淡燭火的微亮，發現他右臂的衣袖已經被鮮血浸透。他晃晃悠悠地走到我面前，初見時眼裡那分殺氣已經褪去，剩下的只是渙散狼狽。

「你是什麼人？

「救我有何目的？

「別妄想我會報答你的恩情，若有朝一日你落入我手裡，我絕不會手下留情。」

一連三句話劈頭迎來，我有些招架不住，也確實很佩服這男人的想像力，傷成這樣了還如此逞強。

「廢話眞多。」我爲自己倒上一杯香氣四溢的碧螺春，不耐煩地回了一句，「我可不保證太子不會去而復返。」

他再次盯了我一眼，破窗離去。輕放下手中的杯子，我走到窗邊望了望外面漆黑的一片，晚風拂頰，冰寒刺骨，微歎口氣輕喃：「你我再見之時，便是你還我恩情之期。」

第二章　情牽香雪海

經過昨夜一場心驚，很遲我才睡下，直到雲珠急急地衝進房內，將還在睡夢中的我拽了起來。我一臉惺忪疲倦地望著神色焦急慌張的她不明所以。

「姑娘，您忘了昨兒個夜裡公公傳話說卯時會來一位姑姑，現在都接近卯時了，您還不趕緊準備著。」雲珠此話一出，我才想起這事，立刻起身快速梳洗，雲珠則細心地爲我整理床鋪。

雲珠細聲細語地說：「聽說昨夜蘭林苑闖進刺客了。」

我手中的動作頓了頓，然後回了句：「是啊，昨夜一大批人馬就這樣闖了進來，可把我嚇壞了，一夜都沒睡好。」

只聽身後傳來雲珠的一陣低笑：「奴才可聽說姑娘昨夜質問陳鵬副將，太子殿下對您欣賞有加，何來嚇壞一說。」

我聽她話中有話卻也不挑明直言，只是靜靜地穿好素衣問：「陳鵬是在太子殿下手下做事的？」

她即刻點頭：「他是太子殿下面前的大紅人，昨晚您那樣頂撞了他，怕是將來……」雲珠沒有再說下去，我也沒有再問。

陳鵬只是站在太子面前拿著雞毛當令箭，不過是個山野莽夫，並不需要太多在意，最主要的還是太子，從氣魄威嚴來看確實有能耐擔當太子之位。

在雲珠的陪同下來到蘭林苑正堂，我發現最晚到的又是我，其他姑娘都端正規矩地排成整齊的一橫排。見我到來，她們皆充滿敵意地冷盯著我，我很明白她們之所以這樣，只因昨夜我在太子殿下面前出盡了風頭，其實我也覺得昨夜的鋒芒畢露有些不妥，但是爲了保住自己與那位刺客，也顧不得那些了。掠過眾姑娘的眼神，好巧不巧地正對上蘇姚那靈動柔美的眼眸，她朝我微笑頷首。我也回以一笑對她點點頭，算是打招呼。

「潘姑娘，站這兒來吧。」我正在考慮該站在什麼地方之時，蘇姚淡漠中略帶關懷的聲音在我耳側響起，我知道她在替我解開這尷尬的場面。

我莞爾一笑，徐徐走過去站在蘇姚身邊。誰都沒再說話，沉默著等待姑姑的到來。片刻的沉寂終於因姑姑的到來而稍緩。

她的年紀在四十左右，兩鬢卻已微白，眼角有著明顯的皺紋，白皙的皮膚上透露著滄桑肅寂，銳利精細的眼神彷彿能看透一切。她不疾不徐地走到我們面前，用低而冷淡的聲音對我們說：「從現在開始我就是教你們學習宮廷禮儀的謹姑姑。不管你們是哪家的千金，家族勢力有多大，這十日你們都必須聽從我的吩咐。我會嚴格訓練你們在宮廷內的規矩，把最端莊賢淑的你們送到皇后娘娘面前。」

我們一直乖乖聽著她在我們面前滔滔不絕地警告，約莫半個時辰之後，她終於停了下來深呼吸一口氣：「現在開始教你們第一個規矩——認主子。」

「後宮內至高無上的主子是皇后娘娘，授予金印紫綬，正位宮闈，同體天王。在她面前尤其要注意你們的言行舉止，不得出一分差錯。

「接著是正一品的三夫人，坐論婦禮，位次皇后，爵無所視。但是這三個位置虛設了二十年之久。

「然後是九嬪，掌教四德。其分別爲昭儀、昭容、昭媛，位視丞相，爵比諸侯王；貴人、貴嬪、貴姬，位視御史大夫，爵比縣公；美人、才人、良人，比縣侯。

「其次爲婕妤、容華、寶林、御女、采女、充儀、充容，共計一百零八位。」

我聽得一愣一愣的，早就知道皇帝的後宮佳麗不計其數，眞正聽謹姑姑講起還眞是不能接受。再看與我同在的眾女子，她們皆是爲太子妃之位而來。可她們只看見這頭銜的榮耀卻看不見將來的禍事。太子若是被廢，她們將來又該如何自處？她們做好與之生死相隨的準備了嗎？反之，若太子有幸登上皇位，那他就會是眾多女子的丈夫，身爲正妻又該如何面對這後宮無情的爭寵？

「謹姑姑，我想知道爲何三夫人之位虛設了二十年？」提出疑問的是薛若。

謹姑姑似乎早料到會有人提出此問，輕歎一聲，目光似乎在看我們，卻又像在看更遠、更虛無的地方：「因爲袁夫人。」

在正堂呆站了三個時辰，終於能回廂房休息，許多姑娘都一臉倦態，抱怨連連地發著大小姐脾氣。我卻未回房，只是一個人悠閒地逛著采薇宮。

風日薄，煦陽映圃，小闌芍藥含苞結蕊。

舊巢雙棲並頸，飄然又掠花翠。

不知爲何，一切春意凜然的美景皆入不了我的眼，只是心情極爲煩躁，內心更是五味參雜。

也許是因爲聽謹姑姑說起袁夫人，是因爲皇上對袁夫人那經久不息的愛戀與疼惜？

這位袁夫人與杜皇后一樣，在皇上還是位不起眼的皇子時嫁與他爲妾，她們倆都是一代巾幗女子，才是愛情。

聯手爲他除去太子，終助之登上帝位。皇上對她與對皇后的感情不一樣，之於皇后是敬重，之於袁夫人

「後宮佳麗三千人，三千寵愛在一身」用在袁夫人身上一點也不爲過，她奪去了皇上全部的愛戀。高台五宮的妃嬪們凝目鳳凰樓，期待著皇上回宮能來自己的暖閣同坐，可是皇上只到「長生殿」，只寵幸袁夫人。然袁夫人卻福薄，進宮兩年就因難產薨逝，皇上如五雷轟頂，登時慟哭失聲，連續一個月不上早朝，身離宮院，獨居御幄，朝夕悲痛。

此後更是廢去後宮三夫人之位，這二十年間也未再立任何一位夫人，可見袁夫人在皇上心中的地位至今仍無人可比。也許，這才是眞正的愛情，就算皇上身邊的女人無數，他的心卻僅繫一人之上。在我看來，袁夫人是何其幸運，能擁有這位掌控天下的皇帝那顆完整的心。

當我緩過思緒，才發現自己早已步出采薇宮，青蔥的樹木，翠綠的蔓藤，遮蓋，纏繞，搖動，低垂，參差不齊，隨風飄動。

陌生的環境，滿目荊榛，寂寥無人，只有一湖碧綠春水在陽光的照射下熠熠生輝。我單手拂過隨風漫舞的柳條，想著昨夜的刺客，他到底是誰呢，竟敢隻身夜探東宮，目的何在？

「昨夜，那個刺客是你救的？」

這刻的寧靜突然被人打擾，心裡很不舒服，側目瞧著離我只有幾步之遙的男子。紫綢細白袍，青玉扳指，氣質凜然，英姿颯爽，皇家風範。

「是。」我很老實地點了點頭，聲音壓低。

「昨夜若是太子硬要進屋搜捕，現在的你已經被關在天牢內等候處決，你爲何如此不冷靜？」雖是

擔憂之語，但從他的臉上卻絲毫找不到擔憂之色，依舊不變溫潤的淡笑，每每看見還是會令人迷惑，只因他眼中看不見一絲笑意。

我不語，靜靜地回首望著湖面，隨手將手中的柳條折斷後擲入湖中，平靜無波的湖面上泛起漣漪，一圈又一圈，朝更遠更深處蔓延。

他朝我走近幾步，並肩與我立於岸邊，遙望那紛飛的柳絮，如雪般飄落在我們髮絲間，飄落在粼粼湖面上。望著水中我倆的倒影，竟是如此和諧匹配，我不禁笑出了聲。

「你還有心情笑！」他的口氣中似乎有些無奈，「一年前的你與一年後的你，竟然沒有多大差別，還是一副天眞幼稚的模樣。」

我一怔，立刻斂起笑容，側首望著他後退一步，盯著依舊溫然的他，沉默許久才說話：「爲何要我進宮選妃，難道你想讓我登上太子妃之位？」我很迷惘，因爲他總讓我看不透，摸不清。

但是他沒有說話，依舊將目光拉遠拉長，縹緲地望著遠方的天際，若有所思。

「納蘭祈佑！」我忍不住朝他吼了一聲，我最討厭的就是受人控制，而且是受他的控制。

「等到時機成熟，你會明白我的用意，這十日，你一定不可輕舉妄動。」他的笑意更深了，揚手輕撫過我額前被風吹亂的髮絲。

我身體一僵，片刻間的怔忪，回過神後，連連倒退好幾步。驚異他的舉動，但是使我更驚訝的還是他看我的眼神，彷彿是看獵物般的邪惡淡笑。不可否認，我怕他，很怕他。因爲他是我所見過的所有男子中，最能隱藏情緒讓我看不透的，更駭人的是他有連我都自歎不如的駭世聰慧，他才二十不到就可以將一切掌握在手中，若當上皇帝會讓亓國走向昌盛的顚峰吧，我一直是這樣想的。

「我走了。」倉皇地說了一句，便離開此地。

納蘭祈佑，也爲皇后所出，在諸位皇子中最爲沉默寡言不與人深交。宮內人人都說他避世不問朝政，只有我知道，這一切都是他營造的假象，對於朝廷，納蘭祈佑比誰都關心。

再次回到蘭林苑時，雲珠鬼鬼祟祟地將我拉進屋內，小聲地問我去哪了，兩個時辰前皇后娘娘派人傳召我與蘇姚去太子殿。

當下我心頭一顫，定是太子將昨夜之事講給皇后娘娘聽，所以才要召見我吧！

「姑娘，我四處找不著你，所以擅做主張派人回覆了皇后娘娘，說您身子不舒服所以不能前去。」雲珠輕聲說道，就怕我會生氣。

「你做得很好。」我很感謝她爲我解圍。這次沒去見皇后娘娘是躲過一劫還是錯過機會我不得而知，但是我很明白，以皇后的爲人處事，她這次的召見定是有很高的深意，一個權傾朝野的皇后不會去爲一件無意義之事費心。

又或許……她這次要見的人，根本不是我。

外面一片擾攘聲，好不熱鬧。拉開門走出去，望著領了皇后的賞賜從太子殿回來的蘇姚，她被五個姑娘團團圍住。她們七嘴八舌地詢問著皇后召見她說了些什麼，蘇姚也沒明確地說，只是隨便敷衍幾句。

唯獨杜莞與我站在門前冷望聊得起勁兒的她們，杜莞的眼睛彷彿快噴出火來，她輕倚在木門上側，用所有人都能聽見的聲音說：「只被皇后娘娘召見一次而已，用不著如此得意。」

頓時，鴉雀無聲，目光急速凝聚到高傲的杜莞身上，她纖手一抬，筆直地指向我：「可惜了潘姑娘，在這關鍵時候竟身子不適，否則一定也能得到皇后娘娘的賞賜。」

無奈地歎口氣，怎麼又扯到我身上來了，她似乎將我與蘇姚當成了眼中釘。

只見蘇姚挑釁地朝她嬌媚一笑，然後故意將皇后賞賜的玉如意輕輕地托起：「方才皇后娘娘怎麼說來著……」佯作沉思地問她的貼身丫鬟。

「皇后娘娘讚蘇姑娘大方而得體，秀外而慧中呢，還說……若太子能有這般乖巧的太子妃是他的福氣。」那丫鬟得意地說，杜莞的臉色早已鐵青一片，衝上去就給了那丫鬟一個嘴巴子，鮮紅的五指血印在丫鬟嫩白的臉頰上格外駭人。

「臭丫頭，這兒哪輪到你這身分卑賤的東西插嘴！」

蘇姚的臉色一變，凌厲的目光射向蠻不講理的杜莞：「杜姑娘，打狗也得看主人吧！」

「怎麼，你要替她出頭？」杜莞推開擋在她前面的幾位姑娘，戰火似乎一觸即發。

原本怒氣橫生的蘇姚突然退讓了，她扶著那位挨打的丫鬟離開這裡：「敬兒，隨我進屋，我幫你敷臉。」

杜莞笑得極爲得意，我卻暗笑她的不成熟，表面上她是贏了，可她早在昨夜撲往太子殿下懷中時就輸了，今日又因妒忌與蘇姚的爭吵更是讓她徹底輸了。氣質、理智、聰慧、端莊，她哪一點都比不上這蘇姚。

蘇姚，不僅相貌美若天仙，忍耐與才智更是勝人一籌。

我望望已經看得咋舌的雲珠問：「你怎麼看？」

她輕笑：「雲珠在宮中有四年，第一次見到如此放肆的秀女。」

「大凡物不得其平則鳴，這個皇宮原本就不夠平靜，又怎能令她們靜得下來？」也不管我的話雲珠能不能理解，也沒再繼續說下去。

一整天都沒吃東西，確實有點餓了，就吩咐她爲我準備了些膳食。看著對我百依百順的雲珠，我相信她能懂我話裡的意思，因爲她並不是個笨人。

「兵者，詭道也。故能而示之不能，用而示之不用，近而示之遠，遠而示之近。利而誘之，亂而取之……」

黃昏已近，我坐於案前翻閱著《孫子兵法》。雲珠怕我看傷眼睛就爲我掌起一支燭火，還細心地爲我熬了一碗清湯，雖然不是很名貴，但是才滑入喉中就有清涼之感，洗去了我一日下來的疲勞與煩躁，眞是個體貼的丫頭。

「姑娘，你看的是《孫子兵法》?!」她在爲我收拾已經見底的清湯碗時發現了我看的書名，竟然驚叫了起來。

「嗯，怎麼了？」我依舊翻閱書籍，並沒抬頭。

「我第一次見女子讀這書。」她別有深意地停了一下，又說，「姑娘確非一般女子。」

我終於抬起了頭，望著淡笑的她好一會兒，再揉揉疲累的雙眼：「雲珠，你爲何入宮？」

「家裡窮，就將我賣進宮換些銀兩。」笑容依舊掛在臉上，絲毫沒有傷痛的樣子。這也是我疑惑的，與她相處了兩日，對她的好奇心越來越重，很想摸清她的底細。

當我想繼續追問下去時，一位公公來傳話，說是謹姑姑請我們前往正堂，有很重要的事要吩咐我們。眾姑娘皆聚集到正堂等待著謹姑姑宣佈所謂「重要的事」。

謹姑姑依舊是那張千年不變的寒冰冷霜表情，冷冷地道：「方才皇后娘娘那兒傳下話來，每位姑娘要在九日後於太子殿拿出一幅繡品，若完成不了或手工不夠精緻，入不了皇后娘娘的慧眼，就會被取消選妃的資格。」

「繡品？那簡單……」此次來選妃的姑娘們，花容月貌自是不在話下，刺繡描花更是等閒之事，一聽此話都在竊喜，躍躍欲試。

謹姑姑拿出一匹長寬各十尺的白色絲綢繡布，說道：「娘娘出的題目為『路盡隱香處，翩然雪海間。梅花仍猶在，雪海何處尋。』」

說罷就為我們每人分發一張長寬各十尺的繡布，要我們好好解題。回去的路上，我聽到姑娘們的竊竊私語，都在為皇后娘娘的題目而愁。

「皇后娘娘到底是要我們繡雪景還是梅花？」薛若喃喃自語一陣。

「又或者是雪中梅？」程依琳一句話贏來眾人的附和。

「你們都說錯了。這兩句詩出自〈香雪海〉，我想娘娘所說的定為香雪海之景。」蘇姚緩緩地說道，隨後低頭淺吟，「路盡隱香處，翩然雪海間。梅花仍猶在，雪海何處尋。蓮露沁芙塵，蓉花怡紛凡。芳顏如冰清，潤物思玉潔。抒美麗憂傷，醉純色浪漫。觀曉寧嬌嬈，讚雪花依舊。」

眾人皆歎蘇姚的才情，眞是位才女，一語驚醒夢中人，也解開了所有人正愁的問題。

在廂房內，我卻是單手撐頭，望著那匹雪白的絲綢發呆。皇后娘娘怎會出這樣的題目，香雪海！難道她酷愛梅花？可是我卻從未聽聞皇后有這一愛好。

雲珠奇怪地望著不動的我問：「姑娘怎麼還在犯愁？方才蘇姑娘不是已經將題解開了麼，難道有什麼不對？」

我將絲綢放下：「雲珠，皇宮內哪兒有香雪海？」

「唯獨二十年前薨逝的袁夫人所居住的長生殿有，其景堪稱舉世無雙。」

「袁夫人喜梅？」

雲珠點點頭說：「因爲袁夫人酷愛梅花，所以皇上爲討她開心從天下各縣郡弄來千百來株優良梅種，每年冬季萬梅齊放，其景觀撼動人心。」

她的語音方落，我就跑了出去，也不顧雲珠在後面的喊聲。才跑出東宮沒多遠，我就止住了前進的步伐。我出來的時候怎麼沒有細問雲珠，這偌大的皇宮裡長生殿到底在哪兒，走到哪才是個頭。

「少主，您這是要去哪？」一個身影無聲無息地出現在我面前，我看著他一身禁衛裝，手持銀刀向我行了個禮，聲音雖然如往常那般冷漠，卻夾雜著絲絲的恭敬之態。

我驚訝地指著他，他不是在納蘭祈佑府中嗎，怎麼突然變身到皇宮做禁衛軍，這又是唱的哪齣？納蘭祈佑在搞什麼鬼。

「我要去長生殿。」我強忍想一問究竟的衝動，這皇宮耳目眾多，人多嘴雜，這個時候不是能談話的時間。

「我帶您去。」他也看出了我的隱憂，冷冷地向我點頭，示意我隨他去。

月上簾鉤，淡蕩初寒，晚風襲人，絮落無聲。

也不知在這皇宮兜兜轉轉地走了多少圈，我的腳板已經開始生疼。始終未與他說話的我終於忍不住開口詢問道：「弈冰，還有多遠？」

又走了幾步他才停住步伐，指著前方說：「到了！」

我朝他指的地方看了看，在粉淡殤顏的赤紅宮門上，清楚地寫著「長生殿」三個字，即使在黑夜也是金光閃閃，門兩旁筆直地站著的四名侍衛於兩側把守著。我還在想應該找什麼藉口進去之時，只覺腳下一輕，一雙手臂已經將我緊緊地環住，我被弈冰以絕世輕功帶著躍過那面高牆。

爲了避免會引起不必要的麻煩，我叫弈冰在牆外邊守著，稍後只要我輕輕敲幾聲赤紅高牆，他就能聽見，便可進來帶我出去。他的輕功我從來沒有懷疑過。

舉目望去，飄盡寒梅，凋零枝猶在，路徑殘香已散盡，獨留空空芳園悲寂寥。園中密密麻麻地佈滿千百來株梅樹，可惜花期已過，無法目睹萬梅齊放，想必那定爲奇觀，豔冠天下。

我望著一株株已經凋零的梅樹，心中五味參雜，眼裡酸澀難忍。我明白自己來長生殿的眞正目的，並不是爲了破解考題而來，更深的原因……是緬懷回憶。

也曾有人因爲疼愛我而收盡天下之梅，只爲讓我開心；也曾一家人在梅林間飲酒賦詩……只可惜如今物似人非。

憂傷之情不禁泛滿心頭，我喃喃地吟起：「定定住天涯，依依向物華。寒梅最堪恨，長作去年花。」

「誰在那裡？」一個冷到極點的聲音畫破這寂靜淒涼的梅林，格外森然。

我借著月光望著前方那一抹身影緩緩地朝我靠近，這個時候，怎麼還會有人在這淒涼的梅園，難道是皇上？不對，從衣著身形上來看倒像一位二十左右的少年。隨著他緩緩地朝我靠近，借月光微弱的照耀隱約可見其容貌。

髮如青絲，丰姿颯爽，蕭疏軒舉，湛然若神，也許是他炯炯雙目中那暗藏的憂傷感染了我，看著他我不自覺地出神，他……是誰？

「本王在問你話！」雖然依舊冷淡，但是語氣中卻藏著隱隱怒氣。

聽他自稱本王我就猜到他的身分。能出現在梅林的王爺只會是五皇子楚清王。他的母妃正是皇上最爲寵愛的袁夫人，然袁夫人福薄，二十年前在產出他後薨逝，獨留下剛出生的他於世上。皇上在悲痛之餘竟不依「凡未滿十六之子不得封王」的祖例，封這位幼嬰爲王，可見皇上對這個孩子的疼愛。

我立刻屈膝跪下叩拜：「回王爺話，奴才是此次進宮選妃的秀女，只因皇后娘娘出了一繡題，正是香雪海，所以臣女才斗膽跑來長生殿想尋找靈感。」

冰冷怒氣的神色稍微有些軟化，他也沒有多加責怪我，揮手示意我起來，沒等我站穩腳跟便轉身望那早已凋零的香雪海，似在喃喃自語卻又似在與我訴說：「梅，早已凋零。來到這又能尋到什麼靈感？」

「王爺錯了，只要心中有梅，它就永不凋零，我相信王爺早已經將梅烙在心裡。」正如這茫茫香雪海在他心中的地位，同樣，它在我心中也無可取代。

看著他背影明顯一僵，猛然轉身張嘴想對我說些什麼，卻再沒發出任何聲音，怔然地望著我，由先前的欣喜轉爲怔忡再變爲驚訝，最後轉爲深沉。我莫名地迴避著他熾熱的目光，心中暗驚他變幻的表情。

難道我眞有傾國之貌，令人一見傾心，就連這位王爺都被我迷倒？深覺不對，他看我的眼神，並不是迷戀，而是深深的依戀，爲何對我會有依戀之情?!

「王爺……」我不自在地清清喉嚨提醒他此刻的失態。

「你叫什麼名字？」他的聲音一緊，低沉得讓我覺得不太眞實。

「潘玉。」

只見他勾起一抹苦笑，如此傷痛滄桑，似乎藏著失望之色。

他僵硬地轉身不再看我，仰望空中的明月說起往事。

「這梅林是我母妃生前最爲鍾愛的東西，這兒有她與父皇最眞實乾淨的愛情，一段見證他們愛情的曲子《鳳求凰》。

「萬梅齊放那日，母妃有了身孕，父皇帶著喜悅牽著母妃的手來到這允諾，若生下皇子便封其爲皇太子，可是母妃拒絕了，她始終爲父皇的江山社稷顧慮，祖訓曰『有嫡立嫡，無嫡立長』，此規若違，動搖國本。

「父皇動容之餘，親自爲母妃撫琴，一曲《鳳求凰》是父皇對母妃的承諾。他說斷然不學司馬相如那般負心薄情，他的愛一生只一次，獨予袁雪儀。」

奇怪他爲何會突然對我說起袁夫人之事，是觸景傷情嗎？聽他聲音沙啞哽咽，是在強忍著眼淚吧，想上前安慰他，卻不想手才碰到他的手臂就被他擁在懷中。驚訝之餘想推開他，卻發現他的雙臂在微微顫抖。放下心中想將他推開的想法，我不能狠下心腸如此對待一個從小就喪失母親的孩子。

「王爺，請……」

「以後，叫我祈殞。」他打斷了我的話。

雖然奇怪他爲何會突然如此，但是我還是如著了魔般喚了他一句「祈殞」，也許只有這一刻我才做回了眞正的自己，不用再每天以面具將自己包裹著對人。畢竟他同我一樣，有著一段刻骨銘心的傷，那段傷如同烙印，時刻提醒著我繼續生存於此的目的。

最後，送我回蘭林苑的是祈殞，一路上他只是靜靜地伴在我右側一語不發，也不知道他在想什麼，只覺得氣氛怪怪的，但是不會令我尷尬難受，反而很是享受這一刻的安靜。只要思及我從長生殿內走出來時，那些侍衛見鬼般的表情就想笑。他們一定還在奇怪我是何時進去的，只因祈殞在我身邊，他們也不敢攔下查問。

當我看見依舊在宮牆下等待我的奕冰，愧疚之心油然而生，我竟然忘記他還在那等著我，他會不會怪我呢？直到我看見他那雙烏黑深幽的眸子裡充斥著擔心之色，我才衝他點點頭，示意我沒事，他可以放心。

雲珠一直在蘭林苑正門外等著我回來，見到我安然無恙才長長地鬆了一口氣，剛想嘮叨我幾句卻看見我身邊的祈殞，她猛然跪倒拜見。

「起罷。」他的語氣恢復方才的淡雅，臨走時還囑咐雲珠一定要好好地照顧我。

她一臉曖昧地盯著我說：「還是姑娘魅力大，宮中人都說楚清王一向孤僻自傲，從不愛與誰深交，今日竟然親自送您回來，看你的眼神還那樣溫柔。」

「貧嘴！」我佯裝生氣地將她從屋中趕了出去，用力將門關好，身上似乎還殘留著他身上的味道。不可諱言，他與我眞的很像，與他在一起能令我很輕鬆，不像與祈佑，總是令我壓抑，令我放不開。

這些天除了每日依舊卯時聚集蘭林苑正堂學習禮儀，其他時間我們都待在房內認眞刺繡，偌大一個蘭林苑頓時陷入一片寧靜祥和的氣氛中，所有人都想把最好的繡品送到皇后娘娘面前，只爲博得她的歡心，登上太子妃之位。

十日之期去了一半，而我卻被雲珠念叨了四天，現在又在我身後踱來踱去地嘮叨起來。

「姑娘，只剩下五天了，你不要光坐在這發呆啊！交不了繡品您就沒機會了。」

看著嵌在繡架上依舊空空如也的白色繡布，我內心矛盾得不知如何決定，整整四天我都沒動一針一線，也難怪她會著急地念叨著我。「雲珠，你覺得我是該繡香雪海好，還是眞正的答案好？」

「當然是眞正的……難道答案不是香雪海？」她先是理所當然地點頭，後來才恍悟我話中之意，連連追問題目的眞正答案是什麼，我沒回答她，只是不著痕跡地將話題轉移。

我沉思了好久才長長地吐出一口氣，詢問了一句：「你說楚清王是什麼樣的人？」

又回想起幾日前梅林那一幕幕，至今都還有些悸動，尤其是他看我的眼神，彷彿……一想到此就忍不住想探聽一些他的事情。

身後的雲珠卻始終沒有回我的話，以爲我的聲音太小她沒聽見，於是又提高了一些音量問：「楚清王到底是個什麼樣的人？」

依舊沒人回答我，我奇怪地轉身想瞧瞧她是不是呆了，卻發現雲珠早已經沒了人影，只有那個青色身影的男子站在我身後，充滿笑意地望著已經尷尬得不知所措的我。緊張地朝他行了個禮，暗暗責怪雲珠怎麼連楚清王來也不通報，害我當著他的面問起如此尷尬的問題。

他的手輕輕地撫摸著依舊未動一分的細軟絲綢：「很想知道我是什麼樣的人？」

如今的我已經不知道該說什麼，只能將頭垂得老低，目光隨著他的銀白色的靴子來回轉動。我是萬萬不曾料到他竟然會來到蘭林苑找我，他不怕皇上萬一怪罪下來嗎？這兒的姑娘雖說不是後宮的妃嬪，卻也是此次的秀女，他這樣貿然闖進來確實不合規矩。

「抬起頭來。」他的聲音在我頭頂響起，這話是命令，我不得不抬頭對上他那探究的目光，那雙幽深的眸子，依舊憂鬱傷淡。

「王爺……你該離開了！」不自然地躲過他越發炙熱的目光，他卻抓起了我的手，我的第一反應就是立刻抽回，但是一種冰涼的感覺傳至手心，是一枚血紅的朱玉，細細看來正是兩隻耳鬢廝磨的鳳凰，他是要把這個東西給我？

「這是鳳血玉，我母后的東西，希望你能為我保管。」

我疑惑地盯著那塊玉半晌，無言地將它收下了，或許是因為他眼中那不容拒絕的氣勢，又或許是因為他真誠懇切的語氣，再或者是因為他的手彷彿溫暖了我的心……總之我收下了，將它小心地放入衣襟內保存。

第三章　鳳舞凰血泣

隨後我秘密地去見了漢成王祈佑，他在宮外時就將整個東宮完整的地形圖給了我，只為方便行事，更重要的是可以不被人發現，秘密地去見他。曾聽他交代過，他會居住在東宮的未泉宮，那兒的侍衛都是他的親信，只要我能避過宮內眾多耳目到達，就不會有問題。所以我按照圖上標好的紅色標記一路躲躲閃閃地安全進入未泉宮，被他的親信領到他的寢殿，看到他已經在床上歇下了。

雖然我非常不想見到他，但是如今的我已經沒了主意，我也不敢自作主張，壞了他的計畫不說，怕是我的努力也白費了。

「王爺！」屋內沒有點燭火，偏偏今夜的天空也沒有月光，可謂伸手不見五指，我只能乖乖地站在原地不敢移動半步，小聲地喚了他一句。

竟然沒有反應，怎麼他一點警覺心也沒有嗎？我又稍微放大了些聲音叫道：「漢成王？」依舊沒一點反應，以他的武功造詣來說，不可能在我一連兩句叫喚下都沒反應，一定是故意的！

火氣一下子就衝上腦門，我用感覺辨識床的方向，直衝過去，卻狼狽地被一個東西絆倒，狠狠地摔在地上，手心傳來椎心的疼痛。

隨後便聞一陣低笑，先是微弱的光亮將漆黑的房間一處照亮，不一會兒，雪亮的燈光將整間屋子填滿。跌坐在地上的我一下適應不過來這突如其來的亮光，將雙目閉上好一會兒才睜開，一張邪魅的臉正充滿笑意地看著狼狽的我。我掙扎了好一會兒，卻還是不能爬起來，只能恨恨地盯著絆倒我的元凶——那條隨我一起倒地的木凳。

「眞的摔著了？」或許是見我許久都不能起來，他終於大發善心地問了一句，我撇過頭不理他。

他半蹲在我面前想扶我起來，我揚手甩開他的手，卻沒料到自己的手腕被他握住了。他望著我因剛才跌倒時雙手先著地已經擦破滲血的手心，好一會兒才吐出一句：「怎麼這麼不小心？」

他竟然說我不小心？明明就是他在整我，卻來怪我不小心。他到底是喜歡把我當玩具耍著玩，還是料定我不會和他翻臉？

「快起來，我幫你上藥。」他又想拉我起來，可是我死活都不起來，最後乾脆坐在地上不動，他又不敢用蠻力拉我起來，怕將我弄得傷上加傷。

「不用了。」我始終不看他一眼。

「起來吧，馥雅！」他突然而來的一句溫柔關懷之語，讓我眼眶一酸。這兩個字已經很久沒人再叫過了，所有的委屈頃刻間湧了上來，但我還是強忍住欲奪眶而出的淚水。

「不用你管。」我明顯感覺到自己聲音的哽咽。

「是我的錯。」他長歎一口氣，將坐在地上的我橫抱而起，這次我沒再掙扎，任他將我放坐在床榻上。此刻的情景，像極了一年前，他從幾十名殺手手中將我救下後，輕柔地將我抱上馬背。他身上那股淡雅的味道，我至今依稀記得。

就這樣靜靜地盯著他爲我找來清水、紗布與金創藥，認眞地爲我擦拭傷口的樣子，我的心一動，剛才的火氣消失得無影無蹤。

要這個一向以逗我爲樂、高傲自負的王爺向我道歉，已經很難得了，我也沒有理由再去生他的氣。

「爲什麼要把弈冰弄進宮？」我忍著時不時由手心傳來的疼痛，顫抖地問。

「自然是有原因。」他的目光始終注視著我的手，敷衍地回了這句我聽過幾百遍的話。每次我問他什麼，他都回答自有安排，自有計畫，自有原因，我就像個傻瓜什麼都不知道。

「你今天怎麼想到來找我？」他已經爲我包紮好一隻手，隨後又著手第二隻。

「杜皇后出了一個繡題，關於香雪海，你認爲我該在這次選妃上鋒芒畢露還是繼續……」我的話才頓一下，就被他打斷。

「母后不可能出《香雪海》的繡題。」很肯定的一句話，更確定了我心裡的猜測。他終於抬頭了，「你心裡已經有明確的答案了對嗎？那就照你找到的答案做吧！」

我惋然輕歎，他雖是杜皇后的親生兒子，可他母后卻從未將他當親骨肉看待，他們之間的感情淡漠如陌路之人。杜皇后的愛全部給了太子殿下，卻吝嗇著不肯分給他一些，也難怪他會對杜皇后有諸多怨言。

我想，他一直是孤單的吧，卻從來不肯表露在臉上，一人默默承受。

「其實，皇位或許……沒你想的那麼重要！」我不自覺地說了這麼一句，換來他一個驚訝的眼神，包含著複雜的情緒。

「若你經歷過我所痛的，就會明白，那個位置對我來說，眞的很重要。」這是他第一次對我坦白他的一絲眞實情感，也許，我眞的不能體會他心中的那分孤獨。所以爲了幫他，那日我不顧危險選擇救了那名刺客，我相信，將來那名刺客會幫到我們許多。

剛出未泉宮不遠，影度迴廊，一陣狂風將衣袂捲起飄揚，一場沒有預兆的大雨從天而降，我被困在迴廊內而不得去。潮濕飄揚的塵土味，嬌豔欲滴的牡丹薔薇潰爛著，略帶草腥味。空階夜雨頻滴，佇立長廊邊緣，伸出雙手感受雨露的眞實感。望著雨滴將我手上纏的紗布浸透，最後將手上的金創藥盡數洗滌。

雨如絲，紛紛擾擾，風捲雷鳴閃電破空，庭院落紅無數。如此電閃雷鳴我卻無一絲害怕，反而享受地緊閉雙目感受細雨拍打在手上的感覺。

「吹盡殘花無人見，惟有垂楊自舞。」待我感慨後，另一聲感慨將我的話接了下去。「綠黛紅顏兩相發，千嬌百媚情無歇。」

將雙掌收回，回首抬眸時，他已經站在我身畔，沒待我行禮就扶住欲跪下的我。他問：「那日爲何沒來太子殿？」

「身子不適！」我萬萬沒想到，在這兒都能巧遇太子。

他的嘴角輕輕勾起，溫和地笑了笑，竟也將雙手伸到外面接起點點細雨。我與他並肩立於長廊，聆聽在我們之間迴盪的淅淅瀝瀝雨聲。他不說話，我也不敢開口詢問。我們就這樣靜靜地站了半個時辰，他突然開口著實嚇了我一大跳。

「我立你爲妃如何？」似開玩笑的一句話由他口中逸出。

「小家碧玉女，不敢攀權貴。感君千金意，慚無傾城色。」我很肯定地拒絕了他那自以爲是的美意，我來宮中的目的並不爲太子妃之位。原以爲他會朝我大發雷霆，卻不想他依舊笑望我，瞳中無一絲惱色。

「你與她很像。」他悠悠歎氣，「那日我問過蘇姚同樣的問題，她如你般義正詞嚴地拒絕說，不是所有人都如我想像中那般貪慕虛榮，如太子乃我心之所愛，就算陪之共度糟糠之日又如何。很特別！」

正如他來時那般毫無預兆，離開這裡也是無聲無息地，在他的背影中我尋到了迷茫與沮喪，我猜想那是因爲蘇姚與我同時對他的拒絕吧！或許這是他第一次嘗到失敗的滋味，對於這位享盡萬千寵愛的太子殿下來說，是一件很失敗的事。

更加能肯定，他對蘇姚異樣的情愫。也對，蘇姚如此兼具聰慧與美貌的女子，有誰能不動心呢？

陣雨很快就停了，我飛奔回蘭林苑。出乎我的意料之外，雲珠竟沒念叨我，而是爲我換下早被污泥弄髒的繡鞋。當看見我受傷的雙掌時，她張了張嘴想說些什麼，卻又吞了回去，爲我重新上藥包紮。

那夜我點著微弱的燈認眞刺繡，一夜未眠。

十日已到，正是選妃之日，我們由李壽公公領進太子殿，我被安排站在第五排第五位。赤金猊鼎，熏徹麝香，碧海金鏡，前後四方頂天柱，鑲金嵌珠，精細雕龍，玉盤金盞，鵝黃細軟輕紗，飄逸浮動。

我用眼角的餘光偷偷地打量起鳳椅上的杜皇后。

粉黛雙蛾，鬢髮如雲，鳳綃衣輕，雪乍回色，雍容華貴之色逼人。雖已年近四十，卻依舊容顏未衰，風華絕代。儘管她從我們踏進太子殿開始就一直在淡笑，卻還是掩蓋不住她眼底的那分沉穩老練。早就聽聞她是位政治野心家，皇上所有的朝政她都要干涉，似乎想做另一位「武周聖神皇帝」。

太子與她並列而坐，臉上毫無喜色，彷彿根本不認爲今日是他在選妃，他就像位旁觀者，肅穆冷寂。

接著李壽公公捧著箋金小冊念著我們的名字，凡是被念到名字的都會上前一步走到正前方將繡品獻於皇后與太子面前。不論她們的繡品好是不好，皇后都是千篇一律的溫和謹笑。

李壽公公很穩重地吆喝著每個人的名字，一身緋淡清雅，頭鑲八寶綠細簪的蘇姚站出來將繡品展開，所有的姑娘都冷冷一聲抽氣，就連面無表情的太子都浮出了詫異之色，隨後轉爲讚賞。唯獨皇后的神色依舊不變，淡笑點頭。

這麼多姑娘的繡品皆爲雪中寒梅，其中也不乏上品之作，只可惜都是千篇一律的傲雪寒梅，看多了也就覺著枯燥無味。而蘇姚這幅「殘梅雪海淚」意在境中，境中有悲，悲中藏情，栩栩如生。最大的不同之處還在於她所繡之梅正在凋零枯萎，無盡的悲愴淒涼將我們帶進一個悲傷動人的故事，不自覺陷入傷痛。

「路盡隱香處」，它獨獨突出「隱香」二字，孤煙嫋寒碧，殘葉舞紅愁，雅姿妍萎，落紅隱餘香。

「翩然雪海間」，它注重繡描「雪海」二字，東風吹盡殘粉枝，蝕雪散盡成玉樹，殘英點岫即瑤岑。

亦眞亦幻，其繡功根本無從挑剔，實乃傾世之作。聽到李壽公公叫到我的名字，我便捧著才趕繡完成的作品上前，輕柔地將其攤開展現在眾人面前。眾秀女中傳來竊竊私語，最後轉爲不屑的低笑。我從容地抬頭仰望杜皇后說：「臣女這幅繡品名爲『鳳舞凰血泣』。」

皇后那張和煦淡笑的臉剎那一變，血色盡褪，單手無力地撐頭軟靠在鳳椅的薄金扶手上。太子先是望我一眼，再關切地詢問皇后的狀態。她只是將頭輕輕地一搖，示意並不礙事，很快收起倦態，盡量扯出她自認爲很美的笑容，神色卻暗藏幾分凌厲。

她的突然變臉不爲別的，只因我這幅繡品；也不是因爲我的繡功有多麼地驚世駭俗，而是因爲我繡的正是一對翱翔於浩瀚藍天的鳳凰。

「難道你不知道題解爲香雪海嗎？」她問。

「眞正的題解並不是香雪海，而是鳳求凰！」我的聲音如鬼魅般在安靜的大殿上響起，回音一波一波來回飄蕩，隨後再娓娓道來，「宮內只有長生殿一處有香雪海，而香雪海象徵著一個承諾『鳳求凰』，愛，一生只一次，獨予袁雪儀，所以臣女才繡了一對翩然血鳳凰。」

她的臉色越發僵硬，近乎咬牙切齒地說：「好大膽的丫頭，竟敢不將本宮放在眼裡，還提起袁夫人與皇上的事。」她一個箭步衝到我面前奪過繡品，毫不留情地將它丟在大理石地上說：「答案只有一個，就是香雪海。」

我低頭不語，任她欲將我剝皮的冰冷眼神在我身上游移，我早就猜到這題不是皇后所出，根本就是皇上授意而出。我原本不想繡鳳凰激怒皇后，但是祈佑卻讓我放膽繡血鳳凰激怒皇后，揭起她的痛處。有時候我眞的很懷疑他們倆是不是親母子。這更加證實了宮中所傳杜皇后與袁夫人的感情如同親姐妹，根本屬於訛傳，我從哪一點都看不出來杜皇后會與袁夫人情同姐妹。

「傳本宮懿旨，漠北大將軍之女蘇姚，孝謹端莊，才情洋溢，溫婉聰慧，深得本宮之心，即冊封爲大亓朝太子妃，擇日大婚。」

杜莞聽見這個旨意，一張粉白嫩臉頃刻慘白，眼淚盈盈在眼眶打轉，幾欲滴落。而我早就料到蘇姚很可能會被封爲太子妃，只因她的父親是手握重兵的蘇景宏。

朝廷有三位大臣手握兵權，第一位就是蘇景宏，常年征戰淮北一帶，殲滅了無數個突然崛起的小國，亦得到「漠北大將軍」的稱號，他在朝廷的地位、聲望、威信首屈一指。

第二位乃明貴人之子晉南王，十六歲封王那日，皇上就賜予他江南一帶兵權。他不負眾望，五年來的大小戰役全勝，成爲新一位崛起的戰神。

第三位則是韓昭儀之弟韓冥，二十歲那年打敗夏國，並與之簽訂二十年歸順協議。皇上大悅封其爲「冥衣侯」，授予三十萬禁衛軍帥印，他只是一個外人，皇上卻能如此放心地將這麼重要的兵權給他，可見皇上對其信任程度之深。

這樣的形勢對皇后與太子的地位造成很大的威脅，即使她在朝廷上有親弟弟杜丞相爲其支撐，沒有強大兵力做後盾依舊是她的心病，所以才有了這次的選妃之舉。她不惜捨去親弟弟的女兒，將蘇景宏的女兒推上太子妃之位，這樣一來，她就順利地將蘇景宏與東宮綁在一起了。

「至於這個潘玉……」她思忖了一會兒，「取消她所有選妃資格，即刻離開皇宮。」

回到蘭林苑我就開始收拾起自己的東西，疑惑一重重加深，我記得亓國選妃的規矩，未被選中之女皆被收編爲宮女，而皇后卻如此迫不及待地將我趕出皇宮，難道這其中有什麼原因？僅僅因爲一幅繡品就能令她如此失了方寸？

「姑娘……」雲珠呆呆地站在我身後望著忙前忙後收拾的我，欲言又止。

「怎麼了，吞吞吐吐一點不像你。」我依舊埋首於收拾東西之中，我還是想不通這些事。

「漢成王……約您去長生殿。」雲珠的聲音細微到顫抖，我身體一僵，深深地望了她一眼，什麼都明白了，沒再說其他的話，徒步出門欲前往長生殿，卻發現我的手被一雙冰涼的手握住。

「姑娘，我不是有意騙你……」她滿臉愧疚，「漢成王是奴婢的恩人。」

「我不會介意。」打斷她繼續往下解釋，雖然一直都知道雲珠不是個平凡人，卻怎麼都沒想到，連她都是祈佑安插在我身邊監視我舉動的人。其實我早該想到的，納蘭祈佑一直是這樣一個人。

憑著上次的記憶我來到長生殿宮門外，雕欄香砌，曲檻小池清澈，花草幽芳，冷豔幽香奇絕。我偷偷地躲在小曲橋前方一棵柳樹後朝長生殿望去，記得上次來時門外的侍衛只有四位，今日再看卻發現數十人守在外面，難道有什麼大人物來才這樣加強戒備？祈佑為何約我來此？大白天難道他不怕被人發現我與他的關係嗎？

「何人竟敢在長生殿外鬼鬼祟祟？」

聞麝蘭之馥郁，聽環珮之鏗鏘，語氣雖凌厲，聲音卻鶯鶯動人。回首望著說話之人，年約二十六歲左右，窈窕多容儀，婉媚巧言笑，盈盈秋水眸。

「放肆，見到韓昭儀娘娘還不行禮。」她身後一位肌膚微豐，身材合中的娟秀少女衝我喝道。

原來她就是大名鼎鼎的韓昭儀，腰如束素，齒如含貝，風華絕代，難怪能得到皇上十一年的榮寵而不衰。我跪地拜禮，卻良久聽不到她喚我起來的聲音，我就只能忍著膝蓋上的酸痲依舊跪著。

「你是哪家的姑娘？」她終於開口說話了，只是依舊不管還跪在火辣辣地面上的我。

「回娘娘話，臣女潘玉，家父蘇州兩江鹽運使潘仁。」

最後，韓昭儀不僅沒為難我，竟還親自將我扶起，賞賜我一顆人魚小明珠，我在多次推託不下後勉強收下。直到我離開長生殿都沒見到祈佑的人影，我就知道又被他擺了一道。沒猜錯的話，他是故意約我在長生殿，目的只為讓我「巧遇」韓昭儀。納蘭祈佑，一切盡在你掌握之中，那你的目的到底是什麼？我只能等待，眞相很快就會浮出水面了吧！

乘著馬車飛奔過重重宮門，手中緊緊捏握著祈殞讓我保管著的玉珮，看著他就像看見另一個自己，永遠都存在說不完道不盡的傷痛。眞的要離開了，那麼祈佑也要選出自己的王妃了，是嗎？那他的王妃會是誰？又有誰配得上他這麼優秀的王爺？

掀開繡簾一角，凝望馬車由太極殿奔出，再穿過長長的宮道，直穿承天門，最後直逼鳳闕門，只要穿過那道門就眞正離開了皇宮了吧？馬蹄聲聲暗塵起，前方一匹白馬進入我的視線，青衣男子緊握韁繩立於馬側，衣袂飄飄。馬車離他越來越近，我對上他那對深深凝望著我的複雜目光，心中一陣苦澀。

手一鬆，簾布覆下，將馬車內的我與外面的他完全阻隔，握住玉珮的手越來越緊，手心生疼，關節泛白，這塊玉就由我永遠代爲保管吧。

出了金陵城，卻發現雲珠背著包袱在回蘇州城的必經之路等著我，她說漢成王吩咐，要她一路與我隨行伺候保護我。還替他帶來一句話「靜候佳音」！

我相信他，不單只是因爲他是我的恩人，更因他從來都說話算數，不打沒把握的仗。也許下次回到金陵就能知道所有事情的眞相了，而我也會在蘇州城裡，與被他派來繼續監視控制我的雲珠，靜候佳音。

第四章　黯然幾回首

此次回蘇州我們選擇以水路而歸。聽雲珠說從水路只需十日，比乘馬車每日顛簸要來得好多了，況且還可以提早五日到蘇州。最後我倆選擇了一條直達蘇州的豪華大船，龍頭鳳尾，鱗片鑲舟身，熠熠泛金光，如幻龍遨遊於浩瀚湖面。

此船如酒樓分爲兩層，底層是讓我們塡飽肚子的地方，二層則是供大家安寢的廂房。今日已是上船的第四日，連續三晚我都睡得很安穩，躺在床上可以隔著厚實的木板細細聽泛舟湖上之妙音，或起伏或平緩，或激盪或低沉，彷如催眠小曲，令我安然入睡，直到日上三竿才迷迷糊糊地被雲珠叫醒吃午膳。

今日我一如往常又是睡到日上三竿，醒來時與我同屋的雲珠已經不在房中了。我與雲珠打扮成尋常百姓家的窮姑娘，原本是不想引人注意，卻不想這樣更成爲船上所有人的關注點。在他們眼中我們倆是「特別」的。能乘上此船的不是官宦千金小姐，就是富家子弟少爺，而我們兩個「窮酸」丫頭卻上了這艘昂貴的客船，想不被人注意都不行。

我在樓梯口上就聽見爭吵聲，將視線凝聚在樓下爭吵的聲源處，一位姑娘與幾個夥計吵得面紅耳赤，也沒有人上前幫她說話。那位姑娘不是別人，正是雲珠。我飛快地衝下樓將幾個已經將雲珠團團圍住的夥計扯開，輕聲細語地問她怎麼了。

雲珠氣憤地指著幾個夥計，雙唇緊抿，表情既可愛又惹人心疼：「姑娘，他們不給上菜。」

夥計們鄙夷地掃我們一眼：「兩個窮丫頭還想上桌吃飯，沒看見這裡全滿座了？」

我一聲冷哼：「窮丫頭？」聲音將在座所有人的談笑蓋過，從衣袖中取出幾日前韓昭儀贈與我的人魚小明珠放在手心擺於他們面前。夜明珠在這豔陽高照的白晝依舊泛著綠光。不只幾位夥計看得眼盯著這珠子都快掉了下來，就連在場的官家小姐、富家公子都傻眼了。我對珠寶首飾也小有研究，韓昭儀所贈的這顆珠子有著足夠買下一座城池的價格。

幾個夥計立刻朝我點頭哈腰，還收拾出一張桌子讓我們就座，態度與先前有著天壤之別。還挑了最好的菜色一道接著一道上，芙蓉雞片、雪衣銀魚、鳳尾燕菜、翡翠龍蝦、清湯魚翅……

我與雲珠一邊細品著不僅刀工精細，口味更乃一絕的菜色，一邊聆聽著正前方一抹珠簾後的女子彈奏《陽春白雪》，時而綿婉悠悠，時而穿雲裂石，時而如丹鳳展翅，直沖雲霄，或輕歌曼舞，或急管繁弦，或如情人間呢喃低語，真是妙不可言。就連我都想一睹彈奏此曲姑娘的芳容月貌，可惜輕紗遮掩，朦朧不清，只可依身形辨別出她姣好的身材。

「風光無限好，有女奏弦琴，琴聲猶動聽，只欲睹芳容。」一首狗屁不通的……暫且稱它為詩吧，那詩在這美妙的琴音中響起，只見一位其貌不揚衣著光鮮的浪蕩公子站起來大聲吟誦，臉色自信滿滿，接著琴聲戛然而止。

「李少爺真是博學多才，此千古絕句都能賦出，妙絕妙絕。」與他同桌而坐的一位公子竟然聲情並茂地讚揚，彷彿此詩真的是驚世妙語。

「太好了，太絕了。」更絕的是他左右兩側而坐的公子竟然一邊鼓掌一邊叫好。看見此景只覺得好笑，簡直是草包一個，竟還有人要把他捧到天上去讚美。

也不知是我笑的聲音太大還是周圍太安靜，反正就是被他們聽見了。

他橫眉怒目直射我，「你笑什麼！本少爺作得不好？」

「狗屁不通，還千古絕句，本姑娘作得都比你好。」我硬是回他一句，他一張臉立刻脹紅，嘴巴一張一合氣得說不出話來。

「李少爺莫氣，待子橫去教訓她。」最先讚賞他的男子安撫著他，轉身朝我盈盈走來，生得一副好看的樣子卻一臉僞笑。看著他的笑我就想到數日前杜皇后的笑容，簡直讓我倒足胃口，滿滿一桌佳餚已索然無味。

「如此說來，姑娘的才情定然上乘，不妨也作上一首讓我們鑒賞。」他挑眉輕笑，彷彿料定我會當眾出醜。

用翠竹碧筷夾起一塊蝦仁放入嘴裡細嚼，然後嚥下，眞的與方才的味道不一樣了。「充堂之芳，非幽蘭所難。繞梁之音，實縈弦所思。如怨如慕，如泣如訴。餘音嫋嫋，不絕如縷。」

自稱子橫的男子臉上已經掛不住笑容了，簾中奏琴之女竟挑起輕紗走出，豐骨肌清，容態盡天眞，尖尖佼佼鳳頭一對，露在湘裙之下，蓮步輕移朝我們走近，含著欽佩之色凝望著我道：「想不到姑娘竟有如此才情！」

興許是面子上掛不住，自稱子橫的男子要求我們各爲此絕美女子作對聯，聲音溫潤，笑得輕鬆：「巧笑倩兮美目盼兮欲銷魂，大風起兮雲飛揚兮舞霓裳。橫批：風華絕代。」

「明眉皓齒，楚女腰肢越女腮。粉黛朱唇，粉顏雙蕊鬢中開。橫批：絕代佳人。」我絲毫未考慮脫口而出。

「臉襯桃花，秋波湛湛妖嬈態似月裡嫦娥。髮絲如瀉，春筍纖纖嬌媚姿若宛邊西施。橫批：出水芙蓉。」他又道。

我不自覺浮出一絲笑容，即接道：「冰雪之心，蘭桂之氣，更兼秋水爲神玉爲骨。桃李其貌，雲霞其衣，自是飛仙如態柳如煙。橫批：玉骨冰清。」

他臉色倏然驟變，還想說些什麼，卻被女子打斷：「不用比了，這位姑娘勝。」許多人都不明所以，我與他作的詩都極爲工整絕妙，難分高低，爲何她卻斷言我贏。

她緩緩說道：「公子說以我的美來作對聯，可你第一對的『欲銷魂』卻格外輕浮，第二對又言『妖嬈、嬌媚』，敢問您是在以我作對嗎？」她的聲音如黃鶯出谷，也驚醒了在座眾人。子橫了然地躬身向我行了個禮，服輸，黯然離去。

我則欽佩地望著這位姑娘，她竟也看出子橫的敗筆。此女子的容貌是美而不妖，實而不華，其高雅之氣質令人不敢褻瀆，而他卻用「銷魂」「妖嬈」「嬌媚」數詞加諸她身上，也難怪會輸於我。

感覺有一道凌厲的目光從我說話開始就一直盯著我，可待我環視一周下來也未發現有何可疑之人，難道是我的多疑？

那位姑娘卻與我結下不解之緣，她說這頓午膳由她結帳，還熱情地邀請我進入她的閨閣內鑒賞詩畫。言談中我瞭解到，原來她是這船主的千金，名溫靜若。自幼研讀百家詩詞，鑒賞名畫，精通音律，通曉歌舞。只是難覓知音，直到今日遇見我，就彷彿見著另一個自己。

與她暢談到亥時三刻方甘休，臨走時她還約我明日繼續品詩賞畫，我欣然同意，畢竟與她在一起聊天我很開心。回到廂房，才推開門，一陣輕香縈繞在鼻間，我並不記得房內有擺設鮮花。我眼神朦朧，昏昏欲睡，使勁兒搖搖越來越沉重的腦袋試圖讓自己清醒。

視線在房內繞了一圈，看到躺在地上紋絲不動的雲珠，以及靜坐於我床榻上的男子，恍惚間他變成一個，兩個，三個……

「好久不見，馥雅公主！」平靜的語氣充滿笑意，他緩緩地朝我靠近。

雙腿一軟，筆直往後倒，以爲會同雲珠一樣與堅硬的地面相撞，卻沒有預期的疼痛，而是跌入了一個冰冷的懷抱。此時的我已經完全沒有意識，只聽見他在我耳邊喃喃著什麼，我陷入一片黑暗的無底深淵。

噬血殘骸的肅殺之氣，霧靄鋒芒漸現，殷紅遍地，我用力拽著父皇的手，卻終被他無情地甩開，緊握著長劍便衝了出去，直到他倒地，亂刀還在抽割他的全身，血肉模糊，體無完膚。

「父皇，父皇……」我呢喃低吟，全身忍不住抽動顫抖。

「小姐，小姐？」聲聲焦慮的呼喚由最初的細微逐漸變大，變清晰，是誰在喊我？是雲珠嗎？

緩緩地睜開眼簾，古色古香的屋子，沁人心脾的味道，眉微微蹙起。記得那夜與溫靜若閒聊到很晚才回屋，才推門就一陣清香撲鼻而來，最後就什麼都記不起了，是迷香！

才省悟，猛地從床上彈坐而起，戒備地盯著始終立在床頭因擔憂而猛瞧我的姑娘，沙啞地問：「這是哪，你們是誰？」

「小姐莫怕，這是卞國的丞相府。」

「我們是丞相派來伺候您的，我叫蘭蘭，她叫幽草。」

笑容甜美，眼神清澈，並不像有心計之人，我也漸漸地放下心裡的戒備，隨即又想到什麼，全身變僵硬，依稀記得暈倒之前有人喚我做馥雅公主，等等……如果這裡是卞國的丞相府……

「帶我來這兒的是卞國丞相？」我茫然地盯著她們略帶緊張地問，希望能從她們眼中找到一絲虛假欺騙，卻不想她們乾淨毫無雜念的目光很肯定地回答了我的問題。這是真的。

最後一絲期待破滅，雙唇微顫，再也發不出任何聲音，這位卞國丞相，正是我曾經的未婚夫婿，連城。

天下分為亓國、卞國、夏國三個強大的國家，以及許多突然崛起卻又被這三國輕而易舉殲滅的小國。

以如今形勢來看，亓國乃三國中實力最為強大的國家，不論兵力、財富、領土、民心都是夏、卞二國無法比擬的。卞國的領土雖不及亓、夏二國廣闊，但是軍隊的裝甲資源為三國最強，不論從統軍戰術規畫還是作戰方略、地勢優劣來說都像一堵銅牆鐵壁，令強大的亓國多次欲拿不下。而夏國……早在五年前便臣服於亓國，與之簽訂二十年不交戰之契約，雖為三國最弱，卻也民生安樂、百姓豐衣足食，直到一年前，一場驚天兵變，將所有夏國子民帶入水深火熱之中。

在夏國臣服於亓國的第五年，一位自稱卞國丞相連城的人秘密來到夏國，他要求卞國與夏國一同聯手滅掉亓國，平分天下。而夏皇早就不甘每年奉送白銀布匹，割讓領土受亓國壓迫，當下便應允，還與其訂下婚約：夏國皇帝最疼愛的馥雅公主嫁與卞國丞相連城為妻，修訂邦盟。

而我，正是夏國的馥雅公主。

這一切都是秘密進行，卻不知為何會走漏風聲，傳到亓國皇帝耳中。皇帝大怒。父皇則為天下萬民所不齒，瞬間民心背向，千夫所指。當亓國皇帝正欲派兵攻打夏國時，卻不想，夏國竟然自己開始內亂。夏國皇帝的親弟弟，我的二皇叔淳王竟然領著群臣與二十萬精兵銳甲直逼昭陽門，以「荒淫無道、聽信奸佞、寵幸權臣」的莫虛有罪名逼我父皇退位。父皇面對這場突如其來的兵變並沒有束手就擒，反而奮力抵抗，最終被亂刀砍死於甘泉殿，母后也殉情而死。

夏國，一夜間易主。

原本我逃不過此劫，幸得夏國第一高手弈冰，以絕世輕功帶我逃離皇宮，而淳王卻要斬草除根，只怕春風吹又生，一路上派殺手狙殺我們。雖然弈冰是夏國第一高手，但面對如此瘋狂的追殺還是險些喪命，況且他還帶著絲毫不會武功的我。我有好多次都要他不要再管我，否則他會送命。奕冰總是說，皇后娘娘於他有恩，他絕不會丟下她的女兒不管。

最終，在第六次追殺中，弈冰再也堅持不住了，我以為我們會死在那些殺手的刀刃下，卻被一個領兵來到夏國的亓國王爺救下。

他見到我的第一眼就說：「馥雅公主是嗎，我們談筆交易如何？」口氣如此肯定，也許是被他眼中的滿滿自信所吸引，又或許是因為他是我的救命恩人，我與他開始了一筆交易。

他用半年的時間將我變成亓國兩江鹽運使的女兒——潘玉，我只需聽他命令辦事，其他都不必多問多說。直到一個多月前金陵城傳來一個消息，太子與諸王要選妃。我原本該在蘇州等待下一步消息的，卻被卞國的丞相弄來這裡。醒來的雲珠若發現我不見了，她又該如何焦急地尋找我？祈佑若是知道我失蹤了，對他的計畫會不會有影響……

卞國的六月與夏、亓兩國相比格外酷熱，每每蘭蘭與幽草停下為我打扇的手，我便會熱得滿頭大汗，全身燥熱，脾氣也一天比一天火爆，而我的火爆並不是只因炎熱的關係。

來到丞相府就像隻被養在籠中的金絲雀，整整五天，我只能與蘭蘭、幽草見面聊天，不能離開聽雨閣一步。我很想當面問問連城擄我來丞相府的目的，我現在早已不是夏國公主，與他的婚約也應已作廢。他為何還要抓我來卞國，難道是為了拿我交給夏國皇帝換取些利益？

每每問起身後如影隨形的蘭蘭與幽草，丞相哪去了，她們永遠只有一句：「丞相很忙！」我就不信他能忙到晚上不回府就寢。

於案前提筆寫下兩句突發其感的詞，一撇一捺，蒼勁有力，一絲不輸於男兒。為我打扇的幽草伸長脖子瞄了我寫的詞一眼，輕輕吟誦道：

紅箋小字，說盡平生意。鴻雁在雲魚在水，惆悵此情難寄。

斜陽獨倚西樓，遙山恰對簾鉤。人面不知何處，綠波依舊東流。

「小姐的字真是爐火純青，出神入化，鬼斧……」

我輕放手中的貂鼠花梨木毛筆，無奈地打斷蘭蘭滔滔不絕的謬讚：「別誇了，今天已經是第五日了，你們主子為什麼遲遲不肯露面相見？」

「我當為何不允許人靠近聽雨閣，原來是金屋藏嬌！」原本微閉的楠木門猛然被人推開，一陣風過，將我剛寫好的詞吹起，飄飄轉轉好些圈，最後無情地躺在地上。

一名妙齡女子柳眉倒豎地瞪我。我莫名其妙地瞧著她怒不可遏的樣子，心下奇怪。

蘭蘭與幽草因害怕而癱跪在地上，身軀顫抖不止：「夫人！」

原來是連城的夫人，難怪我會在怒氣之餘察覺到她眼中帶著黯然神傷之色。

她壓下隱隱怒氣，漸步逼近我，上上下下將我掃了個遍：「你是誰，爲何會在聽雨閣？」

「那就要問連城了，是他將我擄來的。」在她打量我的同時，我也在觀察她。肌如白雪，著粉則太白，施朱則太赤，國色天資，風雅猶絕。

她的眼神一陣渙散，眉心深鎖，動了動嘴角還想說些什麼，卻有個比她更快響起的聲音：「誰讓你來這的?!」語氣雖平靜無起伏，卻暗藏凌厲。

面如冠玉，唇若塗脂，丹鳳眼。那雙帶著貴雅之氣的瞳目彷彿璀璨的星鑽，閃閃耀眼。我相信世上也只有他才配得上「傾世美男」四字，也正因爲他令女子汗顏的容貌，一年前我只是遠遠掃過他一眼便深深地記住了這個卞國的丞相——連城。

「有膽子藏，沒膽子讓我知道？」她冷哼。

「靈水依！」很有威脅性的三個字由他口中吐出，顯得如此自然，我也感覺到這是暴風雨來前的徵兆。

我不想他們因爲我而起衝突，便提步插進他們中間，欲勸阻他們繼續爭吵。她卻不領情地將我推開，我一個踉蹌險些摔倒，幸好依舊跪在一旁的幽草扶了我一把。

「別放肆！」他的語氣越發凌厲，而且一發不可收拾。

「你敢凶我，我立刻要皇兄免了你的丞相之位！」

現在我學乖了，站在一旁望著他們你一言我一語地爭吵，確實挺有意思。還記得一年前父皇允婚時他還沒有妻室，一轉眼就娶了個凶悍的妻子，從言語中可聽出這叫靈水依的姑娘是一位身分尊貴的公主，卞國皇帝的妹妹。

直到她淚凝滿腮地跑出聽雨閣後，這場爭吵方停歇。只見連城將蘭蘭與幽草摒退，重重地吐出一口氣，未待他緩過因方才爭吵而疲倦的心緒，我就低聲責問他爲何要將我帶到這裡關著。

「因爲，你是我的未婚妻子。」他神色平常，看不出情緒，見他溫然一笑，我不禁看呆。人說女子傾國傾城，可現在眼前這位男子卻有著傾國之貌。

「我早在一年前就不是了。」我糾正他話中的錯誤。

「你父皇與我立下的婚書還在，何來不是之說？」

我無言地瞪著他，手心傳來絲絲冷汗，心下更有著驚慌與不知所措。我只能沉默地面對他，否則他一怒之下將我的身分暴露在卞國，勢必又會引起二皇叔追殺。我在亓國的任務還未完成，在那，我還有想見的人。

「別用那樣幽怨的眼神看我。」他被我盯得手足無措，惶惶地避開我的目光說。

「放我回去！」

「若我說不呢？」

「求你了……」

最終，我近乎低聲下氣的懇求也未博得他一絲同情，依舊被禁足在聽雨閣，兩個丫鬟就像我的影子緊隨我不放。我幾乎要被她們折磨出病來了。心情也日漸低落鬱悶，最後乾脆連續幾日幾夜都不說話。

月如寒盤，新月娟娟，提起湘裙蹲在聽雨閣偏庭後與曲橋連著的池塘，碧水映皚月，嫋嫋煙波起。

光影映殘姿，身後的兩位丫鬟依舊挺立在身後，蓋過了我的倒影。伸手撥弄起碧水，漣漪蔓延，將我們三人的影子打碎，一遍一遍不厭其煩地做著同一件事。或許是真的太無聊，我只能用這件事來打發無聊的夜。

自上次靈水依來鬧時見過連城到現在已經又過一個月，其間我只見過他兩次，第一次他肯露面是我實在受不了這樣囚禁式的禁足，趁她們倆不注意之時不顧自身的安危，往那棵離高牆最近的桐樹上爬，想由那逃跑出去，可是腳底一個不留神就整個人重重地摔下去，連喊痛的力氣都沒有。他這才大發善心地來瞧了我一眼，幸好摔在草堆裡並不是特別嚴重，只是我的腰閃著了，一連在床上躺了五日才勉強可以下床走動。想來也傻，就算我出了聽雨閣又怎樣，丞相府還有更多的守衛，我又如何出去。

我真的是好了傷疤忘了疼，沒過幾天為了表達我對連城的不滿，竟然開始絕食，不論蘭蘭與幽草怎麼勸我，還是連續六日不吃不喝，竟至昏厥。當我醒來時對上他一對沉鬱與無奈的雙眼。他說：「你真的很想死？你不要復國了嗎？你要妥協了？」只因他這句話，我重新拾起碗筷，將一口口白飯往胃裡嚥。

「小姐，您就與我們說句話吧！」蘭蘭適時地開口，我確實已經很久沒同她們說過一句話了。

「我們只是奉命盯著您的，您別再生氣了！」幽草說話的聲音略帶哭腔，換了以前的我一定很心疼，可現在的我已經沒有多餘的心思再去憐惜他人。

幽草見我不說話又繼續說了下去：「或許您不知道，自夏國易主之後，主子一直四處尋找您，現在他終於找到您了，因為太在乎才怕您離開他，您就別再和我們賭氣了！」我很驚訝她竟然知道我的身分，可見她們倆在連城身邊的地位定然不一般。

「所以他就能將我關起來嗎？」霎時我的恨意湧上心頭，來得如此急切。我父皇與母后的死他難辭其咎，若不是他引誘父皇反亓，二皇叔怎會有藉口造反，民心怎會反背，父皇一世的英明怎麼會就此葬送在萬人譴責中？！

「明日我就帶你出去走走，讓你看看汴京。」他帶著笑意，無聲無息地出現在我身後，波瀾不驚地將一直蹲在池岸邊的我扶起，雙膝由於蹲太久而一陣麻痛，我悶哼一聲。

看著他在我跟前半蹲下，還在奇怪他想做什麼時，他厚實白皙的雙手卻已襲上我雙腿，輕柔地為我揉捏著，舒緩我雙腿的不適。怔怔地盯著他，無法再言語，堂堂下國丞相，竟爲我揉腿。

「逃跑也好，絕食也好，都不要再傷害自己了。」他的聲音藏著絲絲柔情，字裡行間無不透露著關切。

「讓我回去吧。」我的口氣軟下，又舊事重提，只感覺他覆在我腿上的雙手一僵，動作頓住。

「如果我說……能幫你復國！」

坐在妝台對著銅鏡獨自梳頭，腦海中始終盤繞著連城的話。他說他能幫我復國，代價就是留在他身邊一輩子。我竟然沒有欣然接受，只是一語不發地回到房中。換了以前的我，一定會立刻同意，但是現在我卻猶豫了。

「馥雅，你能堅持活下來，不正是因爲心中那濃烈的仇恨嗎？」我喃喃對自己說，可心爲何卻隱隱作痛，痛到連呼吸都困難。

他果然沒有食言，一大早就到聽雨閣將我帶出丞相府，也未有隨從跟隨其後，只有我與他。但是我知道，無數名高手就埋伏這四周，一來是保護丞相安全，二來是避免我逃跑。之所以要將他們隱藏在暗處也是怕我不開心吧，他還眞是用心良苦。可是看不見並不代表沒有，我快快地與他並肩走在人聲鼎沸熙來攘往的街道上，從我們身邊而過的百姓皆會側目瞧我們好幾眼，是因爲他絕美的容顏吧，每次我看見他的容貌都會暗生妒忌，一個男人怎麼能生得如此好看。

「想好了嗎？」他鄭重其事地問道。

我沒有立刻回答，只是在一個小攤邊停下來，隨手拿起一個泥人，眞像祈佑。他見我拿著不放，想爲我買下來，卻被我拒絕了。

我將泥人放回原處淡淡地問：「你眞的有把握？」

「沒把握的事我從不會承諾。」

「好，我答應你！」

「四年，你願意等嗎？」他給了我一個不可能的承諾。四年！在亓國，就連一向自負的祈佑給我的承諾也只是八年，可是他卻如此肯定地給我四年，比預期少了整整一半。

雖然不相信，卻還是重重地點下頭，我必須相信他。又走了幾步，小腹一陣絞痛，痛到我已無力承受，他立刻橫抱起我朝最近的一家藥鋪衝去，大夫爲我把完脈說沒什麼大礙，只是體質太過柔弱，開幾方補藥調養身子就好。他緊繃的神色終於放開，我也鬆下一口氣。

因我的身子不適，一路上都是由他背著我回丞相府，在所有人驚愕、羨慕、妒忌的目光下將我背回聽雨閣。

他輕柔地將我放在床上，對上他那雙深邃幽深、勾人魂魄的目光，我心下又是一陣輕顫。

他爲我拂去擋在眼前的散落髮絲歎口氣：「馥雅，今生若有你陪伴，於願足矣。」

我卻是但笑不語。

右手撫過我的臉頰，同時低下頭吻上我微啓的朱唇，輕柔小心，生怕被我拒絕。我雙手緊握成拳，最終還是無力地鬆開，輕輕地攬上他的腰際，微微回應他的輕吻，他像是得到許可，由最初的謹愼變爲霸道卻也不失溫柔。

被他吻得喘不過氣，用力吸一口氣，他乘機將熾熱的舌頭伸進口中纏繞輾轉，吸吮。我的聲音與唇舌交纏間化爲一聲低吟。在我即將窒息之際，他鬆開了我，深吸一口氣，壓下眼底濃烈可見的欲望，沙啞地說：「早些休息，明日再來看你。」

目送著他離開這間房，薄笑依舊，直到蘭蘭與幽草捧著豐盛的晚膳進來，臉上掛著曖昧十足的詭笑，我微紅了雙頰，竟然忘記了一直形影不離跟著我的她們，方才一定都看見了吧？

幾盤香氣四溢的菜擺在桌上，我食指輕點上一盤晶瑩剔透如琉璃珠般顏色不一的湯問：「這是什麼？」

「回小姐，這是三色魚丸！」說罷，蘭蘭就拿起湯勺盛起一顆送入嘴裡，這是丞相府的規矩，爲恐有人在主子的飯菜裡下毒，必須由丫鬟先試菜。這丞相府的規矩與皇宮的規矩有異曲同工之處。

又是一指，一盤暗紅油膩卻不失精緻的菜：「這個呢？」

「這個叫糖醋咕嚕肉。」幽草也夾起一塊送入口中，吃得津津有味，似乎眞的很美味。

我一陣點頭，將所有的菜都指問一遍，她們也都一一回答，一一試嘗。

「小姐您快吃吧，涼了味就散了！」蘭蘭提醒我，又說，「這些可是主子特別吩咐做下來的，他說您身子太弱要好好補補。」她似乎有意要告訴我連城對我的好。

「第一次見主子對人這麼認眞。」幽草的眼底泛過羨慕與一閃而過的悲傷。與她相處一個多月，我看出她對連城的心意，又敬又愛，只可惜連城從未眞正注意過她。

「這我都知道……」我的話才說一半，就見蘭蘭雙眼一閉，無力地倒在地上，幽草一驚，想去扶起她，卻也搖搖欲墜地倒在地上。

「可是我必須離開！」我喃喃地將未說完的話對著已經毫無意識的她們說道。

自昨夜我就計畫好今日的逃跑，在街道上我故意裝作腹痛難忍，連城果然毫不懷疑地將我帶入藥鋪，在他與大夫取藥之時，我偷偷藏下兩味混合在一起可以使人昏迷的藥。

待方才連城離去，我將其弄成粉末塗於指間，在問菜名之時借助細微的摩擦將粉末灑入菜色內，只要解決了她們兩個，離開這丞相府就容易多了。

憑藉著剛才連城吻我時從他腰間偷來的權杖，很容易地騙過聽雨閣外的守衛，我離開這個關了我一個多月的鬼地方，一路從容不迫地朝丞相府大門走去，雖然心裡很緊張，但是我不能慌，若一失方寸就滿盤皆輸。

「姑娘，我們不能放您出去。」

當我以爲能順利地離開丞相府之時，竟然被守在府門外的管家給擋住去路，即使有連城的權杖都不行。我心灰意冷地將雙眼一閉，連城，你眞的留定我了嗎？

「李叔，放她出去。」

詫異地睜開眼簾，不可思議地望著一臉高傲的丞相夫人——靈水依。

「夫人，丞相有交代……」他為難地皺起眉頭。

「丞相就是怕她拿了權杖你們都不會放她，所以特別吩咐我來瞧瞧。」她握起我的手很從容地說著，可我感覺到她冰涼的手在微微顫抖，原來她也在故作堅強。

「待屬下去問過丞相……」

靈水依冷凜地瞪了他一眼，他被駭得不敢再往下說。

「我是卞國的公主，丞相府的女主人，連我說的話都不信？」她的話說罷，管家的眼中卻依舊存著猶疑。

「有什麼事，我一併承擔！」直到她撂下這句話，管家才放我出來。

靈水依將我送出府，硬塞給我幾十兩銀子當做路上盤纏，她叫我不用謝她，她是為了她自己，不願自己丈夫的心永遠被我牽動，不願他的心始終被我占著。

她還說，她很討厭我。

第五章　金戈嘯鐵馬

出汴京城時，城門已經關上，我一亮出丞相的權杖，他們就立刻打開城門讓我出城。這丞相的權杖還真管用，就像皇上的聖旨般讓我一路上暢通無阻。

一路策馬奔馳，也不敢稍作歇息，生怕一停下來就會被丞相府的人追上來。離開汴京也有一個時辰了，蘭蘭與幽草應該已醒，她們會怪我嗎？還有連城，當他知道我欺騙他逃跑了，會有多麼憤怒與失望。我只能對他們說抱歉，亓國有我的恩人，有我牽掛的人，無論如何我是一定要回去的。

碧雲天，山映斜陽天接水，翠柳成蔭。

策馬飛奔了一夜，我與馬兒早已經累得疲憊不堪，酷熱直逼我全身，實在受不了這燥人的天氣，便在一個自認為很安全的地方停下休息，臥靠在一棵參天大松下小憩。我暗暗告誡自己只要睡一小會兒就好，雖然我是這樣對自己說的，可當我醒來之時，暮色已近。

天哪，我竟然從晌午開始睡到太陽落山，暗罵自己的貪睡，再望望原本拴在溪邊石上讓牠進些青草溪水補充體力的馬，竟不知道何時已經沒了蹤影。我氣得乾瞪眼，心下又是一陣擔心，萬一連城趕了上來怎麼辦，我可不願意才得自由又被他再次擒了回去。

轉念一想，其實也不用太擔心，因為此次我選的回亓國路線令人意想不到，這樣我就可以避過那些自以為是的追兵。

很簡單，將原本的路線換成過開封再直插邯鄲，再過揚州回到蘇州，之所以稱這條路為意想不到，原因有二：其一，這條路比最初那條路要多花一半的時間；其二，開封與邯鄲正是亓卞兩國正在交戰之處，有誰會傻到往烽火沙場上去送死。

所以現在的我即使沒了馬匹也可以安然到開封，到那兒我就可以雇輛馬車直接回蘇州了。

徒步走了七日，確實沒看到有人追來。一路走走停停，有小村我就會給些銀兩買點糧食，若走了一整天都沒有供我落腳吃住的地方，就靠野果充饑，生起火堆就睡。我擦擦額頭上的汗珠，望著火辣辣的太陽睜不開眼睛，這裡應該是開封南郊了，再走幾里就到開封城了，可以好好地吃一頓，睡個好覺，洗淨連日來身上的灰塵。

我在南郊竟然發現一條小溪，不深不淺，清澈明亮，四面環樹，若不仔細觀察還真難發現這條小溪。蹲在小溪邊用清水輕潑臉頰，沁涼之感將我全身的燥熱洗乾淨，不自覺地露出了絲絲笑容。

「丞相也真奇怪，我們追到半路，他竟然要我們調頭轉往開封。」

「真不知道丞相怎麼想的，這開封四處都是亓兵，一個姑娘怎麼可能朝這走。」

突然聽見不遠處傳來一陣抱怨，在四下無人的寂靜郊外格外響亮。他們的聲音來回在四周迴盪，他們口中的丞相不會是連城吧？

我沒敢多想，縱身跳進小溪朝中間最深處游去，最後憋住呼吸沉到溪底，希望能躲過他們。心下不可思議，他竟然能追到半路上還折回朝開封追來，太可怕了，連這條最不可能的路都被他料到了。

也不知道在溪底沉了多久，感覺到他們的談話聲越來越小，直至聽不見我才緩緩地浮出水面，用力吸上一口空氣，就聽到一陣怪叫。

「喂，你幹什麼?!」驚愕之中還夾雜著怒火，回音一圈一圈地迴盪在四周。

我瞪大了眼睛盯著面前這個一絲不掛地站在水中的男子，他張開雙唇似乎還想說些什麼，我即刻倉皇失措地捂住他的嘴巴。

「公子救救我，有個惡霸要將我抓去當妾，我不依就逃跑了出來，他們現在在追緝我……」我六神無主地向他編著故事，就怕他再叫一聲會引來他們。很想試圖擠出幾滴眼淚博取同情，可是，他眼中戲謔的笑意，令我怎麼都進不了情緒。

他將我覆蓋在他唇上的手用力扯下，好笑地上下打量了我良久才說道：「繼續往下編啊？」

「不信算了。」我想他們應該走遠了吧，就放下心朝岸邊游去。

「丫頭，占完便宜就想走？」他在後面衝我大喊。

「臭小子，本姑娘占你便宜是看得起你。」爬上岸，心想這男子確實輕浮，也不想與之糾纏不清，將濕淋淋的頭髮整好後，對上他那對如赤火雄獅般欲噴出火來的目光，又說，「小夥子，年紀輕輕不好好待家裡耕田牧牛，反而跑這來嬉戲玩樂，嘖嘖……孺子不可教也！」我搖頭晃腦地對他諷刺一句，看他想衝上來掐死我卻又因一絲不掛而不敢上岸來的樣子就好笑。

我沒待他發怒，轉身就跑，一陣貫徹雲霄的怒吼在我身後源源不絕地迴響著。

「你……給——我——站——住！」

我邊跑邊笑，可以想像他現在那張早已經氣得變色的臉，時不時朝後張望，怕他已經穿好衣服朝我追上來。跑累了我就站在原地用力喘氣，好久都沒這麼開心地笑過，也許我真的不屬於那粉淡高牆，而適合這碧水山澗。可是後來，我卻怎麼也無法笑出來了，神色僵硬地望著騎坐在棕紅汗血寶馬上面無表情地望著我的絕美男子。

思緒一動，轉身就往回逃，他竟然……只帶了幾個隨從冒險來到開封，不知道這兒有多危險嗎？他的身分足以誘動駐紮在四周的亓兵傾盡全力抓他，隻身犯險只爲了來抓我這個欺騙他的女子，眞的值得嗎？

我感覺到馬蹄聲聲朝我逼近，明知道人與馬的區別，卻還是不放棄最後一絲逃跑的機會，可直到剛才那位被我奚落的男子緊拽住我的手腕不讓我繼續前行時，我的最後一線希望才破滅。如果我的眼光可以殺人，他早已經被我千刀萬剮了。

「臭丫頭，你還有膽子回來！」現在的他已經穿好一身盔甲，手持金刀，微濕的髮梢被風吹過，顯得放蕩不羈，英姿颯爽。

連城猛地一拉轠繩，馬嘶叫一聲停在我們正前方不遠處。他望著我身邊的男子好一會兒才吐出幾個字：「晉南王？」

那人朝連城望了望，然後大笑一聲：「我當是誰呢，原來是卞國丞相連城。」

晉南王？亓國的三皇子納蘭祈星？天呀，剛才竟然那樣奚落他，我怎麼就沒看出來他有這樣的身分呢！

「放開她！」連城的目光一直在我們身上游移，那噬血殘酷的樣子是我從未在他臉上見過的，這才是眞正的他嗎？一觸及他的目光，我就迴避著不敢看他。

「如果我不放呢？」祈星絲毫不畏懼他的目光，反而笑得越發狂妄。

「你走吧，我眞的不能同你回去！」我低聲細語地說，頭也越垂越低。

「聽見了吧？我勸你還是趕緊離開，否則我的大軍一到，你定然死無全屍。」他冷冷地出聲警告。

連城最終還是離去了，我自始至終都沒看他的神情，我想那一定是譴責、失望和傷心吧。我原本想進開封城裡休息，可是聽祈星說城門已經關閉了整整三日，裡面的百姓出不來，外面的軍隊也進不去。我才知道原來他們的軍隊一直駐紮在開封城外五里地，準備攻城。我沒辦法只能緊隨其後，依靠他回亓國，他既沒趕我離開，也未同意我跟隨，就當他是默認了。

我一直在問他為什麼放棄了抓卞國丞相這麼個大好機會，他不回答我。直到我隨他回到軍營才找到答案。

他的部下們根本不曉得他偷偷從軍營裡跑出去，直到我們倆走進軍營，將士們才一個個傻眼。我倒是很佩服他，方才只要他稍亂一點陣腳，就會被連城看出端倪，被俘虜的就會是我們倆了。看他好像大剌剌的樣子，還眞不負「戰神」這個稱號。

亓國的十二萬精銳駐紮在城外五里地，地勢空曠占了很大的優勢，只要一有伏兵闖入皆清晰可見。更重要的是四面長滿了鮮嫩的野草，馬匹可有充足的體力補充，這小子還挺有頭腦的。

我與他一進入軍中，將士們就一片譁然。歷來的規矩，女子不得入軍營。而我現在卻光明正大地走進了軍營，他們當然不能接受。

「王爺，你擅離軍中之事暫且不與你論，可是你怎能隨便帶個女子進來，你就不怕動搖軍心？」說話的是位威武英氣的中年將軍。

「蘇大將軍！我這不是回來了嘛，而這位姑娘……」他突然很悲傷地望了我一眼，我被他看得莫名其妙，只聽他長歎一聲繼而說出令我傻眼的話。

「這位姑娘本是蘇州兩江鹽運使之女，可就在一次踏青途中被兩個人肉販子綁去，賣給卞國的一位富家老頭做小妾。你不知道那個老頭簡直就喪心病狂，每日死命地將她打到遍體鱗傷，有苦難言。你們說說，一個千金小姐怎麼受得了這般折磨？在林中見她想上吊自盡，當然要救她一命，佛曰：救人一命勝造七級浮屠。」

看見周圍看熱鬧的士兵皆用同情憐憫的目光看著我，我低頭雙肩聳動，強忍住想大笑的衝動，這個晉南王竟比我還能編，這麼俗的故事也虧他想得出來。

而那位被他稱做「蘇大將軍」的想必是蘇姚的父親蘇景宏將軍了。他見我雙肩聳動以爲我正在哭泣，口氣也由最初的強硬漸而軟化：「姑娘，並不是本將軍無情，而是這軍中確實不能留女子！」

「將軍，小女子已經無家可歸了。只盼得亓軍能夠早日攻克開封，這樣小女子就能回到亓國。我想爹爹，想姐姐，想娘……」我用力擠出幾滴眼淚，陪著祈星將這個戲演完。

蘇景宏沉思了好久，終於同意留下我了，但是有一個條件：我必須換上男裝。

穿著厚重的盔甲待在軍中一晚，吃了我一生中吃過最難以下嚥的晚膳：一口大鍋，將飯與菜一古腦兒地倒進去燜煮，這就是全軍將士的伙食。我從來都不知道他們吃的伙食竟然如此不堪下嚥，我向軍中士兵打聽了蘇將軍與王爺吃的是什麼，他們竟然回答「與咱們吃的一樣」。我更加佩服起蘇將軍與祈星了，他們在朝中地位是那麼至高無上，可是卻與軍士吃住都一樣，是很難能可貴的。所以，我決定今天他們的早膳由我親自下廚做給他們吃。

我端著剛煮好的香噴噴的米粥與煎的燒餅跑進軍帳，遞給爲商量如何攻城整整一夜未休息的蘇將軍與晉南王。可是蘇將軍一見到我給他們做的早膳就變了臉色，也不顧我是女子，當面就訓斥起我來：

「姑娘可知你爲我們做的這一餐早飯，換在以前可以讓軍中十二人塡飽肚子！」

「蘇將軍……」晉南王想勸他消氣，卻被他打斷。

「作爲一軍統帥，就該與士兵同患難共甘苦，難道一軍統帥身分就高人一等？這裡所有的兵，有誰不是爹娘的寶？他們甘願來此爲國出力，我若不能一視同仁，就根本不配坐上一軍統帥的位置。」

我臉色蒼白地望著蘇將軍的臉好久好久，終於還是離開了軍帳。晉南王追了出來，他說：「蘇將軍就是心直口快，千萬別放在心上。」

我很用力地搖頭，勉強一笑：「我終於明白，爲何獨獨亓國爲三國最強，原來有這樣一位能同士兵同甘苦共患難的蘇景宏大將軍。」

朝他露出縹緲一笑，我看見他眼中有著驚奇，也沒去猜測他的驚奇所爲何事，悠然離開主帳。煙靄朦朧，黃沙滾滾，蒼鷹啼嘶。望著漫舞的黃沙席捲四處，似乎就要有一場大雨從天而降。可我心中卻是五味參雜，如果父皇手下能有像蘇將軍這樣一心爲國的將軍，或許夏國就不會易主。

我再次回到灶房，學著昨夜的大雜燴，將所有的飯菜丟在鍋裡一起煮，我雖然不能改善他們的伙食，但我能讓這些飯菜沒有那麼難以下嚥。當我再次端著食物走進主帳時，蘇將軍與祈星用奇怪的目光盯著我，我露出淡淡的笑顏。

「將軍，王爺，你們放心，這些東西與士兵們所食一樣。你們一夜未眠，必須先塡飽肚子才能有更好的精神思考如何攻克開封。」我將一只盛滿飯菜的大碗遞到蘇將軍面前。

他望了我許久才接下它，歎一聲：「方才是我太過苛刻，你只是位姑娘，這軍中之事你又能懂多少？」

我即刻搖頭表示自己不認同：「將軍你錯了，不是所有女子的眼中只有浮華名利和紅塵瑣事，如果將軍看得起潘玉，且聽我一言。」

蘇將軍別有深意地打量了我一陣，才點頭讓我說下去。而祈星則一邊狼吞虎嚥地扒飯，一邊好整以暇地看著我，似乎很期待聽我會說些什麼。

「聽王爺說，十二萬大軍已在城外駐紮五日之久，卻遲遲不能攻克開封。」

蘇將軍凝重地點點頭：「開封的守衛如銅牆鐵壁，我軍曾幾度欲將其一舉拿下，卻傷亡慘重。」

「我相信將軍與王爺早就分析出問題所在：一是開封兵力強盛，地勢位置位居上游，居高而臨下阻防我軍，很占優勢。二是民心所向，開封百姓誓與城共存亡。」我娓娓道來，蘇將軍與祈星的表情微微一變。我知道自己分析對了，於是繼續往下說，「雖說開封一直緊閉城門沒有糧食來源，他們僅存的糧食持續不了多久，但是我軍的糧食也因駐紮多日，即將耗盡，攻城迫在眉睫。所以……現在只有一個方法能夠攻克開封！」

「什麼方法？」祈星突然從椅子上彈坐而起，手中還端著那碗才吃了一半的飯，樣子很是滑稽，我看不出他哪點像身分尊貴的王爺。

「水源，我今早提水時發現半里外那條河是直通開封的，如若我們毀了河壩，攻克開封指日可待。」

「你所說的方法我們早就想到，可這條河壩不只是開封唯一的水源，也是我軍唯一的水源，所以……」蘇將軍立刻接下我的話，捋著鬍鬚搖頭，他的「所以」二字還未落音，就被我接了下。

「所以才有了昨日王爺擅離軍營。」我把目光轉至祈星，他先是一僵，繼而讚賞地衝我輕笑。我也回以一笑，腦中浮現出的竟然是他站在水中一絲不掛的樣子，雙頰微微發熱，甩去腦海裡淩亂的思緒。接道，「就是爲尋找一條水源，很幸運地被他找到了。一里外的南郊有一條清澈乾淨的小溪可供給全軍作爲水源。」

我將所有的話都說完，卻未見蘇將軍與祈星有任何反應，安靜中藏著一絲詭異的氣氛。難道我說錯了什麼，又或者是我說了什麼不該說的話？

蘇將軍突然一陣大笑，隨後走到我面前用力拍拍我已經被沉重盔甲壓得疼痛的肩膀，力氣大得驚人。我腳下一軟差點沒站住，幸好我用力頂撐著。

「好一個聰明的潘玉，才來軍營一夜就將所有的形勢摸透徹，甚至還想到應對的方法，難得難得……」他彷彿看見天人般，笑意源源不斷地在臉上泛開。我望著他，彷彿看到父皇，他也有著一臉慈祥和藹的笑容，開心之時也會拍拍我的肩膀。

祈星也上前來，一手將瘦小的我朝他胳膊彎裡帶：「依你之見，該如何？」

「萬事俱備，只欠東風。」語音方落，一陣雷鳴在頭頂「轟隆隆」地貫徹絕響，我與祈星對望一眼，異口同聲地說道：「東風來了！」

蘇將軍興沖沖地跑出營帳將數千位士兵聚集起來，威信十足地說道：「眾將士聽令，朝半里外的河壩出發，以最短最快的速度將其毀壞。」

望著數千位士兵隨著蘇將軍氣勢磅礡地依序漸進，我也露出了欣慰的笑容。想隨他們一起去，卻被祈星拽住了：「大雨將至，你要去哪？」

「與他們一起毀堤壩啊！只要堤壩毀了，大雨就會將岸上的泥沙全數沖進河水中。河水一被污染變得混濁也就自然而然斷了他們的水源，開封一攻克我就能回蘇州了。」

「你去湊什麼熱鬧，不准去！」然後硬將我拖至右側的椅子上按坐下，然後與我並排坐在另一張椅子上說，「陪我坐會兒！」

我們倆就這樣一直坐著，他也不說話。我看看他悶悶不樂的表情，再望望他深鎖不放的眉頭，甚爲驚奇地問：「這開封即將攻克，王爺怎麼不開心？」

「母妃爲我選了個王妃，楊太師姪女！」帶著點諷刺，他笑了。

「王爺早已成年，成家立室是必然！」我理所應當地笑道，佯裝看不見他眼底那千萬個不願意。他的母妃是明貴人，出身名門貴族，心高氣傲，從不屑與他人打交道。況且兒子祈星手握重兵，她還爲皇上產下第一位小公主，在宮中地位更是高人一等。她若要選兒媳絕對也是高人一等的，這哪能容祈星自己做主呢？

他嗤之以鼻，「堂堂王爺，連婚姻大事都不能做主，說出去不成笑話！」

或許很不應該，但我就是抑制不住，笑出了聲：「王爺，問您個問題，能如實回答嗎？」

見他應允點頭，我以無比清脆的嗓音問：「皇位，您想要嗎？」

五日後，開封城不攻自破，早已饑腸轆轆的士兵與百姓棄械開城投降，開封正式歸屬亓國。同時邯鄲也傳來捷報，大勝，舉國歡騰。而祈星硬是要親自將我送回蘇州城，於是大軍分爲兩批，一批由蘇將軍帶回金陵，祈星則領著數千名將士一路將我送回蘇州。

祈星說得好聽是要送我回蘇州，其實我們都心知肚明，他是爲了逃避大婚，根本不願意回朝見明貴人為他所選的王妃。

還記得那日我問他想不想要皇位，他竟然斬釘截鐵地回了一個鏗鏘有力的「想」字。他說：「從小母妃就對我說：『這個皇位並不是太子的，而是有能者居之。』那時年幼還不懂母妃之意，直到十六歲封王那日，父皇予我兵權讓我出征。在戰場上哪一次不是提著頭在與敵人浴血奮戰，納蘭祈皓憑什麼坐享其成？難道只因他是嫡長子？」

我是該慶幸他能毫不掩飾地在我面前將心裡話和盤托出，還是該為他有這樣一個硬是要將他推向絕路的母親而心疼？歷來哪代皇帝的寶座不是用親兄弟的血堆砌成的，又有多少英雄為那個可望而不可及的位置白白送了性命？可是依舊有一批一批執迷不悟的人在苟延殘喘地爭奪著。

那時的我只問了他一句話：「你有信心能做一位名垂千古的好皇帝？又或是只會逞匹夫之勇？」

天高雲闊，月白風清，楊花紛紛漸折。

秋香未濃，閒門落葉，疏桐落，潤秋已近。

不曾想到我在卞國一待就是兩個多月，如今中秋佳節已近，我站在蘇州城的潘府外徘徊良久，卻終究未跨門而入。而祈星並未詢問我原因，正如他未詢問我與連城的關係一樣，就這樣靜靜地陪我站著，身後數千名士兵也就這樣站著，蘇州最繁華的大街被我們堵得水泄不通。

祈星的到來驚動了周邊縣郡的官員，知縣、總兵、通判、千總……數十位官員帶著大禮來到潘府外拜見祈星，卻被他怒斥一頓趕了回去。

「丫頭，你都站了近一個時辰，還不進去？難道不想你的家人？」他終於忍耐不住，強壓抑心下的躁動問我。

「想。」只是一個字肯定了我眞實的想法，我想母后、父皇……而潘家人對我來說根本可有可無。他們對我的好全出於對祈佑的討好，我厭惡潘家人那一張張虛僞的嘴臉。

「姑娘?!」一聲興奮、驚疑又帶著歡愉的尖叫自身後傳來，不待我轉身，一個嬌弱的人影便撞進我的懷中，胸口一陣悶疼。可現在的我已經全然顧不得胸口的疼痛，只是憐惜地摟著已經哭成淚人兒的雲珠。

「您可知那日您失蹤後，我有多著急……主子知道這件事發了瘋地去找尋您，甚至連太子大婚都未去參加，可仍舊找不著您。我還以爲……以爲……」她緊緊地抱著我的腰，已經語無倫次，泣不成聲。

我無奈中帶著輕笑，原來雲珠是這麼擔心我，而祈佑……發了瘋地找我，是怕計畫因我的失蹤而不得不放棄嗎？我想出聲安慰，卻正對上祈星那對探究的目光，心下一凜，我完全被喜悅沖昏了頭腦，竟將一直站在我身邊的祈星給忽略了，他一定聽見雲珠那句「連太子大婚都未去參加」！

爲避免雲珠繼續說下去會暴露祈佑的身分，我輕輕地將她從我懷中拉開一些，指著祈星說：「雲珠，快見過晉南王！」

雲珠的哭聲戛然而止，她瞪大了眼睛看著祈星，一臉慌亂，竟連行禮都忘記。我輕輕推她，試圖讓她回神，不要失態。

「雲珠見過王爺。」她一回神，慌忙跪伏在地上。

而祈星則是帶著別有深意的謔笑叫雲珠不必多禮，可他的視線卻始終徘徊在我臉上，變得更加深沉，多了種含而不露的威嚴。腦子有些混亂，是他察覺到了什麼嗎？

「王爺大駕光臨，卑職有失遠迎，望恕罪！」潘仁，我現在的父親與沖沖地領著母親張憂蘭、姐姐潘琳出府跪迎。

「不必多禮，令二千金已安然送回，我也該返朝了。」他一臉和煦認眞的笑讓我覺得怪怪的，卻又說不上來是哪怪。

送走祈星，我便一語不發地走進潘府。這個家太過世故，我就像一位寄人籬下的孩子，所有對我的笑容都只是爲了換取更大更多的利益。

果不其然，在我回府的第三日，朝廷裡來了一位公公手捧金綾耀眼的聖旨來到潘府，潘仁被封爲戶部侍郎，即刻進京朝見皇上。他瞬間由三品鹽運使晉升爲正二品侍郎，從今往後他就能在朝爲官了。

我與父親收拾好東西隨著他一同進京。我不解，爲何他宣完聖旨後還附加上一句「請務必攜令二千金一併進京」。我好奇之下塞給那位公公許多銀兩，詢問起其中原因，他只是發出一陣嗲笑，提了個蘭花指，「韓昭儀在聖上枕邊一語，潘運使就晉升到朝廷中人人搶破頭都爭不來的位置。你們潘家有了娘娘做靠山，將來一步登天是必然的。」

第六章　款款鳳求凰

在抵達金陵城當日，父親就進宮朝見皇上，我則隨著傳旨的劉公公進入韓昭儀正位的西宮。幽葩細萼，薔薇盡香。粉蝶弄芳草，崎山頂嘶風，荒影枝散盡，淡蕩初寒扶殘柳。這西宮雖不若東宮那般高雅堂皇，卻華美而幽深，景動心弦勾人心，宛若走進仙境。

東宮也好西宮也罷，難怪天下人都稱皇宮爲「人間天堂」。滿朝文武不惜散盡千金往高處爬，後宮嬪妃硬是使出渾身解數站穩腳跟。爲其私欲，也不知有多少無辜良民百姓成爲權謀鬥爭中的犧牲品。

很快我們到了披香宮別苑正中央的「望月亭」，遠遠就見一位紫綃鳳衣豔冶嫵媚的女子。青絲如雲，明眸神飛，猶似那漢宮飛燕，西周褒姒，不是那位寵冠六宮的韓昭儀還能是誰？

我朝她行罷禮，她就賜我與她同坐於石凳，圍桌而坐。我很聽話地於她左側坐下，這才注意到，亭內還有一人坐在她右側，我的正對面。他俊秀挺拔，氣質湛然風雅，犀利的目光似能看透一切。眉頭深鎖，盯著我的目光若有所思。

「這位是本宮的弟弟冥衣侯。」韓昭儀許是見我盯著他竟看出了神，所以出聲爲我介紹。

三十萬禁衛軍統領韓冥？我立刻想起身叩拜，卻有個聲音比我更快。「免了！」冷寂如寒，冰晰凜靜，這個聲音似曾相識，卻記不起在何處見過他。照理說，他這般俊秀又有身分的人我只要見過就不會忘記。

「本宮聽聞數月前潘二小姐在回家途中被人擄走，現在能安然回來本宮就放心了。」她嫵媚一笑，再輕輕撫過我置於石案上的手背。

她深居宮闈竟然能得曉我被擄之事，難不成她派了人一路跟蹤我？她的用意何在？

「你很奇怪本宮的用意吧，那本宮也就打開天窗說亮話。」她原本嬌媚的聲音一轉，變得格外嚴肅鄭重，「我要將你獻給皇上！」

彷彿聽見一個天大的笑話，我倏然從石凳上站起，不可置信地盯著神情依舊不變的韓昭儀：「娘娘，您在說什麼?!」

「我已經派人打聽過你，家世乾淨，父親並無黨系，還有就是，你是被皇后娘娘趕出宮的。」她勾過頸邊披散著的珞金流蘇，再優雅地站起來與我對視良久。

「爲什麼選我？」事情的關鍵就在這裡，也許只要這個問題有了答案，所有的疑問都將迎刃而解。

「也難怪，整個皇宮只有最初入宮的秀女們見過袁夫人的容貌！」她說得不清不楚卻也還是令我的心漏跳幾拍。

「什麼……意思！」

「潘二小姐與袁夫人確有七分相像。」

祈佑初見我時奮不顧身地將我從殺手刀下救出，用邪魅的語氣與我交易……

香雪海林間祈殞初見我時複雜多變的目光，以及他對我突然的溫柔……

當我將繡品擺在皇后面前，她眼中的驚惶失措，以及大發雷霆地趕我出宮……

韓昭儀見我時，對我異常的熱情……

一幕幕拼湊起來，最後的答案竟然是，我與袁夫人有七分相似。我微啓朱唇，僵硬地吐出幾個字：「娘娘又是如何得知袁夫人的相貌？」

「只要你去長生殿，袁夫人的寢宮內，一幅幅傳神的畫像會給你答案的。」

未向韓昭儀與冥衣侯行禮我就放肆地離去。現在我只有一個念頭，我要去長生殿，雖然知道韓昭儀是故意引我去長生殿，雖然知道我若進了長生殿後將再也出不來，但是我一定要去，我一定要親眼看到，否則我絕對不會相信。

望著長生殿的宮門離我越來越近，我更放快了腳步，卻被一個白色身影擋住了去路。

「不要進去。」他是在警告我嗎，這一切不正是他想要的嗎？打從第一眼見到我開始，他就打定主意要將我獻給皇上了。

我越過他，與他擦肩而過，胳膊卻被他緊緊拽住。他的力氣很大，彷彿能將我的骨頭折斷，疼痛由胳膊蔓延到全身，也讓我更加清醒。「你這樣光明正大地攔住我，不怕被人懷疑我們之間的關係嗎？」

「不要進去！」還是這四個字，冷冷的警告帶了一絲凌厲，眞是複雜呢。當日他約我來長生殿，根本是要我遇見皇上，只是不巧被韓昭儀給撞見，那時他就已經下定主意要將我推出去了吧！

「你就不怕所有的計畫就此泡湯？」我泛起一陣冷笑，聲音中沒有夾雜絲毫感情。

「我說，不——要——進——去！」依舊是這句話，他還在等什麼？我現在就已經決定要進去，用成爲皇上的女人來報答他的救命之恩，來完成我的復仇大計了，他卻阻止我，難道他猶豫了嗎？

雲珠在我們僵持不下之際及時跑來，她一臉擔憂地望著我們倆說：「主子，趁沒人發現，你快離開，我會看著姑娘的！」

他的手一鬆，我的胳膊得到了解脫，只是那陣疼痛卻未解脫。他深凝我一眼，對雲珠說已經在我耳邊重複了三遍的話：「記住，一定不要讓她進去。」

我被韓昭儀留置在西宮的攬月樓，她告訴我，只要肯與她合作，我能成爲皇上最寵愛的女人。在後宮我能翻手爲雲覆手爲雨，潘家更可從此平步青雲權傾朝野。我問她難道不怕我奪走她在皇上身邊的寵愛，她說不論代價是什麼，只要我幫她除去皇后，僅此而已。很驚訝韓昭儀對皇后的恨，竟然達到這種程度，不惜代價。

靠在鋪滿玫瑰花瓣的浴桶內，任雲珠用柔嫩的雙手將適溫的熱水輕潑至我的肌膚上，然後爲我輕輕揉捏。而我的腦海中全是韓昭儀那句話：「你與袁夫人有七分相似」……一遍一遍如魔咒般在我腦海中不斷地迴響，折磨得我幾乎快要崩潰，那麼祈殞對我的溫柔，僅因我像他母親，多麼可笑的理由！他對我的情完全出於孩子對母親的思念及依戀。

「雲珠，諸位王爺還在宮裡住著？」我問。

「應該是的，他們還未大婚呢，過些日子待他們大婚後就得離開皇宮回自己府邸住了！」

我頭疼地將眼睛閉上，想起那日祈殞送給我的玉珮，我也應該還給他了，我根本無權拿那枚玉珮。卻又聽雲珠對我說起祈佑的事，我立刻截斷她繼續說下去，現在我不想再聽見這個名字。

「姑娘……其實主子很關心你的，那日你失蹤他眞的很著急。雲珠跟了主子四年，第一次見他臉上出現慌張的表情！」雲珠沒理會我的阻止，依舊對我說起祈佑。

我在心中一陣冷哼，他會著急只是怕他的計畫會因此失敗，他以爲我不知道嗎？

「他親自帶了一小隊兵馬將我們乘坐的那艘船當場截住，盤問起所有在船上與您有過衝突或有密切關係的人，就連與您說過一次話的人都被他關了起來。」雲珠的一句話讓我全身僵直，我不敢相信地瞪著雲珠……或許說是將雲珠當成祈佑在瞪更恰當。

「都抓誰了？」

「第一個當然就是那個草包少爺李公子，然後就是子橫，還有溫姑娘，還有那幾個夥計……」她一個一個數著，我立即緊拽她的手問：「溫姑娘，是不是溫靜若？」

「好像聽船主是這樣叫的！」雲珠摸不清頭腦地點點頭。

納蘭祈佑，他竟然……竟然……腦袋一片沉重，我的思想已經完全不能轉動，終於跌入一個無底深淵。如果我能永遠這樣沉睡的話，或許就不用面對那些令我覺得骯髒的歲月，也不用再獨自承擔「復國」這兩個如此沉重的字眼，我才十六歲而已。

當我再次醒來之時已經是兩日後了，雲珠說我得了風寒。連續兩日一直高燒不退，時常夢囈著什麼。韓昭儀來看過我好幾次，桌上那些補品全是韓昭儀親自帶來的。我伸手摸摸衣襟，玉珮呢？我掙扎著從床上爬起，雲珠沒料到我會突然從床上起身，手中剛熬好的藥一個沒抓穩，全部潑灑在我身上。

「姑娘……姑娘你沒事吧……！」雲珠嚇傻了，立刻拿出繡絹想為我將身上的藥汁擦淨。

我絲毫感覺不到滾燙的藥灑在身上的疼痛，只是緊握她在我身上亂擦的手問：「我的玉珮呢？」

雲珠的手僵住了，回想了一下就跑到妝台前將玉珮從飾盒內拿出來，「是這個嗎？」

顫抖地接過那塊依舊透血泛寒的玉珮，緊緊握住，最後還是鬆開了。我無力地從床上爬起來，這才感覺到身上被灼傷的疼痛，受不了皺皺眉頭，「雲珠，我現在要出去一趟，為我更衣。」我盡量讓自己說話的語氣顯得沒有那麼虛弱，可還是虛弱到連聲音都沙啞。

「你身子都這樣了，還想去哪？」她扶著我，生怕一鬆手我就會倒了下去。

「很重要……的事！」

在妝台前，凝望著自己蒼白慘澹如冰雪的雙頰，血色盡褪乾裂略紫的唇瓣，一雙憔悴無神迷離的雙眸，這樣的我還能稱爲美嗎？雲珠小心翼翼地立於我身後爲我綰起昭陽鬢，我拿起胭脂輕輕敷於臉兩側，手在顫抖。

「姑娘，等雲珠幫您綰好鬢再爲您補妝！」她見我的手在顫抖，綰鬢的雙手也無措起來。

放下胭脂再拿起眉筆為我描眉，細柳蛾眉，宛然如生。

我原本憔悴無比的臉在雲珠的巧手下，重現美態，似乎比曾經的我更美了呢。只要我不說話，一定沒人猜到我現在有多虛弱。

我聽雲珠說起，祈殞因自幼喪母所以從小就在嬷嬷的細心照料下成長。直到十歲那年韓昭儀封九嬪之首後，皇上就將其託付給她養育，對於他們兩人之間的感情沒有人能說得上來；說祈殞不當她是母妃，可他每天下朝都會來西宮向她請安，若說他當她是母妃，卻不如母子間那般親密無間。或許是因爲韓昭儀也大不了他多少的關係，所以造成了現在這樣的情況吧！

步出攬月樓，我前往景仁殿，現在的祈殞就住在那兒。一路上我都在考慮見到他該說什麼，我準備了一大長串的話想要對他說，可是總覺得不妥。直到進入景仁殿我還沒想到該怎麼與他說，他已經出現在我面前了。

他依舊是滿眼憂鬱淡然，見到我時似乎很驚訝，沒有料到我會來找他吧。我強扯出一個笑容行了個禮，他邀我坐下，我卻未動。

「你怎麼了?今天怪怪的!」他關心地問,如沐春風的聲音淡雅怡人。

「王爺,我是來將這個還給你的。」我將緊握成拳的手攤開伸在他面前,那塊玉珮安靜地躺在手心中。

「我不是說了由你保管嗎?」他並沒有打算接下。

「潘玉無德無能,受不起如此貴重之玉。」我的手掌依舊筆直地伸於他面前,有些酸澀。

「我說有資格你就有資格。」

「可是,我並不想要這個資格。」

空氣中頓時被一股冷凝寒悶充斥著。他的目光也變了,不再是溫潤低沉,而是冷漠間夾雜著絲絲怒火。我拉過他置於腿側的雙手將玉珮塞到他手中,他並未拒絕,接下了那塊玉。

「潘玉告辭。」行禮,曼妙轉身,毫無留戀地離開。

菡萏落,楊柳疏,瀟瀟暮雨紛飛亂,漠漠輕寒。我獨自漫步於細雨微涼的西宮,望出神了。我與祈殞應該已經了斷了,那我就可以了無牽掛地去做我該做的事了,對嗎?

頭昏昏沉沉的越來越重,細雨紛紛擾擾地將我的視線模糊。我盲目地在西宮四處打轉,竟連回去的路也找不著了,乾脆就坐在一彎長廊前發呆。眞是可笑,我堂堂馥雅公主竟然也有這樣狼狽的一日,若換了以前的我一定不會相信自己竟然如此消極面對感情。

遠遠望去,有人朝這兒走來,浩浩蕩蕩,金影掠迷眸。我莞爾一笑,扯開嗓音輕聲唱起那首耳熟能詳的曲子:

相遇是緣,相思漸纏,相見卻難。

山高路遠，唯有千里共嬋娟。
因不滿，鴛夢成空泛，故攝形相，托鴻雁，快捎傳。
喜開封，捧玉照，細端詳，但見櫻唇紅，柳眉黛，星眸水汪汪，情深意更長。
無限愛慕怎生訴？款款東南望，一曲鳳求凰。

一雙金綾繡靴，精緻繡工的細龍盤繞其上，栩栩亦眞亦幻。我抬起頭望著靴子的主人，不惑之年，兩鬢微白，眼神睿智，威嚴懾人。

「你……」我奇怪地問了一句，他卻突然蹲下身子與我相平而視，握住我冰涼的雙手，搶在我之前問道：「你是誰？」

「你又是誰？」我眨眨眼睛，淡笑望他。

他的視線始終放我臉上，一刻也未離開，眼眶內竟泛起淚光，卻有人在此刻怒斥一句：「大膽，見到皇上還敢坐著。」

皇上?!我才想起身行禮，卻被他用力壓回。他問：「告訴朕你的名字！」

「回皇上，奴才潘玉。」

「一別相思空如水，驀然回首已三生。」皇上淺淺低吟，似乎已經沉浸到自己的思緒中，目光將悲傷蔓延到最深處。

終於明白，韓昭儀爲什麼說，只要我願意，就可以將整個後宮玩弄於掌心，就算權傾朝野的皇后又能奈我何。更明白爲何皇后那麼急著要趕我出宮，祈佑爲何要選我成爲幫他完成登上帝位的人。原來我竟是這麼一個有利用價値的女人。

第七章　一任群芳妒

翠閣朱欄，樓高暮薄，葉著露，斜風細雨已停歇。皇上摒退了所有緊隨其後的奴才們，獨攜我離開東宮，前往那座我一直想一探究竟的長生殿。他在前默默地走，我靜靜地隨後跟著，猜不出他現在在想些什麼。

秋風一陣陣朝我們吹來，亂了我的鬢髮，寒意不時地往我本就虛弱的身上竄，雙手互環摩擦著。皇上步子一頓，轉頭瞧瞧我，隨即將其繡綾鑲金的龍袍脫下，披在我身上，他只穿了一件單衣。望著他，我受寵若驚，但是更明白，在他眼中我是袁夫人。

「朕很想讓你陪朕一同欣賞這萬梅齊放之盛景，可惜……」我們置身於梅林，這是我第二次來，卻依舊被這密密麻麻，一望無垠的梅樹所震撼。

「三個月後，這兒應已萬梅綻放。奴才定然與皇上共赴此處，欣賞豔冠天下之景。」被皇上眼中那濃郁的哀傷所動，竟連自己許下承諾都不知。

皇上笑了笑，滄桑狂放，「潘玉，從今日起，你就是長生殿的主人。」

「皇上萬萬不可，奴才只是一介民女，怎可住入……」我驚駭地忙著拒絕，卻被皇上一語打斷。

「朕會給你一個住入長生殿的名分。」他環視四周一圈，「翩然雪海間，就封你爲雪海夫人！」

雪海夫人，多麼至高無上的字眼！就連韓昭儀伴皇上十餘年都無法晉封夫人，而我得到此位竟如此輕而易舉，只因我的容貌與袁夫人相似。說白了，我只是袁夫人的替代品，我是該悲哀還是該開心？

「啓稟皇上，皇后娘娘於殿外求見。」語氣冰冷，夾雜著一絲瞬間即逝的怒火。

我不可思議地望著跪在我們跟前的人，竟然是弈冰。他怎會在皇上身邊做事，難道這又是祈佑安排的？而皇上一聽是皇后求見，流露出明顯的不耐，他要我在此等他，交代完就邁步而去。

弈冰神色複雜地盯著我，良久不說話。我緩緩地將披在身上的龍袍扯下環抱胸前。

「要用你的身體來復國嗎？」這是弈冰問的話，也是他第一次質問我。曾經，我說的或是做的他從未質疑過，而今，他也開始質疑了嗎？

「如果我說是呢。」

「那我會看不起你。」瘖啞的聲音，以及愴然的目光，刺痛了我的心。我張開口想說些什麼，他卻頭也不回地離開了，毫無一絲留戀。

慢慢挪動步伐，盯著他漸遠模糊的身影，呢喃道：「你以爲我願如此嗎？」回應我的卻只有清冷的秋風以及搖擺的殘枝。

等了許久都不見皇上歸來，心下疑慮皇后這時候來覲見皇上所爲何事，難不成她已經知道皇上攔我來長生殿之事？我與皇上相見才不到一個時辰，她竟然就已得知，暗笑皇后的眼線竟安插到皇上身邊，我的出現她已經亂了方寸吧！

緩步出梅林，此時的夜幕已漸漸降臨，寒氣越來越重，我卻倔強地不肯將龍袍披上。悠然走到寢宮前，卻見幾個人影急匆匆朝這兒過來，漸近，才看清來人。

太子殿下、祈殞與祈佑皆朝寢宮方向奔來，當看見我立在此處時全都呆在原地，無言地瞧著我。或者說，他們瞧的是我懷中捧著的龍袍更爲準確。

我尷尬地別過頭，不理會他們帶著疑慮質問的眼神，只聽寢宮內傳來一聲怒吼：「你眞以爲朕不敢廢了你！」

太子控制不住焦急的神情，想衝進去一探究竟，卻被祈佑擋住了：「皇兄，你忘記父皇有旨，不得他允許，任何人都不得進入袁夫人的寢殿？」

太子聽完便收回欲前行的步伐，而我則在思考著關於袁夫人長相的問題。這麼多年來皇上定是從未允許某位皇子進過寢殿，所以太子與祈星見到我後都沒有多大反應。而祈殞見過母妃的樣子是理所應當，那麼祈佑呢，他又是如何得知我與袁夫人長相相似之事？難道他進過袁夫人的寢殿？

寢宮內又傳來一陣瓷器摔碎的聲音，我們都緊張地望著那微掩的朱門，細聽裡面的動靜。最爲著急的還要數太子，他時而側目想對我說些什麼，可張了好幾次口卻又將話吞了回去。

裡面安靜了下來。當我以爲事情應該已經平息下來之時，皇上卻從寢宮內走了出來，臉上有著昭然的陰鷙戾氣。

「父皇！」太子首先迎了上去，他的手才觸及其衣袂就被皇上甩開。

「朕現在就下詔廢黜皇后。」寒芒一閃，表情格外認眞，彷彿他不只是說說而已。我很好奇一向以冷靜著稱的皇后做了何事引得皇上如此憤怒，甚至涉及廢后。

「父皇，不可以！」太子猛地跪下，用身體擋住皇上欲前行的步伐，神色焦急地爲皇后求情，希望皇上能就此息怒。

我凝神側目望著祈佑，想看看此刻的他會有什麼表情，卻正好對上他那雙暗藏多種情緒的眸子。呼吸一頓，我瞧見他眼中的目光卻是我從未見過的心疼。我不敢相信地眨眨眼睛，再想確認是否看錯，卻發覺他的眸子依舊是冷到骨子裡的寒意，原來是我看錯了。

「望父皇三思而後行。」祈殞與祈佑也跪下，於太子之後爲皇后求情。不論眞情抑或假意，都是明智之舉。

一位風華絕代的女子由寢宮步出，神色慘澹，單手扶欄，盈盈而望。卻在見到我時驀地一震，雙拳緊握，扶在欄上的手深深地掐進朱木，恨恨地瞪著我。

皇上一腳踹開緊抱其腿不放的太子，怒不可遏，下手甚重，絲毫沒有顧慮到他腳下的那個人是他的親生兒子。只見太子癱倒在地，一口鮮血吐出。皇后臉色大變，衝下來抱著已受傷的太子。寢殿內到底發生何事，竟引得龍顏變色，廢后之心如此堅決，連親生兒子都無法阻止？

「皇上！」我凝目蹙眉微啓朱唇。

他這才注意到我的存在，目光中戾氣之色減弱不少，「你怎麼來了？」

「夜寒露重，恐皇上著涼，特將衣袍送至於此！」我將緊緊捧於懷的龍袍敞開，親自爲皇上披上。

皇上的目光轉爲深沉，將暗瞳中最後一絲戾氣散盡，我也適時地開口：「皇上請一定三思。」

「你也爲她求情？你可知她要朕如何處置你？」皇上俯望緊摟太子的皇后，無一絲溫度。

「娘娘身爲後宮之主，有權利處置任何一個奴才。可皇上萬萬不可因此小事而廢黜皇后。如若皇上一意孤行，奴才被天下唾罵爲禍水且不說，朝野國本皆會因此而動搖。故請皇上愼思而行。」我此話一出，在場五雙眸子皆帶著不同的情緒望著我。

太子感激，祈殞淡漠，祈佑複雜，皇上欣賞，皇后不屑。

「朕決定了，三王大婚後，冊封潘玉為雪海夫人。」皇上勾起絲絲淡笑，柔情似水地瞅我。卻換來祈佑、祈殞、太子、皇后的異口同聲。

「皇上！」

音量夾雜在一起顯得格外響亮。

「到時候，聖旨會送去東宮請皇后的金印紫綬。」不容拒絕的語氣與神態，讓所有人都變色，包括我。我沒料到皇上會這麼急，更沒料到自己心裡竟然這麼不開心。我馬上就可以成為皇上最寵的女人，即使翻雲覆雨也只是舉手之事，我在皇上枕邊一語，他定會出兵討伐夏國，可是我為什麼不開心？

「臣妾是絕對不會蓋上綬印，除非皇上廢了臣妾。」皇后的聲音雖強硬，卻有掩飾不住的顫抖。

「朕意已決。」丟下四個字，皇上也不再看我們，飄然離去。他的背影是如此落寞，這就是身為一個帝王的孤寂吧，但是為何卻有這麼多人想攀爬而上，他們不怕孤寂嗎？

直到皇上的背影消失在宮門內我才收回思緒，轉身欲向皇后行禮告退，才一回頭只覺一陣風掠過，纖白玉手向我揮來。

「娘娘請自持身分。」祈殞飛速起身將她的手擋下，淡然地警告。我愣住，他竟然敢這樣與皇后說話？

皇后氣得全身戰慄，用力將被祈殞擋下的手收回，寒光望了望祈殞再望望我，突然一陣魅笑，最後扶著受傷的太子悠然而去。她自始至終都未瞧祈佑一眼，將他單獨留在此處，彷彿他根本不是她的親生，我才明白祈佑為何會對皇后的怨恨如此之深。

祈佑優雅地起身，彷彿早已習慣皇后對他的漠視，也無太大的情緒波動。見祈殞離去，他也欲離去，卻被我攔住。

「放了你在船上抓的人，他們是無辜的！」

「無辜？」他嗤鼻冷笑，「如今的你自身都難保，竟還爲那些毫不相干的人擔心！」

「什麼意思？」心跳頓漏幾拍，不安倏然竄上心頭，屏息看著他。

「明日你就會知曉。」聽見他一閃即逝的微歎。

秋風拂闌散幽香，月轉烏啼，縹緲寒漫漫。

才入攬月樓，雲珠怕我病情加重，急忙將我拽進屋，然後爲我找來一件錦裘披上。還將因久等我而不至，拿出去熱了一遍又一遍的寧神湯遞至我手中，只爲我一回來就能喝到熱騰騰的湯。

湯的熱氣裊裊襲頰，我一口又一口將湯送進嘴裡，原本冰冷的身子因這碗湯而暖了起來。雖然雲珠爲我做的事皆再小不過，卻已足夠令我心生感激。看一個人待自己是否眞心，並非看她對你笑得有多甜，給了你多少好處，而是發自內心的關懷，雲珠就是。她於一件件看似微不足道卻又讓我銘記在心的事中體現出對我的眞心。

「雲珠，你的身世，能否如實相告？」我將最後一口湯飲盡，問道。

雲珠卻沉默了，良久沒有回答我。

我輕微一歎，她還是不能放下心結對我坦誠相待。「若你不想說，我也不會勉強。」

「不，姑娘！」她一聲急喚，彷彿作了什麼重大決定，深呼吸一口氣，才道，「奴才本名沈繡珠。」

「家父沈詢乃聲名顯赫，功高蓋世的大將軍，卻在六年前被皇上以謀逆之罪而滿門抄斬。我之所以逃過一劫全靠管家用他的親生孩子頂替我上斷頭台。別人許是不知，但我知道，父親蒙此罪名皆因不肯與皇后結盟全心支持太子，所以皇后就捏造罪名嫁禍父親。」

她的聲音低而細，悲哀之態盡顯於臉，全身散發著濃濃的恨意。

「說來也巧，我遊蕩在外皆以偷竊爲生。直到那次我去偷主子的錢袋，被他抓住了。他沒抓我去報官，只給了我兩條路選擇，一是繼續偷，二是跟著他。我選了第二條，可當我得知他是皇后的親生兒子後，我一怒之下行刺於他，卻徒勞無功反被他關進牢裡，他問我爲什麼，許是因爲我太小，竟將自己的身世和盤托出。」

我輕歎一聲，將雲珠摟進懷中輕聲道：「後來他是不是說，只要你爲他辦事，他就能洗刷你沈家蒙受的不白之冤？」感覺到她在我懷中輕輕點頭，我一陣茫然，納蘭祈佑，只要任何對你登上皇位有幫助的東西，你都會不惜一切代價地利用嗎？正如你看見我第一眼時的淡笑。

「以後我就叫你珠兒吧。」

她驀然仰頭盯著我，眼淚早已凝滿腮，她說：「好久，沒有人喚我爲珠兒了。」

沉默良久，她又說：「數月前聽主子說我沈家大仇即將得報，那個爲我報仇的人就是姑娘你。初見你時我感慨您的傾世容顏，卻也不知道您有何能耐可以鬥倒皇后，直到多日與您相處下來才發覺，姑娘眞的不是尋常女子。」

聽罷，我一陣苦笑，我與其他女子不同的，只有我何其幸運地生了一副與袁夫人相似的容貌。

「告訴我，祈佑此次選的王妃是哪家千金？」念頭一閃，我格外緊張地詢問。

「聽說，是杜丞相之女杜莞。」

翌日，攬月樓來了許多不速之客，一個個濃妝豔抹，爭奇鬥豔、體態輕盈的絕美女子，才去一批又來一批，再這樣下去怕是整個攬月樓都要被她們踩塌。雲珠的火氣也因她們不斷地來去而暴燥了起來，同時也在擔心我剛恢復的身子，怕是再這樣見下去，再次疲勞而生病。

今日攬月樓之所以這麼熱鬧，只有一個原因，昨夜長生殿所發生之事一夜間傳開，「潘玉」這個名字已經成爲整個宮闈所談論的名字，也難怪眾多宮苑的妃嬪都要來一瞧究竟，到底潘玉長的是何模樣，就連皇上都要重啓三夫人之位。大多數來瞧我的嬪妃都帶了大禮特來討好我，也有幾個盛氣凌人的嬪妃一來就氣勢十足，就恐我看不起她一般。

我被這一個個燕瘦環肥的佳麗折騰得眼花撩亂，心情沉鬱，才明白祈佑昨夜所說之話——自身難保，就是怕我會被眾多在宮裡頗有心計的妃嬪所害？

「姑娘，又來人了！」看門的小么子慌慌張張地進來稟報，雲珠再也忍耐不住了，火冒三丈地吼道：「不見不見，姑娘已經累了！」

「喲，好大的架子。」人未見，聲先至，聽這語音的氣勢，來人必定爲身分高貴之人，否則哪有人敢對過不了多久就晉升爲雪海夫人的我這般說話。

修長彎曲的細眉下，明亮深邃的眼睛顧盼生輝，有著說不完道不盡的邪柔膩美，嫵媚地一笑，玉頰上兩個盈笑的酒窩立即呈現，恰便似落雁沉魚，羞花閉月，香嬌玉嫩。

當她的目光由雲珠臉上轉至我的身上時，笑容已經僵下，再也掛不住了：「你……你！」她著急著想說些什麼，聲音卻只能停留在那個「你」字上不斷重複。

「您是？」我聚目回望她與方才完全不一樣的奇怪表情。難道她也見過袁夫人，所以才會這樣恐慌失態？

她盯了我半晌，終於還是收起失態之色，自嘲地一笑，舒素手，拍香檀，不高不低的聲音在正堂響起：「明貴人！」一聽她報上自己的身分，我與雲珠立刻跪拜行禮，原來她就是祈星的母妃明貴人，果然夠有氣勢。

「昨夜聽聞皇上要封立夫人，心下還在猜測是哪位姑娘能打動皇上那早已塵封多年的心，今日一見，原來如此。」笑容依舊，只是目光呆滯，似在凝望我，卻又似在凝望另一個人。

凳未坐熱，明貴人就匆匆而去，我與雲珠慘然地對望一眼，這位明貴人似乎一直都深愛著皇上，我傷了她嗎？一想到此處我就自嘲地淡笑，充其量我馥雅只是沾了袁夫人的光，可是我不想做她的影子，永遠躲在她身後。我想，過不了幾日整個宮闈都會知道潘玉與袁夫人長相相似。

「姑娘，你開心嗎？」雲珠喃喃地問我。

「她當然開心！」一個怒不可遏的爽朗之聲插入我們的對話之中，我與雲珠皆驚起望向來人。

很不巧，我遇見了一位皇宮中最難纏的麻煩人物——靈月公主。她的大名我早在宮外就有耳聞，皇上與明貴人所出之長女，從小被他們捧在手心，所以自幼嬌生慣養，刁蠻任性。曾因兩名宮女不慎將湯汁灑在她身上而被其鞭打致死。所謂「天子犯法與庶民同罪」，千百年不變之理。可皇上實在太寵愛她，不忍心責罰，只是將她送去宮外不遠的清心寺思過一年後又將其接回宮中繼續嬌寵著。

「不知公主駕到，有何賜教？」我盡量避免與她衝撞，畢竟她是一個棘手的麻煩。

「賜教？本公主今日就是要好好教訓你，讓你明白自己有幾斤幾兩。」一拍桌案，順勢高傲地坐下，隨即纖指一揚直射我而來，「去，給本公主沏杯茶來。」

「公主，我爲您……」雲珠才說幾個字就被我一個「是」字給截斷。

我走至後堂爲其沏了杯不涼不熱的龍井茶端至她面前，「公主請用茶！」

她滿意地接過茶，先聞其香，後皺眉，整杯茶水頃刻間全數潑至我臉上，緊接著的是雲珠的一陣尖叫，我卻在心中暗自慶幸，幸好我沏的不是滾燙的茶，否則我這張臉經這麼一潑，鐵定要給毀了。

「公主你欺人太甚。」雲珠紅了雙眼，用絲帕爲我擦淨臉上的茶水。

「這是在教導你家姑娘，教導！」她起身揚手輕拍雲珠左頰，最後說到「教導」二字時出手格外重，只聽「啪、啪」兩聲，雲珠的臉上留下鮮紅的指印。

我抬手緊掐她剛才打雲珠的手腕，欺負我可以，但是雲珠，她不能動。

「放肆，敢對本公主如此無禮。」她用力想抽回手，可她越是掙扎我就掐得越緊。

「夫人比起公主，誰身分比較高？」我用不大不小的聲音問雲珠。

「當然是夫人！」雲珠一笑，即刻大聲說道。

「夫人？別說皇后那關你過不了，現在聖旨沒下你就還是個奴才。」她雖然疼得連說話都無法連貫，卻不忘保持臉上的笑容，這點和皇后眞像。

「那本宮呢？」韓昭儀竟適時出現，雲珠像見到救命菩薩般衝到她身邊，可憐巴巴地望著她。

我手勁一鬆，將靈月公主的手腕鬆開，向韓昭儀行禮。她望望一臉狼狽的我，再望了望靈月：「何事惹得靈月如此生氣？」

靈月揉揉粉嫩的手腕，我瞧見鮮紅的指印，看著我的傑作，心裡也痛快多了。

「方才我看母妃竟是含淚歸宮，聽說是方才來過攬月樓！」靈月在韓昭儀面前氣焰全無，嘟著雙唇像隻溫順的小綿羊，變臉的速度還真是快。

「所以你就認爲是潘姑娘欺負你母妃，故來爲明貴人出頭？」韓昭儀巧笑著將她未說下去的話接下。

靈月頷首，看著我的目光依舊暗藏怒火，我這才打量起她的容貌。雪肌花貌常靜清，桃腮杏臉行端正，月眉星眼天然性，嫋娜仙娃，窈窕姿態。可惜生得一副端莊清麗的模樣，卻無蕙質蘭心之本質。

「傻靈月，依本宮之見，明貴人絕不是隨便任何人都能欺負得了的，想必是遇到傷心之事，徒增憂愁，使之落淚。」韓昭儀撫過她的鬢髮，爲我開脫著，而靈月似乎也覺得有道理，沉默不語，凝神思量。

「方才冥衣侯來西宮了，你不順便去見見？你也好久未……」沒等韓昭儀把話說完，靈月竟一句「靈月先告退！」一溜煙沒了蹤影。

我立刻了然靈月爲何見著韓昭儀就像老鼠見了貓，乖得不像話，原來早已芳心暗許韓昭儀之弟韓冥。

我進閣內換下那身已濕透的羅裳後出來與韓昭儀相見，將各自的侍女摒退，我親自爲她沏杯茶端放於她手邊，感謝她爲我解圍，否則剛才我還眞不知如何收場。

她並未喝下，只是把玩著，而後幽幽地問：「昨夜皇上欲廢黜皇后，爲何阻止？你要知道，現在你在皇上身邊說的任何一句話都會左右皇上的決定。」

我輕輕搖頭，不自覺地浮現出一絲笑容，「皇后的罪根本構不成被廢的理由，皇上昨夜的決定只是一時怒氣攻心，待靜下心來思考定會後悔，那我爲皇上找個台階下又有何不可？」

沉靜片刻，她終於端起茶水在嘴邊抿上一口，「那你的意思是？」

「娘娘莫急，皇后在朝廷的勢力早已根深柢固，若要廢她，除非將其勢力連根拔起。」

「你是說……杜丞相？」她的笑容有些淡褪。

「錯，娘娘細想，爲何杜丞相與皇后能穩坐朝廷？」我輕聲提醒，希望她往更深層面想。

她黯然思忖，突然靈光一閃，「你是說太子？」

「對！」我似有若無地點頭，或許該去見見祈佑了，現在的他是否心中已經有對付東宮的計畫，他又猜得到現在我想些什麼嗎？

待送走韓昭儀，我喚來雲珠給祈佑傳話，交代她千萬不能讓人發現，她很謹慎地點頭。對於她的辦事能力我一向很放心，更何況祈佑能將她留在身邊四年，定有其用意。

久等雲珠不歸，我就步出攬月樓，隻身閒逛。過兩日就是三王大婚之日，再就是我冊封夫人之日，隱約感到事情並不會如我想像中的那麼順利，正如靈月公主所言，光是皇后那關我就過不了。如果眞的過不了，我是該失望抑或是慶幸？

冷笑出聲，慶幸？當日不顧一切由卞國逃回亓國只爲了誰？祈殞嗎？或說祈佑似乎更恰當，不論他救我的目的爲何，他終究是我與弈冰的恩人。我不喜歡欠人情，所以他的恩我一定會還。

「馥雅，今生若有你陪伴，於願足矣。」

連城的話卻在此時縈繞於耳，換而言之，若沒有他們，我是不是就心甘情願留在卞國，留在連城身邊了？

「想什麼這麼出神？」

我被這個聲音著實嚇了一大跳，祈星如鬼魅般在我面前突然出現，我瞪大了雙眼望著笑得賊魅的他，許久都無法說話。

「不會是嚇傻了吧？」他收起笑容，手舞足蹈地晃晃我的雙肩，「看著我，我是誰？」

我噗哧一笑，回神嗔道：「傻的是你吧，晉南王！」

他鬆下一口氣，神色卻突然轉凝，變化之快令我錯愕，他盯著我許久才說：「你……聽說三王大婚後你就要晉封正一品夫人了。」

原來他是爲此事而來，我靜默不語待他下文，暗想他不會也是因明貴人之事而來警告我的吧，想到這兒我的臉色越發凝重。

「早就猜到你不是尋常女子。」一陣輕笑繼而逸出口，接著又是一陣沉默。我的眉頭卻更加深鎖，他的表情爲何變了又變？還有，他到底想說什麼？

「然後呢？」我終於還是受不了這緊張奇怪的氣氛，忍不住開口問。

「我父皇都那麼老了，你還要嫁他。」他的話引得我先是一愣，後轉爲爆笑。原來他大老遠來就爲了和我說這，害我緊張了那麼久，那我可以理解成他不想讓我成爲皇上的妃子吧！

終於，我的爆笑在他怒瞪的警告下停止，我整整衣襟淡笑，「你以爲我說不嫁，皇上就不會冊封我了？」皇上是天子，整個亓國都是他的，如今要封我，難道我有資格拒絕？

他邪佞一笑，仰望蔚藍的天際，「做皇帝眞好，想要什麼就有什麼！」

無奈的一聲歎息，細微到自己都無法察覺，明白他又沉浸到自己的幻想中去了。「王爺，我想與您討論，您若爲皇上，將如何治國？」

「一家仁，一國興仁；一家讓，一國興讓……」未等他說下去，我就忙著打斷，斂去臉上最後一絲笑容。

「王爺，我是讓您談治國之道，你怎麼背起四書來了！」

「可書上的確是這樣寫的。」他眉頭一皺，爲難地看著我。

「如果光背書就能做個好皇帝，天下有那麼多儒生，難道都有資格做皇上？」他實在天眞，或許他在戰場上是一代天驕，但說起治國，根本一竅不通，「王爺剛才提到，家仁，家讓，那您告訴我如何使得家仁家讓？」

可等了許久都沒有得到他的回答，我冷笑道：「所謂家仁家讓正指家族相親相愛，恭謙禮讓。手足相殘者必斬首以定天下，妻妾互鬥者必幽禁以正宮闈，子女犯罪者必嚴懲以安臣民。若王爺首先具備了如此狠心，便是一個好皇帝的開始。可是，您眞的忍心弒兄、禁妻、懲子？」

他看著我，瞳目一眨不眨，似見鬼神般驚懼，良久都無法吐出一個字來。

我覺得自己說得似乎有些過了，便緩和語氣道：「其實並不是當皇帝就能名垂千古，史上多少亡國昏君遭人唾罵？可恰恰相反，漢朝的衛青、霍去病將軍，直闖漠北，橫掃匈奴，立下赫赫戰功。唐朝李靖將軍，忠君護主，大小戰役從未失利。他們照樣載入史冊，名垂千古，成爲百姓茶餘飯後津津樂道的話題。」

「說得好！」遠處傳來冷淡中夾雜著欣賞之味的聲音，我循聲而望，冥衣侯正徐徐漸近，還有緊隨其後的靈月公主。

凝望他的眸子，越瞧越覺著好像在哪見過，但是……

「潘姑娘的才情比男兒有過之而無不及，若身為男兒定然成為一國棟梁，可惜……」韓冥對我的讚賞卻令我蹙眉，將話從那個「可惜」中截斷。

「誰說女兒就不能為國出力而報效朝廷？並不是天下紅顏皆如妲己媚主，媚喜亂宮，我潘玉要做就做被唐太宗尊之為師的長孫皇后！」字裡行間無不透露著自信，同時我看見他的臉上露出驚訝之色，而靈月則看看韓冥，再看看我，最後臉色一變。

第八章　鴛鴦碎紅帳

黃道吉日，三王大婚，盛況空前。來來往往的奴才臉上無不洋溢著笑容，亓國三王一同大婚還是頭一遭。奴才們也就格外細心，生怕出錯，都端著盤點捧著喜燭，紛紛朝景仁殿而去，放眼望去，整個西宮都披掛上紅錦喜帕，熙熙攘攘的官員捧著厚禮前來道賀，可是大家都被一個難題給卡在宮門外。

東宮未泉殿祈佑，西宮景仁殿祈殞，側西宮錦承殿祈星，這哪一方都是他們得罪不起的主兒，去了這處又顧不上其他兩處，都恨不得可以分身三人同時赴三殿觀禮。爲了這個問題，大多數官員都在宮門前徘徊不定，竊竊討論。

而我，同他們一樣在考慮該去參加哪處的婚禮。照禮說我被韓昭儀安排住在西宮，就該去參加祈殞的婚禮才是，但是我眞的不願見到他大婚時笑容滿面的樣子。去東宮那更不可能，我與皇后的關係都僵到這樣的程度。那側西宮？不行，靈月長公主對我敵意頗深，怕是前腳才踏進大殿，後腳就被她給轟了出來。

我還在想是不是就在攬月樓待著，哪都不去時，雲珠已將我盛裝打扮好，頭戴五鳳攢朱釵，斜綰朝天翡翠掛玉簪，衣著縷錦百鶯穿花荷衣，裙邊輕繫紫絛百心結。她滿意地在我臉上這兒瞧瞧那兒瞧瞧，害得我全身都不自在。無奈地朝她淡笑道：「今兒個又不是我大婚，你將我打扮得這麼美做什麼？」

「這正是，一雙笑靨才回面，十萬精兵盡倒戈。」雲珠搖頭晃腦地背起詩詞來。

「傻珠兒，你不懂。」我將髮梢的朱釵取下，置放妝台前道，「這新娘子的勢頭要是被道賀的姑娘蓋了去，是不吉利的。」

「我們姑娘自然天成而爲美，就算不戴這些行頭都要把新娘子的光彩給蓋下去。」她說的話甚爲可愛，逗得我原本煩悶的心情頓時開朗起來。

「對了，楚清王的王妃是……」我小聲問起，祈星與祈佑的王妃我都知道，唯獨祈殞的王妃我至今還不曉，或許是我不敢問吧！

「姑娘還不知道嗎？是多羅郡主納蘭敏。」雲珠很驚訝我的問題，發出連連感歎，「這位多羅郡主是皇上於民間微服私訪時收的義女，『才思細膩，必爲大事者』是皇上對其下的批語，自她被封爲郡主以來就很少在宮中露面。在眾人即將將她淡忘之時，她竟一朝被選爲王妃。」

能得到皇上如此賞識的姑娘，想必不凡。聽雲珠說起，我都心動地想去瞧瞧她到底什麼樣子。於是決定今夜去景仁殿參加祈殞的大婚。

「姑娘，您眞的要去景仁殿？」雲珠喃喃自語，聲音細如蚊蚋，沉思了一會兒又道，「如果可以的話，珠兒很想去看主子大婚。」

我愣了愣，看著一臉失望的雲珠，難道她……「祈佑娶的可是杜丞相的千金，怕是將來沒好日子過了。」我連忙將話題轉移到杜莞身上。

她噗哧一笑，拿起玉梳順順我的流蘇，「可不是，那時還以爲她會成爲太子妃呢，兜兜轉轉卻成了主子的王妃。」

「杜莞的脾氣我們可是都見過的，所以……祈佑不會喜歡她的！」我別有深意的將話帶出，雲珠卻又陷入一片沉思，望著她的沉思，我也陷入了沉思。

紅影拂動，一簾花夢，金猊熏徹，燭光搖曳。

今夜的新郎官在眾人簇擁下被大臣們頻頻灌酒，而本欲前來一瞧多羅郡主樣貌的我，卻因晚到根本沒見到她的樣貌，她早已被送入寢宮。本想轉身就走，想想也罷，人都來了，若是就這樣轉身離去顯得我太沒規矩了。於是就坐在殿內最角落，猛盯著笑得格外瀟灑的祈殞。桌上的山珍海味我一口也沒動，反倒是烈酒一杯又一杯下肚。

「姑娘你別喝了！」雲珠用力想將我手中的酒杯奪下，但我死捏著就是不放。

「姑娘您捫心自問，今夜如此折騰自己，到底是爲誰？是西宮景仁殿的這位王爺，還是東宮未泉殿王爺？」她又一次試著將我手中的酒杯奪下，這一次卻輕而易舉。

我置若罔聞，搖搖晃晃地從桌案前站起來，雲珠立刻攙扶著我怕我跌倒，我卻將胳膊從她手中抽回，淡淡地說：「裡面太燥熱，我出去吹吹風！」沒走幾步又回過頭猛盯著想跟隨我的雲珠說，「不准跟著我！」

幽寂長亭月映霜，北風吹盡枝香絮。

晚秋煙寂寥，微涼風飄袂，修竹繞回塘。

我站在回塘邊凝望著水中那彎靄靄柳月懸掛於頭頂正上方，與我的影子一同映在水中，我不由得發出一陣輕笑，「舉杯邀明月，對影成三人。」呢喃一句，可惜有影無酒，白白浪費了李太白先生這麼好的一句詩。

「離人無語月無聲，明月有光人有情。」或許這句更能體現出我此刻的心境吧。蹲下身子，指尖撥動平靜的水面，漣漪微動，冰沁透寒。

「沒想到，你潘玉這般自負的女子竟也會吟出如此消極的詩來。」

仰頭面朝由黑暗中走向這兒的男子，冰冷的眸子，黯淡的神色，驪傲的語氣，心下一凜。待近，方看出他的臉，韓冥。又是一陣笑，終於想起在什麼地方見過他了，我怎麼早沒想到，他就是我進宮第一日救下的那位刺客。

冥衣侯，我救的人果然是個大人物。

他與我並肩蹲在岸邊，細細凝視水面。我望著他水中的倒影，「侯爺為何也出來了？」

「我不喜歡熱鬧！」依舊無起伏的聲音，可以看得出來，從頭到腳冷得像個冰塊的人怎會喜歡熱鬧吵雜的地方。

「你的傷應該痊癒了吧？」我說得自然，他的眸子卻一變，渾身揚起戒備氣息，望著我的眼神，彷彿下一秒就會擰斷我的脖子。

與他對視良久，終於還是我先妥協。他的眼神實在讓我全身冷慄，便想起身離開這裡，他卻猛按住我的胳膊，力氣之大讓我緊皺眉頭。

「放開我！」我用力想甩開他的手，卻全屬徒勞。

「若敢洩露出去，你知道會有什麼下場。」他冷聲警告，語氣中有著不容拒絕的霸氣。

「我叫你放開我！」實在忍不住疼痛，也不管他有著侯爺的尊貴身分，朝他怒吼。

他的眼中突然閃過笑意，我心中一涼，好詭異的笑容。接著，胳膊的疼痛消失，他的手已經將我鬆開。正當我得意之時，整個人重心不穩地摔進了池塘，灌了好幾口水下肚。我竟然這麼蠢，忘記自己正身處岸邊，難道眞是喝醉了？

他在岸上似笑非笑地俯視著正在水中掙扎的我。這四周根本沒有踏腳處，很難上岸，很想叫他拉我一把，卻被他戲謔的表情給氣倒，始終不肯出聲求救。

「哎，不可一世的潘玉也會有這麼狼狽的一日。」他竟然開始感慨起來，原本氣憤的我卻將怒火轉爲悲傷，最後眼眶一澀，是呀，我怎麼也會有這樣狼狽的一日。

我心下一冷便放棄了掙扎，慢慢地沉入水中。無盡的黑暗湧入我的思想，就連呼吸都無法控制。祈殞大婚，潘玉溺水而死，多麼可笑。可爲何在這死亡的邊緣，我想到的，竟然是那個一直利用我欲登上皇位的男人？

黃緞金鳳錦袍，丹眉鳳目，可親而不可近的雍容華貴，柳眉下的眸子流露著昭昭恨意，她緊握住一位身著銀甲戰衣男子的手說：「弈冰，一定要保馥雅萬全。」

「母后……」我喃喃著想衝到母親身邊，卻見她一個用力將絲毫未有防備的弈冰推開，銀光一閃，畫破暗夜，一把匕首已完全沒入腹部。血，緩緩地滲出，滴在暗青的大理石板上。

「馥雅，若僥倖可逃過一劫……定要記住父皇和母后以及所有血濺甘泉殿的將士亡靈。」她用盡全力保留下最後一口氣將話說完，才放心地將眼睛閉上，倒在我們面前。

胸口彷若窒息般緩不過氣，耳旁傳來許多零碎不堪的嘈雜聲。我一陣猛咳，有冰涼的東西由胃中滑入咽喉，最後沿著嘴角滑落。我睜開眼睛，迷茫地望著一張張正俯視我的人。

「還好沒在西宮鬧出人命。」韓冥單腿跪在我身側，見我醒轉終於重重地吐出一口氣，原來這個冰塊也會有緊張的時刻。

我瞧見雲珠，她的表情一反常態，怔怔地站在韓冥身後望著我，那種神色竟然是失望。

「來人，送潘姑娘回攬月樓。」他喊來兩個奴才將我扶回攬月樓，雲珠始終跟在後面，一句話也不說。

我無力地走進屋內，雲珠卻站在門檻外。我慘澹地望她一眼，張了張口卻一個字也說不出來，她卻幽幽地開口對我說：「姑娘，你太令我失望了。」

全身僵住，用不敢置信的目光緊盯著她毫無溫度的美眸。我突然一陣冷笑，用力將門關上，將她阻隔在外，我背靠門緩緩地滑坐在刺骨冰寒的地面。

雙手環膝，將臉深深地埋了進去。雲珠的聲音又在外面響起：「一直以為姑娘是拿得起放得下，很有理智的女子，卻沒想到，您與這俗世上的姑娘是一樣的。」

我沉默了好久，才深深吐出一口氣，對於她的質問我只覺得很好笑。「為什麼我就不能和俗世上的女子一樣呢？我也是個普通女子啊。」淡淡的語氣從我口中吐出，用不大不小的聲音說道，也不管雲珠聽不聽得到。

「難道只因為我是公主，就要肩負起復國的重擔？難道只因為我像袁夫人，就要做皇上的妃子幫助你們？你們只想到，這個女人能幫你們完成自己所不能完成的事，卻沒想過，這個女人願不願意。」隱忍多年的淚終於滑落，一年前父皇和母后在我面前慘死，我都沒落一滴淚，因為我告訴自己不能落淚，否則就無法肩負起這復國重任。可是今日我才發現，我眞的肩負不起，眞的好累。

有人在敲門，一聲一聲急促響亮，我絲毫沒有理會，只是緊緊地抱住自己，任嘈雜聲充斥著我即將崩潰的靈魂。終於，敲門聲遁去，但是，窗戶卻被人撞開，一個身影由窗口翻躍而入，闖了進來。我淚眼婆娑地仰頭凝視著來人，臉色驚變，竟然是納蘭祈佑。

「你……」我顫動著雙唇，先是不可置信，隨後再浮起黯然之色，望著一臉擔憂的他，心中竟連苦澀都淡了。

他蹲下身子與我平視，我的目光隨著他的舉止所牽動。他伸出溫熱的食指將我頰上的淚痕抹去，沉眸啞然道：「所有計畫，停止。」

暗自一悸，深望其眸，欲從中尋到此話的眞假用意。

「從現在起，馥雅，你自由了。」將爲我拭淚的手收回，唇邊如鉤的弧度揚起，笑得淒傷且柔情，「你不欠我什麼，從來不曾欠過。」沉甸甸的分量含在其中，我的心一動，他是要放棄了嗎？

「皇位……」我低低輕吟這兩個能令人喪失心魄不顧一切的字眼。

「不要了。」薄笑中含著三分輕狂，「一直以爲，皇位是我一生所追逐的目標，現在卻發現，原來它是可以輕易放下的。」忍不住一聲低歎，柔意流轉，輕然如風。

身子一緊，我已被他牢牢圈入懷中，下顎輕抵我的額頭。我安心地靠在他的懷中，聽著強健而有力的平穩心跳，心竟然隱隱作痛。此刻的我才敢承認，今日所有的失態之舉，並不是因爲祈殞的大婚，而是祈佑的大婚。

一想到他對我的利用就不自覺地難受，也只有他才能牽起我內心極度隱藏的怒火。一直拿喜歡祈殞當做我不顧一切回到亓國的理由，卻沒發現，最想念、最掛念的人依舊是他。始終忘不了我們之間的合作關係，告誡自己我們是在互相利用。對於我不顧一切地幫他，總把報恩掛在嘴邊，不願承認，是怕受傷吧？

「眞的不要了嗎？」我不能確信地又問了一遍。

「若擁有這個皇位，必須用你來交換，我寧可不要。」清澈眞實的語氣讓我安心地閉上眼簾。他，眞的爲了我而放棄爭奪那個皇位嗎？我始終不敢相信，這樣一個有著雄才偉略的男子會爲了兒女情長，將夢想隨手丟棄，我能相信他嗎？

倏然從他懷中掙開，方憶起今日是他的大婚之日，鴛鴦紅帳，洞房花燭。「你該離開了！」

他眼中閃過異色，隨後輕抿唇角，幽沉凝視著我說：「今夜我哪兒都不去。」

「不行，大婚之日你在眾目睽睽之下來攬月樓已經犯了後宮的規矩。若一夜未歸，定然引起軒然大波。」勾起淡淡一笑，聲音中有著連自己都能察覺到的苦澀。

他握起我冰涼的雙手，一語不發，似在猶豫。突然又想起了什麼，將依舊靠坐在地上的我扶起。「全身都濕透了，不怕著涼嗎？還不去換身乾淨衣裳。」

低頭瞧瞧自己的衣裙，才想起我剛被韓冥從池塘中救起。又看看他那赤紅新郎錦緞袍因我剛才靠在他懷中，而染上一層水漬，尷尬地將雙手纏繞身後。

他並未介意，忙喚外面的雲珠，待雲珠小心翼翼地邁進屋，祈佑又深深地望了我一眼，才離開。

雲珠走至衣櫃前取出一套疊放整齊的淺青色百蝶衣。望著她的舉動，我問：「爲什麼？」

「姑娘把衣服換下來吧。」她答非所問，口氣平靜無波，我連忙又問道：「告訴我，這是爲何？」

方才祈佑的突然出現，我就猜到今夜的一切定是她安排的。

「心疼，心疼姑娘。」很簡單的四個字，卻藏著多少隱忍、辛酸以及退讓。所以她早就通知祈佑來攬月樓，再故作對我失望，要逼我當著祈佑將心裡的話說出。這一切，只因她心疼我，心疼到連她沈家蒙受的大冤都不顧了嗎？

「我果然沒高估主子對您的心，他是眞的很在意您。」她向我明眸巧笑，純淨若雪，我馥雅何其榮幸，能有她陪伴左右。

「那麼你對祈佑的心意呢？」我無法接受她這樣無私地對待我。她也是個十七歲的姑娘，她也與我一樣，從小就家破人亡，我能得到這麼多人的心疼，那麼她呢？她爲何就不能心疼自己一回？

現在雲珠就像偷了糖被抓住的孩子，不知所措地望著我半晌，最後才淒然淡笑，「只求今生能伴在姑娘與主子身邊，別無他求。」

一夜無眠，唯聞樓外風高露冷，屋內頻燭蓋影。

第九章　滿庭禁深鎖

碧雲天，黃葉地，暗香魂。

秋色連波，波上寒煙翠，蕭疏夕照中。

我輕靠樓外長廊石椅上，望滿庭落葉。聽聞，三位王爺於大婚完後皆攜嬌妻回到王府，而我也好些日子未再見到祈佑了。他現在正做什麼呢？是不是又在籌謀著如何扳倒太子，又或是尋找新的一名有利用價值的人？

這些日子，皇上親臨攬月樓好幾次，我的表現卻略顯冷淡。甚至於三日前，他對我提起晉升夫人之事時，我很大膽地拒絕了皇上的美意，以致他拂袖而去。但是我很清楚，並不是我的一句「不願意」就能打消皇上的念頭，他畢竟是個皇帝，他想要的東西，沒有得不到的。

我於此處一坐就是整整一個下午，夕陽染紅滿庭楓葉，似水天一色，渺而傷淡。暮色驚鳥啼，花深謝迎秋，雲珠默默地立在我身側，款款東望一排大雁蒼茫飛過，無痕。

小么子於此時匆匆跑到我身邊，焦急地說：「姑娘，皇上派人傳來口信，召您去、去……」

他呑呑吐吐，面有難色，我奇怪地忙問道：「皇上傳我去哪？」

「承憲殿。」這三個字不只驚了雲珠，也驚了我。原本慵懶倚靠在石椅上的我倏然驚起，情不自禁地重複了一遍「承憲殿」三字。

「小么子你可有聽錯，承憲殿可是每日百官早朝之處，皇上怎會召姑娘至此？」雲珠臉色凝重地問。

「奴才方才也是這麼問公公的，可他說皇上的口諭確實是這樣說的。」小么子也是一臉的困惑不解。

歷來除太后、皇后有資格進承憲殿外，女子若擅闖可是重罪。皇上絕對不會糊塗到這種程度。直覺告訴我，皇上此次召見我於此定是有很重要之事，不好的預感頃刻湧上心頭。

傳話的公公將我帶往承憲殿外，然後緩緩地告退，似乎皇上吩咐了任何人不能接近此處，四周竟連一個奴才也沒有。

我邁入清冷的大殿，一陣寒氣由腳底直逼心頭。初映眼簾的正是那金光閃閃，鑲金嵌鑽，引得無數英雄盡折腰的龍椅，在微暗的大殿上依舊泛著耀眼眩目的光輝。每朝裡踏一步，就會有來回輕盪的回音，儘管我極力克制自己的腳步聲。

空空如也的大殿內只有我一個人，皇上呢？心裡湧起茫然無措之感，卻見皇上由右側幽暗的偏殿走出。他被一陣慘暗之光緊緊籠罩，我看不清他的表情。直到他步至龍椅坐下，我才看清楚他那微倦而冷的眸子，既滄桑又矛盾。

「奴才參見皇上！」也許是心裡沒底，猛然跪下，膝蓋磕碰出一聲利響，我微蹙蛾眉，忍住疼痛向他叩拜，可是他良久都未喚我起來，我抬頭看了看一語不發的皇上，卻在他眼中找到多種情緒，似沉思，似猶豫，似在作著重要的決定，我被他的眼神看得很不安，怯怯地又將頭低垂而下，等待他發話。

待我雙膝已經開始痳木時，他由寬大的袖口取出一箋奏摺，臉上突然變得異常氣憤，「朕要你來決定，朕該如何處置此事。」他的話音才落，奏摺已經被他從上方丟至我腳邊。

我顫抖著將它拾起，臉上大變，因爲奏摺署名「納蘭祈佑」，著急地將其翻開，裡面只有一行剛勁有力的字，亦讓我刻骨銘心，今生不忘。

潘玉亦兒臣心之所愛

手，抖得更加厲害，只覺得眼眶一熱。淚，滴灑在雪白的箋皙紙上，不敢相信。他，眞的爲了我，要放棄了嗎？

「皇上……漢成王他……」我喃喃著想爲他解釋，想求皇上恕了他，可是我卻連一句完整的話也無法說出。

「你不知道，朕在五年前許過他一件事。」他突然將話題調轉，細微地歎氣，「我允諾他，只要他有能耐將太子扳倒，而堵住幽幽眾口，這個皇位就是他的。」

我全身一怔，驟然沉默，盯著一臉冷寂的皇上，喉嚨裡竟連任何聲音都不能發出。

「事到如今，朕也不妨告訴你，朕心中能繼承這皇位的只有祈佑一人。駭世智慧，雄韜偉略，心狠手辣。若他爲帝，定能大展宏圖，將亓國領向空前盛世。」他的話字字有力，撼動我心，整個大殿內也是他鏗鏘有力的回音。語氣更是異常激動，可見他有多麼慶幸自己能有這樣一個引以爲傲的兒子。

「太子雖不差，但他是皇后養出來的傀儡。若將來執掌大政，皇后排除異己，怕會是又一個武則天。所以太子必定要廢，絕不能讓後宮獨大，朕要告訴她，這終究是帝王天下。所以朕在十年前選了位同樣有野心的韓昭儀進宮來牽制她的勢力。整整十年，朕隔山觀虎鬥，與祈佑秘密培養出一支軍隊。皇后是怎麼也料不到，她的親生兒子會將她出賣。」

皇上看著已經完全不能說話的我，勾起一抹邪惡的笑容說：「馥雅公主，我的計畫中也有你！」

在聽了他這番話後能猜到，我不只在他計畫中，還扮演著一個格外重要的角色。

「朕很早就想到，若要眞正廢黜太子，將皇后的勢力連根拔起，一定要有根導火線。我曾將袁夫人的畫像拿給祈佑看，要他去尋找一位與她格外相似的女子。直到那日，我在東宮見到你，就明白了，你是祈佑給我找來的棋子，但是，他沒有告訴我！直到我質問他，他才將你的身分和盤托出，我就猜到他對你動了情，爲了不讓他影響我們籌謀多年的計畫，我迫不及待地想將你封爲夫人！」

我苦笑一下，早就奇怪祈佑爲何會知道袁夫人的長相。猜過千百種原因，卻未想到，這一切的主使者就是那位帝王天子。

「可惜，他還是躲不過一個『情』字，終於要拋棄朕，要朕一個人面對皇后如此強大的勢力。」他的目光閃過悲痛、愴然。

聽著皇上的一字一句，我才發現，原來是我傻得可笑，曾以爲皇上對袁夫人的感情是多麼乾淨純眞，卻沒想到，他最終還是要利用袁夫人的名義來鞏固皇權。這就是身爲一個帝王的悲哀嗎？一定要兼濟天下，放棄最初最深的感情。

愛，一生只一次，獨予袁雪儀。

這句話又浮現於我的腦海中，愛，終是比不上權力來得重要吧？

「朕很瞭解祈佑，他是個有野心的人。如果他眞的放棄了這個機會，將來他會後悔，他會痛不欲生。」皇上從龍椅上起身，走到我跟前，俯視著依舊跪著的我，想說些什麼，卻被我搶先了：「杜莞，也是你早就想拉攏杜丞相而為祈佑選的王妃吧！」

皇上看我的眼神露出讚賞，隨後大笑，笑得格外輕狂：「皇后向我提起為太子諸王選妃時，我就猜到她的用意，想拉攏蘇大將軍做軍事上的後盾。她卻沒想到拉攏了蘇大將軍，放棄了親弟弟杜丞相。不久以後，朕會證明給她看，她的決定有多麼愚蠢！」

我不自覺冷笑出聲，在皇上面前有此舉動，是何等不敬，但是我已經顧不了那麼多了。我冷冷地望著一臉得意的皇上，「那皇上告訴奴才，此次召我前來所為何事？」

「你是個聰明的女子，不用朕來教你吧？」他別有深意的話，又換來我一陣冷笑，原來這個皇帝一點都不簡單。他將所有人都玩弄於股掌之間，果然不愧為將亓國領導得如此強大的皇上。

心念一定，緩緩露笑，眸光鎖定皇上，傲睨於他，此時的我絕對不能在氣勢上輸了他，即使他是天子，是皇上，「馥雅不懂，請皇上明示。」

他劍眉一挑，利芒掠瞳而過，清冷之色深鎖我片刻，「朕給你兩條路，現在就回攬月樓，當做什麼事也沒發生，等待朕的冊封旨意，助朕掃除東宮勢力。」陰魅的聲音中竟藏著四溢的柔情，繼而又一轉鋒，冷吟道，「如若不依，你就會消失。」

我抑制不住，笑出了聲，心頭千百個念頭一閃即逝，「敢問皇上，何謂消失？」

他細眯銳眼，臉色驟然有些陰沉，「那麼馥雅公主是定然要選第二條路？你真的不要復國了？」他斂起臉上的笑，竟單膝跪於我跟前，與我平視。我看不懂其中的深意，卻聞他又開口了，「只要你點點頭，明日朕就出兵討伐夏國。」

笑意在唇邊擴散得更大，很誘人的條件。連城許的四年，祈佑許的八年，在皇帝這句「明日」下顯得格外渺小，根本無法與之相提並論，但是……

「皇上的好意，馥雅心領！」

「你不願意？」他的語氣頃刻冷凝，殺意四起。

「是祈佑不願意。」我的聲音頓而變高變強硬，未得他的允許就起身，雙腿早就因跪了太久而麻木。但是現在輪到我俯視單膝跪地的他，他似乎未料到我會突然起身，竟怔忡仰視了我好一會兒。我暗笑在心，繼而道：「祈佑親口對我說，所有計畫，停止。」

待我說完，他才意識到現在的自己正跪在我面前，有那麼一刻的不自然，但很快調整，優雅而起，「那麼，你就消失吧。」

酉時末，我才回到攬月樓，雲珠見我安然而歸終是鬆了口氣。我與她站在庭院內未進屋，清風遐邇，疏影拂闌，落香滿院。

「姑娘，皇上召您去做什麼了？」雲珠不安地問我，隱隱察覺到了些什麼。

藏於袖中的手一緊，用力捏著手中由承憲殿帶回來的奏摺，不答反問：「如若祈佑登上皇位，會是個千古明君吧？」

「千古明君珠兒尚且不敢斷言，但是他一定會是個曠世奇主。」她用力點頭表示她對祈佑的肯定與認可。

「那麼，如若我幫他……」我將目光投向漆黑暗淡的夜空，話方說到一半，雲珠就打斷我。

「主子他，絕對不會利用您登上皇位的。」又是一句肯定，握在手中的奏摺又用了幾分力道，卻發現雲珠已跪在我面前，「主子孤寂了二十年，好不容易有您可以伴他左右讓他定心，您千萬不能丟下主子啊！」她彷彿意識到什麼，竟用乞求的語氣求著我。

喟歎一聲，將她扶起，「傻珠兒，我怎麼會離開他呢？」攬過她的腰，輕聲安撫，「明日他下早朝，替我傳個口信，我會在老地方等他。」

雲珠聽罷，方鬆下一口氣，愉悅地點頭，「姑娘放心，珠兒一定把話帶到。」

天未破曉我就從攬月樓溜了出來，往我們的「老地方」——未泉宮而去。由於祈佑已經不在此處居住，這兒的丫鬟與侍衛很少。我神不知鬼不覺地溜進祈佑的寢屋，等了他許久都不見他來，望著那張軟榻，竟萌生睡意。定是昨夜沒睡好，今日又早起的關係。心念一動，脫下鞋襪就往被褥裡鑽，反正他應該沒這麼早回來，我可以安心地睡上一個時辰，醒來再等他也不遲。

將臉埋入柔軟的絲被中，嗅著淡雅的清香，是祈佑特有的味道。與他認識了近兩年，雖然相處時間不是很長，一般都是匆匆來忙忙去，但是他身上那股特有的味道卻總是能令我銘記在心。

閉上眼睛，想著與祈佑第一次見面，他那溫潤的眸子，如沐春風的嗓音，溫柔地將受傷的我抱上馬背……思緒漸漸被風吹走，睡意的誘惑我無法抗拒，更是貪婪地戀上了這一刻的寧靜。

迷糊惺忪間，似有隻「蟲子」正在我臉上遊來盪去，我很不情願地伸出手撓了撓臉蛋，想趕走牠。卻沒想到牠竟越來越放肆，呻吟一聲，翻身側躺，繼續進入夢鄉。

蟲子？我混濁的腦子開始慢慢轉動思考。半晌，我突然睜開眼簾，正對上一對含笑望我的眸子，我立刻從床上彈坐而起，睡意全無。

「你睡覺的樣子真可愛。」他側坐在床榻邊，雙手撐於我兩側，將我整個身子圈住。

我不自在地朝後挪了挪，這個姿勢實在曖昧，尷尬地清清喉嚨掩飾我心中的不安，「你來了！」

「想我了？」他戲謔地刮了刮我的鼻梁，充滿笑意地問。

「新婚，還愉快嗎？」我才問出口就後悔了，只見他臉上的笑容斂去，換爲陰鷙冷戾，緊張和不安的氣氛在周圍蔓延。

在我以爲他會就此離去之時，他開口了：「馥雅，我只要你！」眼底透著堅定與一絲迷離。

我點點頭，望著他回以一笑，他的瞳中映著那個白色身影的我，一看竟已出神，直到他俯下頭吻住我的唇。我睜大了眼睛凝望他眸中的縷縷柔情，錯愕間，溫溫柔軟的感覺在嘴裡蔓延，如火般的呼吸與我交融著，吐納著。

我控制不住地喃喃呻吟出聲，我身上的衣裳也一件件不知去向。額頭、眼眸、下顎、頸項，唇一寸寸在我臉上游移，濃濃的情欲充斥於我們之間。最後，他摟著我一起跌進幃帳內，厚實的雙手在我身上不停遊走，輕撫。引得我一陣輕顫，一寸寸點燃了我全部的熱情。

他卻在此時突然停下了所有的動作，回視他隱忍的眼神，我不禁露出迷茫之色，「馥雅！不是現在。」他清了清低沉沙啞的聲音，手指插入我髮絲內，將我按入懷。側臉緊貼他赤裸火熱的胸膛，心中早已亂了方寸。

「我一定會給你一個名分，我要你做我納蘭祈佑名正言順的妻子。」他緊緊擁著我，彷彿欲將我與他融爲一體。

而我，可以將他這句話當成是對我的許諾嗎？「祈佑，我……」我猶豫著，終究還是沒說下去。

「你怎麼了？」他緊張地問。

我在唇邊扯出一個大大的弧度，「我餓了！」

他愕然地望著我好一會兒，隨即也笑了。至此我眞眞切切地在他眼底感覺到了笑意，不再是臉笑神不笑，漠然淡沉的詭異。現在的他，已經對我徹底敞開了心扉。

酉時我才與祈佑在未泉宮分手，依稀記得臨走時要我等他，他說過不了多久他就會迎娶我爲他的妻子。我依舊淡笑不語，但是心裡的苦澀也只有自己知道，皇上不可能讓我與他在一起。在皇上心中，已經沒有任何事比剷除東宮來得重要，所以，皇上對我說：「三日內，若你沒有在祈佑面前消失，沒有在亓國消失，那就讓朕來助你消失。」

我知道皇上所謂的助我消失，意味著——殺無赦！他現在給我機會，讓我自己離開。可是我不明白，他爲什麼要給我這個自己消失的機會？他不怕我會將此事告訴祈佑，更加引起他的反叛嗎？

回來西宮，並未歸攬月樓，而是轉入披香宮外。問起奴才們冥衣侯可在韓昭儀寢宮內，他們說已經進去很久了。我又不便進披香宮，撞到韓昭儀事就麻煩了。所以就站在宮門外等著他出來，冷風襲來，卻未覺涼意。

璧月影搖，夜寂靜寒聲斜，宮澀闌珊冷。望著這條淒冷的大道，如此肅穆。

「你怎麼在這兒？」

聲音依舊冷淡如寒冰，不用回頭，就知道韓冥從披香宮內出來了。他待在裡邊的時間還眞長呢，我都等了他一個多時辰了。

「你是金陵城禁衛統領，給我一個可以暢通無阻的東西。」我也不拐彎抹角，直接切入正題。

「你要離開？」他平靜無波的聲音終於有了變化，他轉至我面前，直勾勾地盯著我，想從我的眼中找到答案。

「你不必多問，只要讓我離開。」不想回答他，知道這件事的人越多，就會有更多的危險。

「憑什麼幫你?!」他好笑地望了望四周，最後又轉回我的面前。

「就憑我救過你一命，現在是你報恩的時候。」我盡量保持臉上的笑容，心下也擔心他不會幫我。若我出不了這個皇宮，三日後皇上眞的會殺了我，我相信。

本想要皇上下道旨意讓我可以安全離開，可是轉念一想我又覺得不可能，皇上之所以要我消失只為讓祈佑找不著我，可以安心爭奪這個皇位。若他下了旨不就等於詔告天下，潘玉是皇上送走的，皇上不可能讓天下人恥笑。所以我才來找韓冥幫我，我在下賭注。

他沉默了好久，終於歎口氣，從懷中拿出一塊權杖，遞至我手中。我望著那塊權杖上清楚地寫著一個「冥」字，這就是我的通行令了。感激地望他一眼，他卻迴避了我。

「你若離開了，韓昭儀怎麼辦？她將所有希望都寄託在你身上了。」他低著頭，望著青理石，聲音恍惚。

「如果韓昭儀眞的想剷除皇后，去找祈佑吧！」我看著他的臉色隨著我說話而變，他用懷疑的目光盯著我，彷彿將我說的話當做是笑話，「今夜我對你說的話，不要讓任何人知道，否則你會有很大的危險。還有就是……將所有看見我離開的人都禁口吧！」

我相信依照韓冥的聰明智慧，能理解我的話。更何況，他是冥衣侯，有夜闖東宮膽子的男子絕對不會是胸無城府，毫無頭腦的人。

第十章　蕭蕭雪中梅

卞國荊州城。

翠孿雛，鷗鷺驚，孤雁歸。

秋香濃郁，蟠煙紛嫋，西城暮雲如璧。

我坐於荊州最豪華的酒樓中，因賞錢給得多，小二爲我找了位於二樓一個靠窗安靜的位置，正好可以觀望全城的景色。雙手置放於桌上交疊，眺望荊州四處的景色，卻更是徒增傷感。

我離開金陵已經一個多月，雖然一路上沒人追阻我，可是心中卻有陣陣失落。潛意識中我是想讓祈佑出來找尋我吧？可是他沒有，皇上更加不會允許，我的心情壓抑得越發難受。皇上要我消失在亓國，消失在祈佑面前，夏國我是肯定不能去的，那兒多數官員都曾見過我，不得已只能來到卞國。我相信，不會有那麼巧就遇見了連城吧，他這位堂堂一國丞相應該待在汴京，爲皇上排憂解難，分擔國事，出謀畫策。

「思往事，惜流芳，易成傷。擬歌先斂，欲笑還顰，最斷人腸。」我單手撐頭，低吟一句。

如今的我，將何去何從？是不是該在荊州落腳？落下腳我是不是該找分事做打發時間呢？但我根本不缺錢，撇去韓昭儀那顆人魚夜明珠不說，光是臨行前韓冥給我的一袋金葉子就足夠我揮霍的了。現在的我，放棄了復國，卻不知該做些何事了。

「姑娘，您的菜來了。」小二一臉笑意逢迎地端著一大盤菜於我桌前小心翼翼地放下，口中還不停地吆喝著菜名，「芙蓉金魚蝦，金蟾尕珊瑚，紅扣果子狸，紅扒熊掌，素炒菜心……」

一盤盤的菜看到我傻眼，方才小二問我點菜時，我只叫他隨便上幾個拿手菜，沒想到卻上了這麼多，我一個人哪吃得完？雖然……我的錢很多。

他的菜名還未報完，正對面一位姑娘就拍下方木圓桌，朝我們這兒怒吼，「小二，你不是說沒有紅扒熊掌嗎，爲何給她上了？」聲音尖銳無比，將整個客棧內的聲音全數壓下，所有人都將目光集中在我與她身上，小二則是尷尬地瞧了瞧那位姑娘。

「小的是說，紅扒熊掌已被訂完，這位姑娘的正好是最後一盤！」他努力陪笑著，想熄滅這場衝突。

「不礙事，若這位姑娘實在喜歡，就讓給她吧！」況且我一個人也吃不完這麼多菜，於是將那盤紅扒熊掌推出一寸，笑容依舊。

打量起這位紅衣勝火的女子，眉若遠山，瑤鼻櫻口，如同凝脂般的肌膚嬌嫩如水，端爲國色，可惜脾氣太大。她讓我聯想到杜莞，現在與祈佑處得好嗎？祈佑對她的態度又是怎樣？

我的退讓並沒有讓她息事寧人，反而雙眉冷蹙，竟朝我這兒走來，於我身側立住，居高臨下地俯視著我，「你看不起本小姐？」

我在心中喟歎一聲，將菜讓給她，她說我看不起她，若我不讓她，她定是說我目中無人。「姑娘，別誤會，我並無此意。」

「我看你就有！」她咄咄逼人地指著我的鼻子，怒火覆蓋了全身。比起杜莞，還眞是有過之而無不及。

「姑娘你無理取鬧吧！」我從方椅上起身，將她指在我鼻子上的手撥開，隨後將一片金葉子丟在暗青木桌上，算是飯錢吧。我並不想與她爭執不下，畢竟我不是個好強喜鬥的人。

小二垂涎欲滴地將那片金葉子拾起感慨輕歎，卻在我欲離開之時怪叫一聲「唉！？」吸引了我與那位姑娘的目光。她一把奪過金葉子，反覆看了好幾遍，最後扯出一抹詭笑，朝著她身後的四個侍衛道：「快把這個亓國來的奸細給本小姐抓起來！」

陰冷灰漆，惡臭不絕，鼠蟑四竄。我被關押在荊州最後一重大牢，被眾位牢兵當做一級犯人看押著，我坐在早已腐臭的稻草堆上，背靠浸骨的高牆，雙手抱膝，哀歎連連。我眞沒想到，來到荊州的第一日就會被當做奸細關進了大牢，這確實是我的疏忽。只知道韓冥給我的是一袋價值連城的金葉子，卻萬萬沒想到，每片葉子上都刻了一個「亓」字，若不仔細看還眞難發現。

「韓冥，你害死我了！」這句話我自被抓進來，就不停念叨著，也怪自己不細心，否則就不會被那個刁蠻的小姐——郝夕兒，荊州府尹之妹給逮了進來。

許多腳步聲朝關押我的大牢而來，一聲一聲就像是催命符般敲擊我的心。

「大人，就是這個女人！」牢頭彎身向他行禮，一手還指著牢裡的我。

我揚眸淡笑，望著牢外一男一女，赤衣如火的郝夕兒，紫衣淡秀的郝俊飛。

「哥，我在她身上還搜到這個。」郝夕兒將那封我一直隨攜於身的奏摺取了出來，擺到他面前。郝俊飛翻開它，將那句「潘玉亦兒臣心之所愛」重複念了幾遍。

「這是什麼意思？」他疑惑地望了望我，再望望郝夕兒，不明所以。

「你看這署名是亓國的漢成王納蘭祈佑，肯定是他給她的密摺，想來荊州探取機密，這句話肯定另有深意。」郝夕兒的話剛說完，我就大笑，笑得格外輕狂，聲音充斥著整個牢房，我瞧見他們的臉色都變了。

「是呀，這封密摺可是一項秘密任務。」我邊笑邊點頭。在看見這分奏摺後，心中已有了一個置之死地而後生的方法，我必須賭一賭了。

「什麼秘密任務？」郝俊飛著急地將雙手緊握牢門的木樁詢問。

我莞爾一笑，用非常平靜的聲音說道，「這個秘密，我只告訴一個人。」我的聲音越放越小，所有人屏住呼吸想聽我接下來說些什麼，「我只告訴下國的丞相——連城！」

郝夕兒與郝俊飛對望一眼，滿是疑惑。我也不疾不徐，娓娓而道：「我是在給你們立功的機會啊，若是將我這麼重要的奸細送往汴京丞相府，朝廷肯定給你們記個大功，連升三級也說不定呢！」我仔細觀察著他們臉上的表情，由最初的疑惑轉爲了然，最後變爲欣喜。

「對啊，我怎麼沒想到！」郝俊飛大笑一聲，隨後吩咐牢頭將我帶出來，即刻準備進汴京。

這就是以利誘之，凡是人都難逃過「名利」「富貴」，而這兩兄妹正是中了名利這一重招，雖然不知道若我被送到丞相府後連城會怎樣對我，但至少比待在這荊州受牢獄之災要好。

他們兩兄妹說罷就動身，將我關押在囚車內，一路押往汴京。路上我找百般藉口想將那分奏摺要回來，郝夕兒只回給我兩個字「妄想」，從她的語氣與眼神中可以看出她對我有著諸多敵意，我就不明白了，難道我生有一副人見人厭的臉蛋？深呼吸一口氣，望著一路上從我眼前飛閃而過的景色。

東風凝露，梧桐已散盡，臘蕊梢頭綻，紅塵沒馬輪。吹盡寒天煙雨著，已是臘冬黃昏時。終於，經過三日的奔波，抵達了汴京的丞相府。

一位身佩長刀滿臉橫肉的中年男子在府外等著我們到來，聽郝俊飛稱他為張副將，應該是在連城手下辦事的。我還沒來得及開口，張副將就命人將我押進丞相府禁牢。裡面黑漆陰冷，唯有牆角四方篝火點燃，才能勉強將四周照亮。

此時的我已經被牢牢地捆綁在十字木上，由那位張副將親自審問。而郝夕兒與郝俊飛則看好戲般站在後面望著我，而我只有五個字：「我要見連城。」

「丞相是何等身分，豈是你說見就見得了的？」他拉了一張靠椅在我正對面坐下，似乎很有耐心地想要審問我。

「不讓我見他，我是什麼都不會說的。」而且，我確實沒什麼可以說，說我不是亓國的奸細，那封也只是普通的奏摺，他們會信嗎？

「張副將，這丫頭的嘴巴硬得很。」郝夕兒好整以暇地笑望我。

「爺就怕她不硬！」他勾起一抹噬血的笑容，向牢頭說道，「去拿本將軍的專屬鞭來！」

當我看到牢頭捧著一根細長柔韌的長鞭過來時，我的臉色變了，因為鞭上塗有駭目的辣椒粉，他還沒朝我下鞭，我就有那種皮開肉綻的感覺了。

「雖然不是很想對你這樣國色天香的美人兒用此等酷刑，但是……」他原本的淡笑突然斂去，轉為陰狠。一鞭已經無情地抽打在我的身上，鞭聲在這空蕩的牢中格外刺耳，「你不肯交代，我也只能對你動刑！」

我咬緊牙關，悶哼一聲，始終沒喊出口，只覺得被鞭打的地方先是火辣辣地疼，後如萬蟲撕咬般，一遍又一遍地啃噬我的傷口。

「我就不信了。」我的反應惹火了他，他揚起手又是幾鞭，我被這一連數鞭折磨著，腦海中一片空白，只有一個醒目的字——痛！

「我就要看看你的嘴有多硬。」他抬手又想下鞭，手腕卻被人狠狠地掐住，他凶神惡煞正想破口大罵，卻在見到來人後轉爲面無血色，「丞……丞相！」他被那張恨不得立刻將他碎屍萬段的臉嚇得跪在地上。

我無力地鬆開緊咬著的牙關，很想吐一口氣，卻發現我早已疼得連呼吸的力氣都沒有了，冷汗由額頭滑至眼角，再至臉頰，「你……終於來了！」我扯出苦笑，望著一臉憤怒無措的連城，以及他身邊的管家，想必是管家去通報連城的，我這條命才得以保住，視線慢慢模糊，終於變得一片黑暗。

「小姐，你別動。」蘭蘭放下手中盛滿藥的碗朝正企圖爬下床的我飛奔而至，欲制止我的行動。

「我已經沒事了！」在床上已經躺了半個月的我實在忍受不了這樣的煎熬，我的骨頭要再不活動眞的要散了。

「丞相交代你要好好休息。」她將我按回床上躺好，再返回桌上將藥端至我面前，一口一口地餵進我口中。

這藥一連半個月我每日飲三次，起初苦澀難以下嚥，吃了多次已經習慣了，根本不覺得有苦味。還記得我被鞭打得遍體鱗傷而昏死過去，命已經危在旦夕，就連大夫都搖頭歎息說我沒救之時，我竟這樣奇跡般地醒了過來。一睜開眼睛，看到的就是守在我床邊的連城，容貌依舊卻憔悴了好多，他那風度翩翩的高貴氣質完全被悲傷充斥著。那時的我好想拉住他的手，對他說句「對不起」，可是我實在沒有多餘的力氣再去講話，只能望著他興奮地跑出房喚人召大夫。

後來，聽蘭蘭說連城將郝家兄妹發配邊疆，而那位鞭打我的張副將被囚禁在牢內，每日都要受鞭打之苦；幽草還說，當大夫說他已經無力回天之時，連城哭了，我一笑置之，因爲不信。

現在我的傷口已經基本癒合，結疤大部分都已經脫落，唯獨幾處重傷之處還未痊癒，也不知道大夫給我身上那醜陋的疤痕上塗抹了什麼仙藥，不僅復原極快，就連疤痕都隱遁而去。

幽草在此時推門而入，款款巧笑迎向我：「小姐，您可以下床了。」

「眞的？」我眼睛一亮，立刻翻身蹦下床，差點撞到床邊的蘭蘭，她驚得連連後退幾步，那空空的藥碗由手中滑落，摔碎在地。她無奈地歎口氣，繼而蹲下身子將碎片收拾起來。

幽草則是先爲我選了一套淡鵝黃鶯小褶裙，腰間繫上豆綠宮條。雙手戴上玫瑰連環鐲，頸上掛繫翠珠瓔珞八寶蟠鏈。然後將我拉至妝台前梳妝，綰起飛天五鳳昭陽鬟，斜插白雪玲瓏貂毛簪，耳佩雙鳳戲珠珞瓔耳墜，絡金流蘇項側披垂。輕描柳葉細梢煙黛眉，未施朱傅粉，天然去雕飾，自然眞淳樸素，宛如洛水之神。

她的手功無可挑剔，與雲珠的梳妝之技相比各有千秋。一想起雲珠，我的神色即刻黯淡無光。現在的她是否安好，曾經答應過讓她一直伴我身側，可是卻迫於無奈而將她一個人丟下。祈佑會不會怪罪她未將我看好，祈佑……你現在在做什麼呢？

「小姐，幽草領您出去走走。」她扶起已經失神的我，領著我朝門外而行，蘭蘭卻叫住了我們。她走到衣櫃裡取出一件銀鼠貂裘披風爲我繫上，喃喃地說著：「臘月已至，天氣大寒，小姐剛癒，恐著涼。」

我的手輕輕撫過這件柔軟溫煦的貂裘，心早已被塡得滿滿的，而幽草一拉開朱赤檀木門，一陣冷風刮過雙頰，猶似刀割。

「小姐請。」幽草伸手請我先出去，表情古怪，似乎有事瞞我，雖有疑，卻未深究。邁腿跨出門檻，深呼吸一口冬日的涼風，連日來的懲悶之氣一掃而空。再吸一口氣，一陣芬芳清雅之香撲鼻，這個味道是……

我衝出長廊，循香而尋，拐角之處粉白一片，觸目驚心，這是……香雪海！

庭園深深濃香吹盡，凌寒仍傲猶自開，香杳遍滿地。我漸步走進這片香雪海，記得上次來聽雨閣時，這裡長滿濃濃萋萋野草，如今再訪卻已成爲可與長生殿媲美的梅園。我終於知道幽草的眼神爲何古怪，原來是要給我這樣一個驚喜。連城竟爲我花了這麼多心思，他又從何得知我喜梅？

疏枝梅花闌，香瓣舞紛飛，苔枝綴玉，被風吹散而殘舞的梅瓣一片片灑在我的貂裘之上，幾瓣拍打在我頰上，我不自在地眨了眨眼睛，伸出手接下幾瓣於掌心，置於鼻間輕嗅。是這個味道，夏國的味道。

「喜歡嗎？」連城無聲無息地出現在我身後問，我沒有回頭，依舊仰望這漫天飛舞的梅，沒有再說話。

「還記得初次見你，你在夏宮的雪海林間翩然起舞，舞姿頗有流風迴雪，漫步雲端之感，乍望而去，宛若仙子，撼動我心。」他的聲音很低沉，有些字被寒風吹散，但是我卻字字聽得清楚，原來，他第一次見我，並不是在甘泉殿的晚宴，而是香雪海林。

「那是亡國之舞。」我驀然回首望著身後的他，「從那日起，我就發誓，再也不翩然起舞。」

他但笑不語，揚手爲我拂去髮絲上的幾瓣殘梅，我低頭淺笑，「你能將那封奏摺還給我嗎？」語氣有些生硬。

「是這個？」他從袖中取出那本奏摺，「潘玉，這是你在亓國的名字？」他將奏摺翻開看了看。

我立刻想從他手中奪過來，他卻用比我更快的速度將手收回，我有些惱惱地盯著他，用眼神質問他爲什麼不還給我，他勾起邪魅一笑，傾國傾城。

「這個東西對你好像很重要，所以我要將之留下，牽制你的離開。」

我無奈地盯著他拿著奏摺的手，終於妥協地點點頭：「我會留在這兒的，因爲我別無去處。」我的話才出口，他的臉色就變了，似乎想問我發生了何事，卻又不知從何說起。

「現在可以把它還給我了嗎？」我伸出手掌向他要，但他還是沒還給我。

「若我還給你，你又會像上次那般，不顧一切地逃跑，我不會再冒險下注。」他將奏摺收回懷中，聲音平靜如煦風之暖，敲動著我的心。

他一提起上次的事，我心裡的愧疚之情油然而生，我說：「我不會再逃了，你把它還給我吧。」

「不行！」堅定的兩個字破滅了我的希望，他轉身就離開這片雪海林，像是怕我會繼續追著他要，我竟發出一陣輕笑，引得沒走兩步的他回頭望我，眼中複雜之色再起。我尷尬地迴避著，雙手交握身後，突然想到自己還欠他一句「對不起」，於是猛然抬頭想說，卻發現梅林中，他的身影已經漸漸遠去，最後遁失蹤影。

我暗自對自己說，下次，一定要把這三個字告訴他。

在梅林間站了許久，久到連自己都忘了時辰，直到漫天飄雪隨著殘瓣飛散落至地面，我才覺得全身冰涼。下雪了，該回去了吧。才回首，不遠處的長廊內立著一位緋衣女子，迎著臘月北風，一襲淡緋長衫隨風飄揚，說不盡的飄逸婉然，美眸久久地停在我的臉上收不回。

「公主。」我走向她，淡淡地向她露以一笑，她尷尬地將視線收回，回我以柔美之笑，縹緲無神。

「沒想到，你還是回來了。」她故作輕鬆地走下長廊，紛紛飄雪灑在她的雲鬢上，彷若凝霧。

「公主別誤會，其實……」我想解釋自己與連城之間的關係，因爲不忍心傷她，畢竟我是插足他們夫妻的第三人。

她即用力搖頭，示意我不必再解釋下去。「看得出來，你是好姑娘，難怪連城對你如此記掛。」

聽到這句話後，我的笑容有些淡褪，「連城能有你這樣的妻子是他的福分，我相信，總有一日他會發現你的好。」語氣略帶惋惜，想到上次她助我逃跑的事我心中就是一陣感激，很想問問連城有沒有爲難她，可轉念一想，她是堂堂公主，連城哪敢爲難她。

她在聽見我這句話後露出落寞的眼神，一時間萬物無聲，唯有淡香縈繞鼻間。

「小姐。」林中老遠就傳來蘭蘭的清脆之聲，我與靈水依齊目望去，蘭蘭正打著一把傘朝我這兒跑來，原本一臉的欣喜在見到靈水依後瞬間消逝得無影無蹤。

「夫人！」蘭蘭朝她行禮，一臉謹慎，似乎在提防著她。

靈水依淡望她一眼說：「帶她回聽雨閣休養著吧，身子剛癒，怎抵抗得了這寒冬之嚴寒。」

「公主你也注意身子。」我也回以關心的一句，在蘭蘭的陪同下離開了。

我們走了良久，隨在身後爲我打傘的蘭蘭突然冒出一句話：「小姐，以後少與夫人來往。」

「你好像對她頗有敵意？」我試探性地問道，由於走在前面，看不到身後蘭蘭的表情。

「她一點也不簡單呢，別瞧她現在對你關懷備至，若翻起臉來可是六親不認。小姐我和你說啊，以前我與幽草是一同伺候她的……」

輕輕的談話聲與淡淡的笑語隱約在林中迴盪，縹緲，蔓延……

原本細若暗塵的小雪隨著時間緩緩變大變密，將整個丞相府籠罩在一片茫茫白雪中，下了兩日兩夜依舊未停歇。我立於聽雨閣頂樓的書房，佇望窗口睥睨蒼茫白雪，這個位置恰好可以觀望偏園的梅林與另一處別苑，於是我一有空就跑上來觀梅賞雪。

竹梢紅梅疏落處，路徑斂香紅，雪壓霜欺，漫漫嫋嫋覆萬里。

待我賞得正入神時，一陣刀劍相擊的鏗鏘之聲傳來，我循聲而望，別苑裡有兩個身影正在對鬥，我連忙往另一扇可以更清楚地看到外面情形的窗戶走去。

一抹白色身影與一抹灰色身影手持長劍互搏，四周殘枝皆隨他們的劍氣搖曳，在電光火石的錯間，原本占了下風的白衣男子開始了他的反擊，勢若驚鴻，宛若神鶴的身形，伴隨著快若疾風的劍招，如夢如幻，逼得灰衣男子連連後退。最後，白衣男子的劍在他頸邊畫過，灰衣男子一側首，避過了那致命一擊。

終於，兩人收起劍勢，緩緩穩定身形，白雪依舊紛飛。我才看清楚，那白衣男子正是連城，我沒有料到他的武功竟到了這樣爐火純青，出神入化的境界，若是與奔冰比起，勝負還眞是難以預料。

那位灰衣男子又是誰呢？怎麼會在此與連城比劍？我還在奇怪之時，卻見灰衣男子突然側頭朝我這邊望來。我一驚，立刻閃到窗後去。奇怪，我為何要躲？想到這兒我就暗罵自己的多此一舉。

用晚膳之時，我終於按捺不住心中的好奇，問起幽草：「連城可還有兄弟？」

幽草疑惑地盯了我好一會兒才點頭：「主子還有個小他兩歲的弟弟，連胤，小姐你見過？」

我就猜到她又在亂想，立刻阻止她繼續下去，「我是在書房窗口看見的，我可沒有要偷跑。」

聽到我的話，幽草才鬆一口氣，可是後來竟然有位奴婢來到聽雨閣，說是老夫人在正堂設宴想見見我，我與幽草對望一眼，很有默契地說了三個字：「鴻門宴」。

蘭蘭勸我不要去，現在連城在皇宮與皇上商議出兵之事未歸。而這老夫人又是出了名的厲害，怕我被她欺負。而我卻整理起著妝來，未做虧心事，怕她找什麼麻煩？

在幽草與蘭蘭陪伴下，踩著厚實吱吱作響的雪，一步一個腳印地朝正堂而去。當我走到正堂時，我的雪地靴已經濕了一大半，冰涼的寒氣由腳心傳遍全身。

正堂明亮寬敞，雕梁畫棟，朱木插屏。轉過插屏正是一方鑲金圓桌，上面的擺設讓我想到那句「瓊漿滿泛玻璃盞，玉液濃斟琥珀杯」，就兩個字「奢侈」，更可見這丞相在朝中的地位有多高，怕是皇上過的日子與丞相都無多大差異吧。

首座的應該就是老夫人，圓臉，微擁腫，身穿白鼠貂毛銀襖，四佩珠翠玲瓏寶玉，在燭光照耀下熠熠生輝，更顯雍容貴氣。下手左側坐的男子，劍眉星眼，神態自若，我猜想他就是白天我看見的灰衣男子。下手右側坐的正是姿容美豔，出塵脫俗的靈水依。

老夫人見我來也未請我坐下，甚至連一句客套話都沒有，我就這樣站在老夫人面前與她隔桌對望。

「你就是城兒金屋藏嬌的女子？」她用不屑的目光將我看了個遍。

我沉默，臉上依舊保持著笑容，等待她的下文。

「不要再纏著城兒了，我絕對不會允許他納你的。」她語氣轉凜，想用氣勢將我壓下去。

一聽她這話我就知道她誤會了，「老夫人，其實我與他並不如你所想……」

「你開個價吧！」她急躁得不等我繼續解釋下去，但是這幾個字卻徹底惹惱了我，難道在她眼中任何人都是可以用錢打發的嗎?!更加不可原諒的是，她將自己看得太高貴，將我看得太低賤。

「男人三妻四妾視為平常，況且連城是一人之下萬人之上的堂堂丞相，就算金屋藏嬌又有何過？再說小女子出身乾淨，也非風塵中人，並沒有辱沒丞相的臉面吧？」我的笑容一直未斂去，持久不變地掛在臉上，老夫人那原本盛氣凌人的臉頃刻間變色，她拍案而起，怒不可遏地瞪著我。

「你爹娘從未教過你如何尊重長輩？」

「若要人尊之，必先自尊之。若老夫人沒其他事，恕先告退。」未得她的回音我就轉身離去，回首時見著幽草一臉笑意，甚為欣賞。

邁出大門，大雪依舊飄灑，我終於能理解連城為何要將我禁足於聽雨閣，原來有此深意。幸好我不是眞想嫁與他為妾。否則，光這個婆婆就夠我受的了。

「小姐，你眞厲害，第一次有人敢這樣頂撞老夫人，她那一張臉都是綠的！」蘭蘭對方才發生的事感到很痛快，一路上叨叨念個不停，我的臉上也因她天眞的語氣露出淡淡的笑容。

「丞相……這次去邊關攻打陰山，您眞的有把握嗎？」聲音突然由迴廊拐角處傳出，我知道是連城回來了，立刻朝聲源處衝去。

「連城，你回來了？」我格外開心地拽著他的胳膊，笑盈盈地問。

「嗯。」他瞧瞧我緊拽著他胳膊的手，有些不自在地應了一聲。

「你要去邊關攻打陰山？」聲音又提高了幾分，還夾雜著異常的興奮。

「嗯。」他依舊點頭，充滿笑意地望著我。

「帶我一起去吧？」

「不行。」他臉上的笑意漸漸隱去，一口拒絕，我的心立刻沉了下來。沒錯，陰山正是夏國最重要的關口，如若能攻陷，滅了夏國是指日可待。剛才聽他們談到要出兵陰山，我心中的仇恨突然又被點燃。我很想與連城一同前去，想親眼看到陰山被攻陷。

「你不知，那兒很危險，這一仗我都沒有把握。」他見我良久不說話，終於將語氣放軟，輕聲對我解釋。

「我不怕！」我立刻接下他的話，舉起雙手發誓，「我保證不會亂跑，會聽你的話，一直跟在你身邊！」我只想讓他對我放心，可以帶我隨行。

他低頭沉思良久，臉上忽明忽暗，難測他心中的眞實想法，幽深的眼眸轉而凝視著我，眸光中微露柔情，「好。」

第十一章　陰山銘血恥

陰山連綿兩千四百多里，南北寬一百五十多里。地勢高峻，奇峰林立，崗巒層疊，怪石遍地，懸崖立壁。是夏國的北部界線，更是卞國與夏國的交界之處。四日前，我隨連城的大軍抵達邊關，前方二十餘里正是陰山，一望無盡的蒼茫荒原，雪封萬里，北風席捲著十萬將士，寒風凍了四肢，他們卻毅然守衛軍帳，頂著漫天飄雪目視遠方，以防有突襲者前來進犯。

而我則是一身男裝，髮鬢已全數挽於帽中，所扮演的正是伺候連城起居的小廝。這四日我一直待在主帳內一步也沒邁出去過，他不允許。每日聽著連城與趙鴻以及數位副將商議陰山的地形，尋找一個好的突破口，將其一舉拿下。

令我奇怪的是，連城堂堂一個丞相，帶兵打仗哪該輪到他出馬，但經過這幾天聽他談起如何佈置伏兵，設關下卡還眞是有模有樣的。但是，就怕他是紙上談兵，將這十萬大軍葬送陰山。這陰山可是夏國最重要的防線，夏國皇帝定會格外關注此處，連城若沒有清晰的思路與果斷的決心，怕是很難攻下陰山。

「趙將軍，我們前去陰山邊防的探子還沒回來？」連城將所有計畫佈置好，突然沉思道。

趙鴻搖頭，連城的眼神再次陷入渺茫，「派人再探。」

眾將領命後就一個個離去，原本熱鬧的軍帳頓時安靜下來，連城有些疲倦地靠在銀狐椅上，閉上雙目小憩，他已經三日沒有休息了，現在肯定很累，領兵打仗是最辛苦的，他爲何要給自己接下這個苦差事？

「四年，你願意等嗎？」

連城的承諾突然浮現腦海，縈繞不絕，我不敢置信地盯著正安詳閉目養神的連城，難道，此次攻打陰山是他主動向皇上請纓，全爲了我？

「連城……」我情不自禁地喚了一聲，他淡淡地應了一聲，依舊未睜開雙目。

「很累吧？」我走到他身後，纖手伸至他太陽穴兩側，爲其輕輕揉捏，算是我的一點心意吧。

他的身體因我的觸碰突然僵住，隨後又緩緩鬆弛，享受著我的揉捏，臉上現出了淡如春風的和煦微笑，「只要此次順利拿下陰山，過不了多久……」他漫不經心地淺吟著。

「不要太爲難自己。」手中的動作因他的話頓了片刻，隨即又繼續揉捏著。

良久，他都沒有回話，平靜的呼吸以及胸口一上一下的起伏告訴我，他已經睡了。小心地將手中的動作停下收回，若有若無地歎息一聲：「對不起！」

又是兩日過去了，可連城派去的所有探子沒有一個歸來，軍中將領個個都心急如焚，這並不是一個好兆頭，難道眞的出了變故？望望連城一臉的凝重，似乎這事眞的很棘手，好幾次我都想開口詢問，可終是忍了下來，不想再給他增煩憂，只是靜靜地陪伴於他身邊。

「不能再等了，這嚴寒之氣逼得將士們的鬥志慢慢下降，若再不速戰速決，後果不堪設想。」一位副將急躁地吼了出來。

「可夏國的虛實我們都摸不透，如何能戰？」趙鴻將軍安撫著那位副將。

「難道我們就乾耗著？」又是一位沉不住氣的將軍。

當兩方爭執不休，意見相左時，連城卻一言不發地冷看著，他心中應該也沒底吧。兵家從來不打無把握之仗，如今連對方的底都摸不透，如何與之開戰？依我之見，現在只能等，敵不動我亦不動，現在就是比耐心了，連城應該不會不懂的。

「報──將軍，方才我們在軍帳外捉獲一名夏國的探子。」一個士兵衝進來稟報。

所有人一聽皆喜出望外，這個消息無疑是雪中送炭。當士兵將那位所謂的夏國奸細五花大綁架進來時，眾人都圍上來審問其夏國的內部消息，他卻咬緊牙關一字不說。

「只要你說出來，我可以放你一條生路，並讓你享有受之不盡的榮華富貴。」連城終於開口了，那名奸細一聽，眼神變得迷惘，「你眞的可以放我一條生路？」

「本帥一言九鼎。」連城很認眞地承諾著。

他又是一陣思考，終於還是鬆口了，「駐紮在陰山邊防有四萬精兵，大青山四千餘人，烏拉山八千人，雖然駐兵人數甚少，但是援兵於兩日後就會趕來。所以將軍把卞國所有的探子全部抓了起來，只是怕你們知道裡面的眞實情況，他只爲拖延時間等援軍。」

所有將士一聽此話，紛紛調轉目光，把希望放在連城身上，等著他下決心。這探子的話很重要，以現在的形勢來看，駐守在陰山的夏軍根本不堪一擊，如若兩日後援軍眞的抵達，怕又會是一場惡戰，到時候血流成河，生靈塗炭是不可避免的。那麼現在只能速戰速決。

「眾將士聽令，即刻朝邊防出發。」連城的目光閃爍，深知如今形勢危急，不能容他再猶豫，只能下決心。眾將士一聽此令，臉上立刻顯露出蓄勢待發之態，信心滿滿。

風勁弓鳴，軍旗飛揚，號角連天，三驅陳銳卒，七卒列雄材，九萬大軍分爲前鋒軍、右護軍、左護軍、後衛隊四部，另有大隊遊騎齊出發，唯留一萬大軍駐守軍營，而我也被連城給留了下來，他要我等他回來。

望著大軍兵甲鏗鏘地向北挺進，氣勢如山，銳不可擋，我的心卻亂了，總覺得事情似乎太過順利，好像有個地方不對勁，卻又說不上是哪兒有問題。或許是我太過多疑，但我總覺得那個夏國的探子分外眼熟。

北風呼嘯，燭光搖曳，我躺在軍帳中久久無法入睡，越想那位士兵我就越覺得眼熟，肯定在哪見過。還有他說的話，眞的很可疑，駐紮在陰山的軍隊僅僅只有四萬？記得父皇在位時，將陰山邊防定爲第一關卡邊防，光駐守的軍隊就有七萬之多，現在的夏國皇帝只放四萬，對這也太不夠重視了吧？

我猛地從床上彈坐而起，快速披好貂裘就衝出軍帳，朝關押那探子的軍帳中而去，一掀開營簾進去，就見那名士兵依舊被五花大綁著躺在雪地上，見我來，眼中有一絲驚奇。

我蹲下身子望著躺在地上的他，「陳易之教頭，可還記得本公主？」我記起了他，他就是負責訓練宮中禁衛的教頭，以他的忠誠，絕對不會因貪生怕死而將夏國的軍情出賣的。

聽完我的話，他怔怔地打量我良久，眼中終於恢復神采，從地上爬坐而起朝我磕頭，「馥雅公主，您還活著。」

「別叫我公主，我沒有你這樣的屬下，父皇被人篡位，你卻如牆頭草般投靠二皇叔。現在你竟然不顧性命跑來卞軍傳遞假消息，你還有臉叫我公主？」我用力拽著他頸下的衣領，氣憤地瞪著他。

「國家有難，匹夫有責，卞國欲攻我夏國，難道您要我眼看著卞國奪夏國江山，殺我子民？況且，現在的皇帝，是個好皇帝！」他說得義正詞嚴，彷彿，錯的那個人是我。

「好皇帝？那你還當不當我是公主？」我一陣冷笑，失望地望著他。難道我的父皇不是個好皇帝？難道淳王篡位天經地義？

「您永遠是易之的公主。」他重重地點下頭。

「那你告訴我，夏國到底有多少人駐紮邊防。」現在連城的命比任何事都來得重要，其他的事只能先放下。

他猶豫了一會兒，才開口，「實話告訴您，光駐紮在邊防的夏兵就有八萬。三日前，亓國又派來十萬大軍增援，卞軍此次前去，定然全軍覆沒。」

我的手一鬆，腦中空白一片，無力地跌坐在冰涼的地面上。眞的如我所料，有問題，這根本就是一個有預謀的陷阱，那連城此刻不是危在旦夕？

「卞軍已經於晌午向邊防挺進了吧，現在怕是已成爲甕中之鱉，根本無法逃脫。公主，乘現在大軍還未殺到此，您領著剩下的一萬殘兵趕緊逃吧。」他別有深意地提醒我。

「你說……亓國的十萬援兵，主帥是誰？」靈光一閃，驟然出聲詢問。

「亓國的晉南王與漢成王。」他的眼神不明所以，卻還是回答了我的問題。

他的聲音方落下，我就飛奔出帳，緊急地找到留此駐守的李副將，將現在的情況簡單地說了一遍，並懇求他助我，現在只有這一個辦法能救連城了。若是不成，我會與他陪葬，畢竟現在他身陷險境是拜我所賜。若我不是毫無考慮地答應他的四年之約，他也不會如此迫不及待地向夏國出兵，我必須爲做錯的事負責。

幸好李副將對這一帶的地形相當熟悉，我們倆策馬橫插一條小道朝邊防飛奔。我問過他，若要伏兵將我九萬大軍困圍住，最好的位置應該在哪，他說應該在大青山，那裡地勢險要，極易隱藏埋伏。亓軍定是躲在大青山守株待兔，欲殺他個措手不及。

我們連夜奔赴，終於在翌日卯時找到隱藏在大青山的軍隊，希望還來得及。

李副將以他出色的身手將兩名守衛打昏，我們換上他們的軍裝，堂而皇之地走進軍中，四處巡視的士兵在我們身邊來來回回走過一批又一批。

「喂，你們倆是哪位將軍手下的，我怎麼沒見過你？」一名頭綁紅巾的士兵將我們喊住，在我們倆之間來回打量審視。

「我……我們是晉南王手下的兵。」我穩住自己即將軟下的腿，很平靜地說。

「我也在晉南王手下，怎麼從沒見過你們？」他的疑心越來越重，眼神銳利得想將我們看穿。

「我們是新來的。」刻意將聲音放低，避免更多的將士前來圍觀，只求暴露身分的時間越晚越好。

「什麼事這麼吵？」一名男子從軍帳中掀簾而出，是祈星！我朝他衝了過去，緊緊地攬住他的腰大喊：「王爺，王爺！」

他被我弄得莫名其妙，用力想將我推開，可是我卻抱得更緊了，「臭小子，我是潘玉！」細若蚊蚋的聲音，他仍是聽見了，全身猛地一僵，整個人呆在原地。

「王爺，你們……認識？」那位士兵疑惑地望著正「擁抱」的我們，八竿子也摸不著頭腦。

「認識！」他很生硬地吐出這兩個字，將我拽進軍帳，遣退了裡面所有人，借著燭火望著我良久，才吐出一句駭住我的話：「你沒死？」

「你說什麼瘋話呢？」我將臉一沉，隱約覺得亓國發生了大事，而且與我有關。

「那夜，所有人都瞧見攬月樓一場大火，你被活活燒死在裡面，現在你又……活生生地站在我面前，到底是怎麼回事？」他始終不肯接受這個事實，而我卻了然於胸。

難怪我逃出宮後沒人來阻追我，原來是皇上演了一出偷天換日的戲碼，那場大火肯定是他命人放的，目的只爲讓所有人都認爲潘玉已死，屍體燒焦，又有誰能辨認出死者到底是不是潘玉？好一個用心良苦的皇上，爲了讓祈佑斷了對我的念想，不惜做出這樣的事。

「那麼雲珠呢？」我盡量平復自己的心情，小聲地問起與我同住在攬月樓的雲珠，她不能有事，不可以有事。

「她是第一個發現著火的，爲了衝進屋救你，半邊臉已被燒毀。」祈星的目光始終徘徊在我臉上，想確定站在他面前的人到底是不是眞正的我。

雲珠的臉被燒毀，爲了救我。我無力地跪在祈星跟前，木然地仰頭望著他，「我要求你兩件事，如果你還當我是朋友的話，就答應我吧。」

「第一，今日見我的事，不可以對任何人說起，否則你會有生命危險。

「第二，求你放過卞國丞相連城，只要給他一條生路就好。」

他陰沉著臉，冷然不語地注視著我，複雜之色閃過，「第二個要求不可能，就算我答應了，七弟也不會答應，除非你親自去求他。因爲現在的他才是一軍統帥，一切由他說了算。」

「不可以，我不能見他。」我用力搖頭，緊拽著他的手懇求道，「你去同他說一句『歸師勿遏，圍師必闕』，他聽了一定會明白此中道理。」

「參見漢成王。」帳外傳來士兵異常響亮的聲音，我知道是祈佑朝這裡來了，心中暗驚，立刻鑽到床底，趴在裡面大氣不敢喘一聲。我不能讓他再見到我，否則我會害更多人，雲珠因我而受傷，那麼祈佑，我怎麼能自私地再去招惹他。他是亓國將來的皇帝，他將大展抱負，我不可以牽絆住他的腳步，就讓他當我已經死去，馥雅，就永遠埋在他心中。這樣才是最正確的。

「七弟，戰況如何？」祈星的聲音很平靜並無起伏。

「九萬卞軍已被我十八萬大軍團團圍住，只可惜他們仍做困獸之鬥，自不量力。」是祈佑的聲音，依舊高傲自負，清淡如水，只是語氣中似多了一分冷戾與滄桑。忍住想衝出去緊緊抱住他的衝動，眼淚卻控制不住地滴落，我只能用力掩住嘴巴，不能讓哭聲傳出。

祈星沉默了一陣，繼而歎氣道：「《孫子兵法》中的〈軍爭篇〉有這樣一句話『歸師勿遏，圍師必闕』，生靈塗炭並不是我們此行的目的。」

「你要我給他們留後路？」一聲冷笑，陰鷙之氣渲染在空氣中。

「錯了，不是給他們留後路，而是給自己留後路。他們現在已是甕中之鱉，難逃一死。若是他們拼死搏鬥，我軍勢必傷亡慘重，到時候血流成河，屍橫遍野，你願意見到這一幕？換而言之，若是放了他們的主帥，剩下的九萬大軍就如同一盤散沙，我們要殲滅根本易如反掌。」祈星說的話正是我心中所想，還是他理解我。現在只要看祈佑的態度如何，如若他堅持不肯放手，那麼……卞國將會全軍覆沒。

帳內安靜了下來，最後只剩下輕微的呼吸聲。祈佑一定在猶豫，而我，相信他並不是一個冷血無情的人，會不顧自己子民的安危，將其推上死路。

我與李副將終於還是安全地離開了亓軍，是祈星親自將我們送走的。路上聽他說會在大青山的南處小路讓我們逃生，只要連城一離開，剩餘的軍隊都會被他們繼續困圍，這是他最後能幫我的，他還要我萬事小心。

臨別前，我對他說謝謝，可是他卻未接受，只是說：「你以爲這次的事是你一句謝謝就能完的？告訴你，我會要你還的。」

這句話逗笑了我，與祈星在一起，總是能化解我內心最深的難過，甚至引得我連連大笑。在心中，我早已將他當做我的朋友，唯一的朋友。

可是，當我再見到連城之時，他的態度卻讓我徹底失望。他不願逃，他認爲這是一個統帥的恥辱，是懦弱，他說要與大軍共存亡。

我用力甩了他一巴掌，周圍的將士都看呆了，我指著被困住的大軍，一張張絕望的臉，「保存自己，消滅敵人，這是戰略的基本原則，雖說『敗』『逃』是人所不齒，但是你也不能以卵擊石，自取滅亡。」

連城勾起一抹冷笑，諷刺地對我笑，「項羽兵敗烏江，寧願拔劍自刎，無臉逃過烏江。而我連城，又有何顏面逃回卞國去見皇上，面對卞國子民，我如何對眾士兵的娘親交代？」

「那是項羽傻。」我用盡全身力氣朝他吼出，眼淚更是瞬間決堤，「他明明可以避其鋒芒，保存實力，以待將來，況且他的雄韜偉略明明可以東山再起，而他卻因怕面對父老鄉親而自刎，我看不起他。我眼中的男人要能屈能伸，像韓信甘受胯下之辱，依舊千古留名，誰又小瞧了他？」

也許是被我所說的話撼動，所有將士一同跪下齊道：「丞相請速速離開，留得青山在，不怕沒柴燒。」

連城動容地望著眾將士，又望望我，無法言語，而李副將的眼眶早已酸紅：「丞相，您可知這位小兄弟可是冒著生命危險潛入亓軍，爲您求到這樣一個機會，您可不能辜負了他，求您速速離開吧！」

他將目光凝至我臉上，目光隱藏著無法言語之傷。我用力將臉上的淚水抹去，緊緊撲進他懷中，用僅剩下的力氣抱著他，「連城，你死了我怎麼辦?!」

我感覺到他的手動了動，輕撫上我的頭頂，在顫抖，在猶豫。我已經不能等了，立刻與李副將對望一眼，示意他用蠻力將他弄上馬。

幾個將士攙住連城的雙手雙腳，將他押上了馬，最後領著兩萬人迅速逃往祈星唯一留給我們的出路。

我深深記得連城在馬背上依舊連連回首，望著剩下的七萬士兵，他說：「今日陰山之恥，我會永生銘記。總有一日，我會爲眾兄弟報仇，我要亓、夏兩國血債血償。」他的神色是如此決絕，就連我也被他臉上的寒冷氣勢所震懾，那分噬血之態，我第一次見。

卞國的十萬大軍最後只有三萬歸師，舉國同殤，整個汴京幾乎成了一座死城，所有人臉上再也露不出笑容。皇上對於連城的過失也未多加責難，而百姓們，提起卞國丞相皆是長歎一聲，無言。而我，在連城回到汴京後整整五日都未再見過他，他在忙什麼?有沒有從兵敗的陰影中走出?

站在閣樓頂的書房內，手中有意無意地翻過《詩經》：「喓喓草蟲，趯趯阜螽。未見君子，憂心忡忡。亦既見止，亦既覯止，我心則降。」

讀著讀著，又想到祈佑。聽聞夏、亓兩國再次修訂邦盟，夏臣服於亓。難怪陰山之戰，亓國竟然會來十萬大軍增援，那麼卞國又會處在孤立無援之中，只怕有一日，兩國聯手攻打卞國，後果將不堪設想。

而這十萬大軍的主帥是祈佑，看樣子皇上已經迫不及待想要開始慢慢地將兵權轉交給祈佑了，現在的太子又處在什麼樣的危機中？

我將視線從書中移開，轉投窗外，深呼吸一口淡雅梅香，再舉目四望，霍然全身一怔，手中的《詩經》掉落至地，我猛將窗戶關上。閉上眼簾沉思良久，朝守在外面的蘭蘭與幽草大喊：「快去拿幾塊木板來。」

她們聞聲而至，在聽到我這句話後皆不解地對望一眼，齊聲問：「做什麼？」

我再次望了望這兩扇窗，心底一陣涼意頓生：「把這兩扇窗戶給我封了。」

「為什麼？」她們依舊不解地望著我。

我只是勾起若有若無的淡笑，再躬身將掉落在地上的《詩經》拾起，「這兩扇窗戶太麻煩，封了吧！」

她們見我不願細說，也就識趣地未再追問下去，當即就派來兩個木匠，將這兩扇窗戶牢牢地釘死。

我雙手捧起金猊暖手爐，環抱至小腹前，靜靜地坐下，「丞相這些天還好嗎？」

「不好。」幽草立刻搖頭歎惋，眼中淨是難過，「自五日前回府後，丞相就將自己反鎖於書房，不見任何人，也不吃任何東西。真的好擔心，主子會就此一蹶不振。」

「什麼，你們怎麼不早告知我?!」我倏然彈起，出聲訓斥了一句。

「我們不忍心告訴小姐您。」蘭蘭立刻向我解釋，臉色也因我的呵斥而慘白一片，畢竟我從來沒在她們面前厲色過。「我們都聽聞了，此次主子能脫險，全仰仗小姐，我們見您這幾日精神不大好，也不敢拿主子的事來煩您。更加以爲老夫人能將此事解決，可誰知……」

我放下手中的暖爐，也發覺自己的語氣是重了些，便平復心緒，放低聲音，「你們太糊塗了，快帶我去書房。」

明月如霜，寒霧漫漫，燭映簾櫳。

我在書房外喊了半個時辰，裡面竟然沒有一點反應，我只能出此下策。找來兩個高大健壯的家丁，將書房的後窗給撞開。我借著蘭蘭與幽草的助力，從窗口翻躍而進。

書房內一片狼藉，桌椅皆翻倒，書紙鋪散了滿滿一地。而連城則一臉頹廢地坐在地上，頭輕靠在書架上，眼神呆滯，目光冷凝。我盡可能地避免踩到紛鋪在地的書，朝他走去。

「連城，你這是做什麼？」我俯視著毫無反應的他，他也不理我，依舊沉浸在自己的思緒中，無法回神。

「這麼一點失敗就讓你這個不可一世的丞相變成了這般模樣？還說什麼四年幫我復國，就是給你四十年你都未必做得到。」我氣憤地提高聲音，他依然對我不予理睬，唯有我的聲音在空蕩的書房來回飄散，配合著蠟燭燃燒的嘶嘶吞吐聲，格外悲愴。

「我眞不該來！」火氣瞬間上來，對他徹底失望，轉身離開。卻發現我的手被他緊緊拽住，嘶啞的聲音格外低沉，「不要走。」

我看著他的樣子，心中一陣翻湧，回身蹲在他面前，用力回握他的手，冰涼徹骨，「我不會走的，但是你要振作起來，還我一個意氣風發、瀟灑儒雅的連城。」

他狂笑出聲，將這幾日來的沉鬱一盡傾吐，笑顏中卻透著滄桑的味道，「馥雅，謝謝你！」他伸出手輕柔地撫上我的臉頰，我全身已經緊繃，冰涼之感滑入心頭。

我複雜地望著他，淡淡笑顏勾起，「要謝我的話，現在就去吃東西，你知道現在的你有多憔悴嗎？」

他無條件地頷首應允，「只要你在我身邊，什麼都依你。」鬆開他的手，我立刻開心地將書房大門打開，吩咐蘭蘭與幽草進來收拾屋子，再吩咐幾個丫頭將飯菜端進來。

我端了一盆溫熱的水進書房，親自為連城梳洗。我望著他傻傻的樣子竟然笑出了聲，而他則是莫名其妙地望著我，眼神迷茫，卻顯得更為可愛。天呀，他現在的樣子可是狼狽得很，我怎麼會覺得這個連城可愛呢？

他終於還是忍不住問我：「你笑什麼？」

「沒什麼，飯菜來了，快去吃。」我迴避著他的眼神，一見丫鬟端著飯菜進來就上前接下，再將他拉到青木檀桌上用膳。我為他盛了一小碗湯，先讓他塡塡肚子。

他端著那碗湯望了許久，卻沒有喝下去，只是問：「你會一直陪在我身邊嗎？」

沉默地望著他，我猶豫了。我想回亓國，我想待在祈佑身邊，可是，我不能這樣說。「我會的，一直陪在你身邊。」連城現在的狀況，已經根本不容許我說實話，我也必須陪在他身邊。這，是我欠他的。

我在書房內陪連城至子時，他才安然睡下。經過這一次我與他的關係似乎更近了一步，摒去許多防線。也許人必須共同經歷生死考驗，才能眞正做到彼此信任。望著在床上平靜睡去的他，我安心地鬆開他的手，將之小心塞進溫暖的被褥裡。「好好睡一覺，醒來什麼都會過去的。」

吹熄桌上的燭火，悄悄地步出書房，爲他關上門。一切都是小心翼翼的，就恐會吵醒好不容易睡下的他。寒風摧樹木，嚴霜結庭蘭，明月照積雪，朔風勁且哀。

一直伴在我身側的蘭蘭與幽草也被我早早遣回去休息了，外頭的寒風如冰霜襲身，她們兩個如此單薄瘦小的女子要是一直守在門外怎麼能受得了？

北風無情地侵襲著我的全身，我不適應地合合身上的披風，試圖阻擋一些寒風，將頭垂得很低，一路小跑至聽雨閣。心中連連哀歎，早知道正月的深夜是如此淒冷，還不如待在書房內過一夜。

「姑娘這麼晚還有膽子在丞相府內亂跑。」幽冥如鬼魅的聲音在這原本就淒暗森冷的迴廊內響起，我立刻停住腳下小跑的步伐，僵直了身子望著正前方對面的男子——連胤。

我的心漏跳了好幾拍，無奈地扯出笑容，「我……正欲回聽雨閣。」

連胤勾起唇邊一個小小的弧度，他的笑虛幻深奧，「讓連胤送姑娘一程吧。」

不容拒絕的語氣讓我的心情又覆上一層壓抑，我只能頷首應允著。一路上我都沒有說話，反倒是他，先開口與我說起話來。

「姑娘果眞是巾幗英雄，敢獨闖亓軍與亓帥談判，救回了大哥。」

「那是謬讚，我只不過同亓帥說了一句話。」側頭嫣然一笑，盡量保持自己的自然。見他頗有疑問地盯著我，於是不慌不忙地解釋說，「歸師勿遏，圍師必闕。」

他怔了怔，隨後了然一笑，「姑娘對《孫子兵法》有研究？」

「略懂些皮毛。」起初我並不喜歡這些男兒家的東西，可自從父皇母后慘死後我便開始研究《孫子兵法》，只爲將來復國能用得著，可如今看來，對救人也頗有成效。

我們倆有一句沒一句地聊到聽雨閣外，我在心中感慨，終於到了，這可是我一生中走得最漫長的一段路了。我正想謝謝他送我回來，他卻比我更快一步地說道，「梅花開得可豔？」

雙手一顫，莞爾輕笑，極力保持冷靜，「梅花欲凋零，已無嬌豔可言。」向他微微鞠身一躬，算是行禮吧，便翩然而去。

這個連胤實在可怕，我也終於能解釋爲何初次見他，我要躲至窗後，是他眼中那肅殺之冷凜吧。如此男子，以後萬萬不可再接近，否則受傷的會是我。

第二卷　金杯瀲灩曉寒妝

雖生得一張普通的容貌，卻無法讓人忽視你的存在，你身上那股高貴出塵的氣質莫說本宮比不上，就連靜夫人也稍遜三分。言談舉止更是風雅猶絕，文采出眾，詩詞精湛，實乃奇女子。可你為何入宮呢？為何又要幫我呢？為何你能引得一向冷靜的皇上動容呢？為何……我對你似曾相識呢？

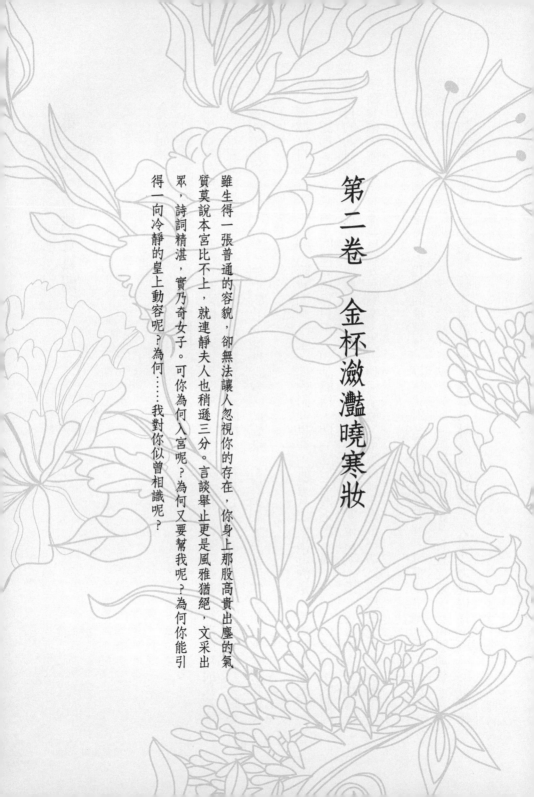

第一章 金縷登鳳闕

晃晃如夢，雨如絲，過盡千帆，絮飛揚。花自飄零，葉無痕，冬去春來，雪傾城。

一晃兩年已過，我一直待在聽雨閣，未再出閣一步，而老夫人也未再來刁難我，許是兩年前我救連城之事汴京已傳得沸沸揚揚，她出於一個母親對孩子的疼愛，對我心存感激，也就再沒與我計較。陪在我身邊的依舊是蘭蘭與幽草，她們對我的關懷似曾經的雲珠。看著她們天眞純淨的笑顏，總會將我帶入溫馨的回憶之中，撫平我多年來的心傷。

連城每日都會來聽雨閣，陪我閒聊小坐，偶爾對弈棋盤，研習兵法。出奇的是，我們的想法竟然一樣，皆認爲《孫子兵法》的最高境界只用一句話概括，即「立於不敗之地，而不失敵之敗也」。我們經過多日的商討將全本書用一單字概括——，即「政」，只要國之政權明確清明，敢於仿效唐太宗納諫，不斷發掘人才，國若昌盛百姓安居樂業，人人納稅納糧，軍隊得到充實，一切以政爲主，以人爲輔，攻心爲上。

他與我都想到一塊去了，我眞的很驚訝。以往我對父皇講出我之見解，可是父皇總是說那只是婦人之見，用兵最重要爲一個「變」字，《孫子兵法》有句「戰勢不過奇正，奇正之變，不可勝窮也。奇正相生，如循環之無端，孰能窮之」。這就是父皇總拿來壓我的一句話，久而久之我也就不再與父皇談起兵法之我所見。

可是現在我說的話能得到連城的認同，眞的很開心能有他這樣一個知音人，每日與他談起兵法我總會很開心，將所有煩惱全數拋諸腦後。有時候我會想，或許……他若能爲皇上，必定會是個廉正的好皇帝。

可是這兩個月來，他都沒再涉足過聽雨閣一步，雖說他是當朝丞相貴人事忙，可是也不至於忙到兩個月都不來此吧？難道外面發生了大事？

幽草推了推我，「小姐，您想什麼這麼出神，叫您好幾遍都沒反應？」

我驟然回神，看了幽草一眼，「怎麼了？」

「主子好些日子沒來，您是不是想他了？」她別有深意地瞅了我幾眼。

我淡笑不語，繼續沉默。這兩年我已將自己的心性修養得更加從容安寧，發呆、沉思已是我每日必修的功課。害得她們都說我變了，變得憂鬱、孤高、清冷，讓人不敢親近，難道我眞的變了？

「我覺得，有些事應該讓小姐知道了。」蘭蘭在我沉默許久後霍然開口，表情很是凝重，我靜靜地望著她，等待下文。

「其實這半年來，丞相一直都與亓國有來往，似乎正在謀畫著什麼。」蘭蘭的聲音不高不低，卻還是足以讓我心頭一慌，「這天……要變了。」

「你是說，連城篡位！」心下暗驚，音量提高了許多，難道他想聯手亓國謀畫一場逼宮的戲碼？那亓國憑什麼幫他，況且兩年前他那句「定要亓、夏兩國血債血償」的話仍讓我記憶猶新，他……怎麼可能?!

終於，我還是緩緩將緊繃的身子鬆弛下來，心中惋歎，原來他也是一位極有野心的男子。現在蘭蘭敢將此事告訴我，想是連城已經有必勝的把握。極有可能，現在的皇宮已經被他完全掌控，可是公主畢竟是他的妻子，他卻這樣冒天下之大不韙？

所有人，在面對權力的欲望源泉時，都必須低頭嗎？坐擁天下，眞的如此重要嗎？

承天十二年，七月初，卞高祖靈傲飛薨於永樂宮，厚葬皇陵。

承天十二年，八月中，卞國丞相得諸王侯推舉，於鳳闕殿登基爲帝，改國號爲「昱」年號爲「貞元」，大赦天下。

連城……不對，現在應該稱他爲皇上，他將我安置在昭陽宮已足足有三個月之久，聽雨閣的梅林他也命人移植而至。可惜，這片美豔絕倫的香雪海一至深宮，顏色盡失，殤淡清冷，何其悲涼。

「一望關河蕭索，千里清秋，忍凝眸。」指尖撥過案前的弦琴，一陣輕響在這冷寂的昭陽宮響起，驚了蘭蘭與幽草。

「小姐，您怎麼了？」蘭蘭顧盼之間流露出擔憂。

這些日子我的情緒非常低落，好幾次我派幽草去請連城來昭陽宮，他每回都以忙爲藉口推託不來。以前，他再忙都會抽空來聽雨閣，哪怕只是坐一會兒。而今他這樣，只有一個解釋，在躲我，已經躲了整整兩個月。

由於我根本不涉足外邊，也不瞭解連城到底是怎樣登上這皇位的，但是我敢肯定，這個皇位一定是他奪過來的，畢竟他與皇上只是君臣關係，再怎麼輪也輪不上他接下這皇位，那麼天下悠悠眾口，他如何去面對？還有靈水依公主，他怎麼交代？

「連……皇上還是忙？」突然要我改口喊他為皇上，還眞是有些不習慣。

幽草一笑，「皇上才登基兩個月，當然忙啊。小姐您再等一段時間，皇上自會前來見您的。」

我再一次撥動琴弦，思忖片刻才說：「隨我去鳳闕殿。」既然你不敢來見我，那麼就由我去找你吧，有些事是躲不了的。

我被幾個侍衛擋在鳳闕殿外，不得而入。蘭蘭喚我回去，而我卻固執地不肯走，今夜我是鐵了心要見他，有些事我必須讓他知道，必須與他講清楚。

我在殿外踱了良久，可終究沒人理會我，火氣瞬間湧上心頭，也不顧兩側的侍衛就朝裡面衝，無奈還是被他們擋住。

「放開我，我要進去。」我用力甩著侍衛挾住我胳膊的手，朝裡面大喊。

「快把這個瘋女人給我拖下去……」一名公公生怕我會大鬧驚動皇上，立刻焦急地命令他們把我趕走。

我用力掙扎著，蘭蘭與幽草一見此狀也衝上來想幫我扯開侍衛們的挾持。「連城，你再不出來，我就要死在你的侍衛手下了。」我絲毫不顧女子該有的矜持，朝裡面大喊大叫，就不信他眞的能充耳不聞。

「瘋女人，竟敢直呼皇上名諱，你不要命了！」公公拿蘭花指點著我的鼻子，氣得全身顫抖。

「放開她。」連城終於還是出現在殿外，臉色很不好看，說話的口氣也凌厲了許多。

抓著我不放的侍衛楞睜地望著盛怒的他，竟忘了手中的動作，卻見連城上前一把將他們推開，我的胳膊才得到解脫。

他不言不語地拽著我的手，大步朝鳳闕殿內走去，我必須小跑才能跟上。待進入這金碧輝煌的大殿中央，他才放開了我，「正好，我也想找你。」

我嗤之以鼻，隨即發出一陣冷笑，「若我不來找你，你斷然是不會來找我的。」

他尷尬之色飛掠過眸，一閃即逝，他自嘲地一笑，卻未說話。

「你用不著躲我，我不會質問你如何得到這個皇位的，更不會看不起你，而且，現在一定要立后，立靈水依為后。」我斂去冷笑，聲音溫潤，含笑分析，「初登大寶，定然有許多人不服你，若你封先帝之妹為皇后，既可名正言順地擁有天下，又可杜悠悠眾口，所以你無需再猶豫。」

「可是我想……」他著急地想對我說些什麼，卻被我霍然截斷，我必須將話與他挑明白說，「你是想立我為后，對嗎？」

凝視我許久，終於還是頷首，臉色略微有些蒼白。

「但是理智告訴你，要坐穩江山，必須立靈水依為后，但你怕不立我我會不開心，所以你這些天老躲著我。」我的目光一直盯著他飄忽不定的眸子，同時也肯定了我的猜測，「但是，我無心於皇后之位，更不會成為你的妃子。」

「你說過，會一直陪在我身邊。」他突然捏住我的雙肩，眼神閃爍不定。

「我是說過，但是這句話是對連城說的，並不是對皇上說的。」雙肩的疼痛幾乎蔓延到心底去，可是我並沒有呼痛，依舊平靜地往下說，「現在的你，坐擁卞國，權力至高無上，可是你卻出賣了自己的良心。」

他緊捏住我雙肩的手突然就沒力氣了，頹軟地從我肩上垂下，「我做的一切都是爲了你。」聽到這句話，我沒有感動，只覺好笑，而笑聲也就不自覺地逸出口，「不要再說爲了我，連城。我以爲我們是好朋友，是可以交心的朋友，可是如今你卻不肯對我說實話，要把你的過錯全歸咎於爲了我。你捫心自問，眞的是爲了我嗎？還是爲了你的私心、欲望、野心？」我的聲音如尖刀刺骨，讓他的臉色變得更加蒼白呆滯。

聲音在空空的大殿中來回飄蕩，直到遁逝他才開口，「我現在可以放棄這個皇位。」

「別傻了，你早已不能回頭。」我深深吸一口冷氣，「既然事已至此，就做一個好皇帝。記得你曾與我談起治國之道時的每一句話，你一定要做到。」

「馥雅，」他突然將我狠狠地揉進懷中，「你不會離開我的，對嗎？」

我用盡全力從他懷中掙扎而出，冷然地盯著他，「對不起，我不能再陪在你身邊了。」

「爲什麼？只因我篡奪了這個皇位？」他的聲音驟然變冷，緊抿的唇畔逸出森然一句話。

「碧草韌如絲，磐石無轉移。」我只能回答這十個字，我的心裡始終只有一個人，就是祈佑，即使與他天各一方，我也不會背叛我們之間的感情。所以，我更不能做連城的妃子。曾天眞地以爲，我會於聽雨閣終老一生，每日與連城知音暢談，把酒言歡，用全心全意來陪伴他身邊，爲他解開心結，可是我錯了。他是帝王，作爲一個帝王，是不可能有知音朋友的。

男子亦爲臣，女子亦爲妃。

「好一句『碧草韌如絲，磐石無轉移』。那你也聽好，對於你，朕絕不放手。」他突然將音量提高，情緒波動極大，而且，他在我面前自稱「朕」。這一刻我就明白，兩年來的情誼瞬間破滅，更無信任而言。今後我又會變成金絲雀，蘭蘭與幽草又會是曾經監視我那兩個的工具，再也沒有人眞心對我好，聽我傾訴心事。

「那麼，奴才告退。」我突然在他面前跪下，行了個叩拜之禮。他立刻後退了好幾步，失望地望著我，不言不語。

當我由鳳闕殿出來時，蘭蘭與幽草立即迎了上來，才張口想問我些什麼，卻聽見裡邊傳來連城毫無波瀾的聲音：「蘭蘭，幽草，給朕進來。」

她們對望一眼，再不約而同地瞧了我一眼，最後無言地走進大殿，不用猜也知道，連城定是吩咐她們倆好生看著我，避免我像上一回那樣逃跑。我與連城的關係，眞的要回到原點了嗎？

「你見過皇上了？」一身絡衣鳳綃紫衣的靈水依不知何時已出現在我身邊。她的臉色蒼白，眸中無光，略帶一絲緊張。

我頷首，她的臉色又蒼白了幾分，眼神格外凌亂，慌張地握住我的手問：「你與皇上……說……說什麼了？」

她的手竟與我一樣，冰涼刺骨，「關於立后！」

「立后？」她的臉色稍微恢復了一絲血色，手也明顯一顫，顯得僵硬。

「當然是立公主您爲皇后。」我不著痕跡地將手抽回，不經意地拂過肩上一縷青絲，避過她的目光，「將來，公主就是母儀天下的皇后娘娘。作爲六宮之主，定要檢點自己的行爲，莫給皇家丟臉。」

「你什麼意思？」她目光一凜，聲音卻更顯生硬。

「只是提醒而已，公主莫緊張。」溫和一笑，再望望空中的皎潔磐月，「公主恨他嗎？」

她沉默了許久，也側首與我同望空中的皓月，秋風拂過，我們倆的衣袂飄舞，糾纏。「恨！」多堅定的一個字，可她後面又接了一句，「可我更愛他。」

我深吸一口氣再吐出，「那麼，請一定好好愛他，他並不如表面那般堅強。」

「他需要的，只有你。」聲音中藏著嫉妒、不甘、絕望，糾結在一起終成複雜。或許正是這個複雜之情，可以讓她堂堂公主放下對連城奪位的恨，看得出來，她至今依舊在矛盾中掙扎。

我與她並肩而立，許久都未再說話，直到蘭蘭與幽草從鳳闕殿內出來，臉上皆為一個表情——為難。是連城吩咐她們做一些令她們為難的事嗎？

紅綾青緞裁製的百褶鳳裙，裙襬一圈鑲有十二枚金綾冰片，碎小正珠二十九顆，金嵌珊瑚於腰間兩側垂掛，袖口藍紅寶石相錯而鑲。這件衣裳是連城差人送至昭陽宮的，意思再明瞭不過，今日是封后大典，我必須穿著這件價值連城的衣裳去參加。

但是，我絕對不能穿，這件衣裳怕是比今日冊封皇后的靈水依所穿的鳳冠霞帔還要耀眼，倘若我如此不懂規矩，公然與皇后叫板，那我在這後宮的處境便可想而知。

隨身著上一件素青百花穿蝶衣，頭佩金松靈寶簪於鬢側，簡單清麗。可是蘭蘭與幽草卻不答應了，畢竟皇上的命令不可違，若怪罪下來，她們要遭殃。

「放心，有事我一併承擔著。」輕聲安撫她們，再舉目瞧瞧窗外的天色，夜幕即將來臨。已近酉時，必須趕緊去鳳闕殿，我可不想晚到，又引起眾人的注目。

匆匆忙忙地與蘭蘭、幽草趕到鳳闕殿。今日所見到的鳳闕殿與數日前來時全然是兩個樣子，雕梁由綠水晶鑲嵌，四壁雕畫雙龍戲珠，圖嵌一等東珠若干顆，殿正中央鋪著一條喜氣的紅地毯，筆直地蔓延到正前方的金階下。細細數來，金階共九層。正上方就是金光熠熠的龍椅，金翟鳥於扶手上嵌著，耀眼生光。紫檀席案分居紅毯兩側，左右各三排，許多王公貴冑已然就座於席。

我一踏入鳳闕殿就慌了神，立刻提起手用寬長的袂絲襬擋著我的臉，朝左側最後一排躲去。蘭蘭卻抓住我的手，指著左側第一排第一席的位置說：「小姐，那才是您的位置。」

無奈，我隨著她朝那個位置走去，頭低著不敢四處張望，卻感覺有視線一直隨著我的身影而左右。僵硬地坐下，一抬頭，對上正對面的一雙冰冷眸子。我尷尬地清清喉嚨，掩飾我的不自在。我怎麼就沒猜到，此次連城登位，亓國定有很大的功勞，此次封后大典，亓國定會派人前來道賀。我該慶幸此次亓國派來的使臣正是韓冥吧？

「皇上駕到——」尖銳高亢的聲音響起，在座諸位皆離席而拜，「皇上萬歲萬歲萬萬歲！」聲音充斥著整個大殿，久傳不息。

「眾卿平身。」今日的連城一身龍袍，更顯貴氣凜然。起身時對上他慍怒的眸子，我只是勾起一笑，也許現在只有我敢忤逆他的話吧。

接著，一位公公拿出聖旨念道：「奉天承運，世宗皇帝召曰：靈水依，朕結髮之妻，伴側三年之餘，孝謹有加，端莊賢淑，寬和待人，頗有母儀天下之風範。於今冊封爲昱國『端謹皇后』，授金印紫綬，母儀天下，正位宮闈，統攝六宮。欽此。」

旨意才宣讀完畢，一身紅綾紫緞，頭頂金鳳五祥朝陽金珞的靈水依由屛風後款款步出，蓮步輕移，氣質高雅，笑容甜美，宛若天仙。皇后跪在連城身邊，接受他親手賜予她象徵著至高無上地位的金印紫綬。

這樣的晚宴是最無聊的，死氣沉沉，又不得大聲喧嘩，又不得開懷暢飲，只能聽著皇上捧著大一箋聖旨念著些什麼，我什麼也沒聽進去。暗暗嘀咕一聲，看著擺在席上的一盤精緻的芙蓉糕，真是令人垂涎欲滴，隨手拿起一塊就放進口中咬了一小口，細細品嘗，甜潤之感充斥舌尖。

「小姐……」身邊的蘭蘭在桌下輕扯我的衣袂，小聲地喚著我。

「怎麼了？」我立刻回首望著她，卻對上連城一臉無奈的眼神，我挑釁地望了他一眼，將被我咬得還剩一大半的芙蓉糕全都塞進口中。

一陣輕笑由對面傳來，這一看，徹底讓我傻眼。所有在場官員都將視線集中在我身上，皆用不可思議的眼神愕然地盯著我，就連向來面無表情的韓冥臉上都出現了絲絲笑意。

滿口的芙蓉糕，嚥也不是，吐也不是，卡在喉嚨裡好一陣，終於將我哽住。我脹紅了臉小聲地咳著，這聲音在安靜的大殿裡格外清晰，吸引了更多人的紛紛側目，就聯手捧金印紫綬依舊跪著聽旨的靈水依都回首而望。

我現在只有一個念頭，馬上離開大殿，眞是丟人丟到家了。我怎麼就忘記自己所處的位置多麼惹人注目，甚至還忘記這是冊封大典，竟然就這樣當眾吃了起來。

幽草立刻爲我倒下一杯酒，讓我可以緩和卡在喉嚨中無法嚥下的糕點，一連三杯，終於止住了咳。我將滿嘴的芙蓉糕嚥下，也不敢再抬頭看眾人異樣的目光。

直到韓冥的聲音在大殿響起，我才緩緩抬頭凝望。只見他捧著漢玉璧盤，用平靜無波的聲音說：

「臣是亓國使臣韓冥，奉皇上之命特將此物送往昱國恭賀新皇登基，新后冊封，以示兩國友好邦盟，萬古長青。」

「替朕謝過亓國皇帝，從今日起，昱國臣服於亓國。」連城輕笑，或許別人聽不出來，但是我卻能聽出，這笑聲既冷又僵硬。

原來亓國助他登位的條件，就是必須臣服於亓，如今夏、昱兩國皆歸順於亓，這麼說來，亓國一統天下即將來臨。如今有兩國的支持，廢東宮輕而易舉，只差一個名正言順的理由。

醉影洛迎風，曉夢驚鴛鷺，輕紗拂寂宮，直到很晚我才由鳳闕殿被蘭蘭與幽草扶回，我因不勝酒量，幾杯下肚已是昏昏沉沉，就連走路都不穩。帶著七分醉意被她們扶上幃帳軟榻躺下，爲我輕拭臉頰後就小心地離去。我閉上眼簾，許多回憶一湧而上，依偎在父皇的懷中，聽他講述這朗朗天下之勢，細數歷代風雲人物。還記得父皇說，只要我喜歡，他就將他的江山割下半壁給我玩耍，可是我不要什麼半壁江山，我只要父皇能夠活下來……

人常說借酒消愁愁更愁，今日我才眞正領會到其中的深意，往事一幕幕地飛掠腦海，漲得我頭痛欲裂，既想清醒又想入夢。

畫面飛速閃至父皇慘死於亂刀之下，血肉模糊，不堪目睹。耳邊又迴盪著母后的遺言：「馥雅，若僥倖可逃過一劫……定要記住父皇、母后以及所有血濺甘泉殿的將士們的亡靈。」

眼角有冰涼的淚珠滑過，最後沿著臉頰滴至枕邊。父皇、母后，馥雅是個不孝女，枉你們多年對我的寵愛，可是我眞的無力承受復國重任，更不能用自己的靈魂與愛情去交換。

「想到什麼，哭得如此傷心？」空蕩蕩的寢宮傳來如鬼魅般的聲音，我的醉意清醒了一大半，從床榻彈坐而起，凝視這伸手不見五指的寢宮，尋找著聲音的主人。

「是韓冥？」我不太確定地喚出口，這個冷淡的聲音也只有從他口中發出才自然。

「沒想到多年過去，潘姑娘還記得我的聲音。」一陣輕歎，他已經坐至我的床榻邊緣，在黑暗中我只能看見他幽暗的目光正凝視著我。

我將臉上的淚痕胡亂擦了一通，「你來這兒做什麼，可知這有多危險，到處都是連城的眼線。」

「夜探東宮我都做過，還怕這小小的昭陽宮？」他清冷地笑了笑，「看樣子你在這過得不錯。」

我不說話，他也將目光從我臉上移開。就這樣沉默了大半個時辰，我終於還是忍不住開口問道。

「太子如何？」

「很危險。」

「祈星如何？」

「很急躁。」

「祈殞如何？」

「很安分。」

又是一陣沉默，空氣中皆被寒冷之氣渲染，「問了所有人，爲何不問祈佑？」

聽到祈佑的名字，我苦笑一聲，他的狀況還用我問嗎？他有聰明睿智的皇上爲他安排一切，我根本無需爲他擔心。

「皇上這些年的病情開始加重，東宮已經蠢蠢欲動，也許廢太子就在旦夕之間了。」他平穩的聲音一字一句地敲打在我心頭，「一年前，韓昭儀已與祈佑聯手，他們之間有一個協議，韓昭儀會用盡權力支持他登上皇位，若祈佑登上皇位就必須尊韓昭儀爲太后。」

聽到這兒，我舒眉一笑，韓冥還是相信了我臨走時對他說的話，果然去找了祈佑。可是他們卻在一年前合作，這麼說來，韓冥花了一年的時間去注意調查祈佑，最終才放心與之合作。韓冥這個人一點也不簡單，做事不馬虎，細心且善察言觀色，難怪皇上能放心將三十萬禁軍大權交付於他。

「是嗎？」我很平靜地回了他一句話，隨後由床上翻身而下，搖搖晃晃地走到寢宮後窗。秋寒之風襲臉而來，拍打在我火熱的臉上格外舒服，同時也讓我的醉意全消。「能告訴我，韓昭儀爲何如此痛恨皇后嗎？」

「你知道韓昭儀不能生育吧？」韓冥一語驚醒夢中人，聽他繼續往下說著，千年不變的聲音中夾雜著傷痛，「是杜皇后害的，她怕韓昭儀若是產下皇子，會影響到她與太子的地位，所以暗暗買通了韓昭儀身邊的貼身侍女，每日朝她的茶水中下藥，她在毫不知情的情況下喝了整整半年。終於有一日，那名宮女將事實說了出來，韓昭儀盛怒之下欲拉那宮女向皇上揭發她的罪行，可是，走到半路上宮女卻被人以暗器滅口，這事就這樣不了了之。」

我低著頭暗暗回憶著韓冥說的每一句話，不對。我正想開口追問之時，他卻用冷聲冷氣的聲音說：「你隨我回亓國吧？」

「我若回去，你們的計畫定會被人看出端倪，況且……連城是不會放我離開的。」秋風捲起地上的暗塵，嗆鼻的味道。我將窗戶掩上，勾起一抹自嘲，「你走吧。」

一陣沉默，靜到讓我以爲這個寢宮只有我一個人存在，沉鬱、壓抑直逼我的心頭，「你是在擔心我嗎？其實那日你助我離開皇宮，就已經不欠我什麼了，不用耿耿於懷。」

我聽見一聲細微的歎息，是從他口中傳出來的，「那，保重。」一句話，另有深意，可誰都明白，這後宮永遠是個最血腥最殘酷的地方，就算我無心與他人爭鬥，他人也會無所不用其極地謀害我，我能在此生存下去嗎？

第二章　沉淪帝血劫

金猊檀香陣陣撲鼻，寢宮內瀰漫著一股詭異的氣氛。今日是皇后冊封的第四日，靈水依卻來到昭陽宮，並且摒退了所有在場奴才，獨留我與她兩人於寢宮內的漢白玉桌前靜坐。她望著我良久，終於開口說話了，「恭喜你，將於三日後正式晉封爲貴妃。」

乍聽之下，我的手猛然一顫，將桌上的茶打翻，杯子滾落在地，重重一聲，將守在門外的蘭蘭與幽草驚了進來，戒備地盯著靈水依。

「誰讓你們進來的？出去。」我低聲冷喝，她們若有所思地對望一眼，才退了出去。

我將冰冷的目光掃向靈水依，「爲什麼我不知道？」

「昨日皇上的聖旨已送到我的寢宮請了綬印。這麼大的事，你不知道？」她的臉色一變，彷彿根本不相信我說的話。

置放於桌上的手緊握成拳，怒火由胸口直衝腦海，連城你竟然對我玩陰的？我以爲與你說得很清楚，可你卻執意要冊封我爲妃，是你在逼我。一想到這兒我就從凳上倏然起身，但是我的手卻被她用力按住。看她的目光，似乎已經相信我對此事一無所知。

「我要去找他。」我抽回被她按住的手，怒氣已經一發不可收拾。

「皇上若有意要瞞著你，就是已下定決心要冊封你，現在你是不可能見得到他的。」她輕聲提醒，眼中閃過一絲惋惜，「你如此不甘願做皇上的女人？我以爲你會很開心。」

「我從來都只當他爲知己，一個可以交心的朋友。我更以爲他會尊重我的想法，卻沒想到，他……」我緊握成拳的手突然鬆開，心已亂。

她的臉上顯露出淡笑，「如果你眞的不願意，我可以助你再逃一次。」一語方罷，我卻在她唇畔邊看到一抹冷笑。

我的冷笑也隨即泛開，深知其中另有深意。她眞有那麼善良？我不信。「爲什麼？你不怕他怪罪於你？」

「就憑我是先帝的妹妹，他也不敢拿我怎樣。」她的目光中閃爍著自信滿滿，「我幫你的理由依舊如上次一樣，因爲討厭你，討厭你占有了皇上全部的心，全部的愛。自從你出現，他的眼中只有你，根本看不到我的存在。」說到此處她已聲淚俱下，朦朧的目光透露著無盡悲傷，若我是個男子，定然會爲她的垂淚而心動，可我不是男子。

「既然你不愛皇上，我求你離開這兒，皇上就由我來照顧吧。」她緊握我的手，滾燙的淚水滴在我的手背上，不一會兒已凝成冰涼的水珠。可是我沒有說話，只是靜靜地望著哭泣的她。

她見我不語，突然雙膝一曲，跪在我面前，懇求地說：「求你了，我以昱國皇后，卞國公主的身分懇求你離開。」

我的目光漸漸黯淡，盯著她的眸子，清澈透明如水，沉思了好久，「好，我答應你。」我此話一出，她臉上出現了微微的笑容，可我又開口道：「但是你必須幫我在連城那取一樣東西，若是取不到，我是斷然不會離開的。」

翌日丑時，靈水依竟是一身黑衣夜行裝，從寢宮後窗翻越而入。我的第一個反應就是——她會武功。我眞的沒有料到，這位看似柔弱纖細的公主竟然有這麼好的功夫。

她將一箋金黃卻略顯黯淡陳舊的奏摺遞給我，「你看看，這是你要的嗎?」

接過它，將其打開，裡面赫然寫著「潘玉亦兒臣心之所愛」，我點點頭，將它收入懷中。

再看她走至桌前爲自己倒一杯碧螺春，一口飲盡。「你的要求我做到了，那麼你答應我的也得做到。」她從懷中取出一張紙遞給我，「這是皇宮的路線圖，你仔細看看。」

「玉華門位於皇宮四門之北，也是守衛最鬆懈之地。每日寅時都會有人入宮將大小宮中的夜香收集運出，我已經買通了其中兩個人。只要你在神不知鬼不覺之下換下他，便可安然離去。出去有一條路是通往汴京大街，你是斷不能在此露臉的，所以你必須走另一條通往汴京北郊的路。在那兒我會派人等著你，後將你帶到安全地方，過了北郊你就安全了。」她怕我看不懂，爲我詳細分析了此次出逃路線，確實天衣無縫。

隨後她又給我一支迷香用來對付蘭蘭與幽草，一套小廝的著裝供我逃跑，「明日寅時，記住，錯過那個時辰你就再也跑不掉了。」

我將圖箋收好，凝重地點頭，「謝謝。」我的目光一直細心地在她的臉上游蕩，就怕錯過她一絲的情緒。

「我說過，這不是幫你，是爲了我自己。」她的樣子顯得漫不經心，但她的神色洩露了一切，那是得意之色。

我呆坐在桌前愣神許久，目光一直凝視著靈水依離去的那扇窗，在風的吹動中搖擺不定，我的心也搖擺不定。到底該不該離開這兒？若是留下，連城必然封我爲妃；若是離開，這很可能是靈水依的陰謀。

畢竟，我於兩年前，發現了一個不可告人的秘密。

那日我待在聽雨閣書房內翻閱《詩經》，正舉目望向窗外時，卻看見別苑中的石山後，有一對糾纏熱吻的男女，他們不是別人，正是靈水依與連胤。那一刻我就明白，爲何初見連胤時他望我的目光竟充斥著肅殺之氣，而我卻要莫名地躲著他，他從那一刻就對我萌生殺意了吧。

發現這件事後我立刻吩咐他們將那兩扇窗給封了，可嚴重的危機感仍然存在於四周。我並不是個多事之人，所以每次面對連城話到嘴邊卻又吞了回去。而今靈水依突然百般要求我離開，難保她不會半路上對我下殺手，慘死林中便沒人會懷疑到她。可若我不離開的話，就再沒機會離開了。

我緊緊捏著手中的玉杯，手指關節已經泛白，指尖也開始生疼。我必須走，而且今日就得離開。

梧桐枕前雨，青松傲立嵐，嫋煙曦霧霜。

我按照靈水依的話做，很容易就離開了皇宮，只不過提早一日，希望她不會料到，否則我恐怕在劫難逃。

這片樹林幽森悲愴，荊木叢生，崎嶇陡峭，確實是個十分隱秘的地方。若是她眞在這對我下殺手，怕是根本無人問津。如若我走出這裡，又該朝哪走，這昱國怕是也待不下去了，難道我要去夏國？

「連胤，果然被你料到，她眞的提前離開。」幾個人突然擋在我面前不遠處，說話的是依舊一身夜行衣的靈水依，站在她身邊的是一臉陰笑的連胤，後邊還有四位手持大刀的硬漢正虎視眈眈地望著我。

靈水依卻一直朝我逼進，我連連後退幾步，「我都要離開了，你們還是不放過我？」

「你看見了，對嗎？」她陰冷的目光直射向我，殺意在全身蔓延。這樣的她是我第一次見到，或許這才是眞正的靈水依。

「我若有心說出去，連城早就將你廢了。」我的話一轉鋒，她一個愣神，我抓住機會便跑。但是依這個陣勢來看，我根本跑不掉，難道我眞要命喪於此？

一道黑影由我頭頂上飛掠而過，我還未看清楚來人，頸項就被人緊緊掐住。我的呼吸開始困難，彷彿所有空氣都被人抽走，痛苦絕望地望著面目猙獰的她，雙手控制不住地緊握。

「我很奇怪，你憑什麼能讓連城如此迷戀，是這張傾世絕美的臉蛋？」她將一把雪亮透寒光的匕首在我臉上畫下一刀，刺痛中夾雜著濃濃的血腥味，令我想嘔吐。「如果，我毀了你這張臉，連城還會愛你嗎？」又是一刀畫過。

我用力咬著唇瓣，就是倔強著不肯呼喊一聲，任她的刀在我臉上不歇止地畫著。

「眞想拿一面鏡子讓你瞅瞅自己現在的樣子，醜陋恐怖。」血沿著刀尖滑落，滴至她的手腕，駭目驚心。

「啊——！」我用力尖叫一聲，也不知哪來的力氣將緊掐住我的靈水依推開。她沒料到我的突然襲擊，一個沒站穩就摔至地面，而我也同她一樣，重心不穩地向後倒去，可是我並不如預期般摔在地上，而是整個人懸空，朝著林中崎嶇陡峭的山坡上滾了下去。

我是要死了嗎？死在這荒無人煙的林中，無人詢問。也許這樣離開這浮華塵世，就可以不用再徘徊在矛盾中迷失我原本的理智。一片黑暗將我無情地吞噬，疼痛亦將我所有的理智抽空。

第三章　夢魇駐紅顏

桃花香蕊入簾裡，素腕灼灼輕紅惹衣香，殘枝掠鬢桃瓣逐水流。

我站在屋前的桃花林，望經風吹散的桃瓣，原來我在蘭溪鎮已經待了整整有一年又五個月了，我踩著紛鋪於地的殘瓣走過小徑，芬芳撲鼻。

我合起雙掌接著不停掉落的桃花，接了滿滿一掌心，好久沒有感受到這樣的充實感了。「去年今日此門中，人面桃花相映紅。」我低頭淺吟，望著手中粉嫩欲嬌的花瓣，出神許久，當我回過神時，卻不知我到底想了些什麼。

「人面不知何處去，桃花依舊笑春風。」低沉陰鬱的聲音依舊冷淡如冰，卻多了一分滄桑之感。我回頭望著一身黑錦絲緞長袍隨風而舞的韓冥，眼中閃過驚訝之色，我記得他每個月才來一次，而這個月卻是第二次。

他立於我面前，從樹梢摘下一瓣桃花，別於我側鬢說：「你瞧，依舊是人面桃花。」他勾勾嘴角算是笑吧，卻惹來我一眼惱怒之色。

我將鬢側的桃花取下後緊緊地握於手中，「你來這兒只為取笑我的？」口氣有些生硬尷尬。

「我是說眞的，確實很美。」他很認眞地向我點頭，想用他的目光來證明他沒有說謊，我別過頭沒去看他，只是眺望遠方之渺茫一片。「說吧，你這次來做什麼？」

「我要成親了。」他的聲音中隱約帶著一絲自嘲，「皇上賜婚，靈月公主。」

「皇上……」我將「皇上」二字低吟一聲，然後淡笑，現在的皇上已經是亓宣帝納蘭祈佑，他於半年前即位。眞的好快，他都已經當上皇帝了。「成親是好事。」

突然身後傳來一聲樹枝被折斷的聲音，清脆無比。我回首望著他手中那枝被折斷的殘枝，原來他發怒了。我輕輕一笑，「靈月公主只是脾氣差了點，其他都挺好。」我見他捏住殘枝的關節已經開始泛白，難道娶她眞有那麼痛苦嗎？

「是，她哪都好，但是我不喜歡她。」好一會兒他才鬆開殘枝，殘枝倏然滑落至地面，又是一聲輕響。

「那你是有喜歡的人了？」我側眉淺笑，用曖昧的目光望著他，他立刻迴避著。

「你別亂說。」他低斥一句，表情很不自然，我還是第一次見到這樣的他，於是便打趣道：「你在緊張？」

「說了沒有。」他的聲音猛地提高，我的聲音戛然而止。不習慣地望著這樣的他，眞的很不像他，以往我無論如何拿他開玩笑他都不會如此生氣，今日的心情似乎眞的很不好。他望著我清清喉嚨，「對不起。」

我微微搖頭表示我不介意，他平復了臉上的怒氣，聲音又轉爲冷淡，「下個月我就要成親，可能要忙著準備大婚，大概四個月不能來看你了。」

「我會自己照顧自己的，你安心大婚吧。」我說完後沉思了許久，「你大婚我也沒有什麼東西可以送給你，就爲你唱一曲《念奴嬌》吧。」

我清了清嗓子，心裡卻有些緊張。因爲太久沒有開唱，怕唱不好，於是背對他望著茫茫桃花小聲低唱：

纖腰嫋嫋，東風裡，逞盡娉婷態度。
應是青皇偏著意，盡把韶華付與。
月榭花台，珠簾畫檻，幾處堆金縷。
不勝風韻，陌頭又過朝雨。

唱到此處，我的聲音也由最初的細小漸漸放大、放開，只是微微蹙起蛾眉，心底的傷卻不能放開。

聞說灞水橋邊，年年春暮，滿地飄香絮。
掩映夕陽千萬樹，不道離情正苦。
上苑風和，鎖窗晝靜，調弄嬌鶯語。
傷春人瘦，倚闌半晌延佇。

直到夕陽即將落山，燒雲連綿萬里空斂蹤，韓冥才離開蘭溪鎮，我將他送到鎮口便回到桃源居。這個桃源居是韓冥找人專門爲我所建，裡面很安靜，很少會有人來打擾我，對於這樣寧靜的日子我也樂得安逸。

推開屋門，我坐在青木妝台前，對著銅鏡仔細瞧著我這張臉，素雅清秀，肌膚白皙如紙，隱約有些病態，眼睛依舊如深海明鏡熠熠泛光，每當凝眸低笑時兩頰都會有不彎不深不淺的梨渦，很是動人可愛。

自那日從山坡上滾了下來，我就被韓冥救了，將我帶回亓國的蘭溪鎮居住。我不知道他是如何找到我的，更不想詢問，那段往事我早已經不想再回首。我深深記得自己的臉總共被靈水依畫了五道傷口，觸目驚心。但是我在意的不是我的容貌，而是被我收入懷中的奏摺，我發了瘋地問韓冥救我時有沒有看見那分奏摺，可是他卻說救我之時什麼都沒看見，我當場就哭了出來。我現在能擁有的只有祈佑對我的那分愛，可現在連唯一可以安慰自己的東西都不見了，我只能絕望。

後來我將自己鎖在屋中，根本不讓韓冥見我，也不敢讓他見我，一張已毀的臉還如何見人？可是他沒有介意我的樣子，一直在身邊安慰我，或許，那一日是他這輩子說過最多話的一天。

過了五日，我終於能冷靜下來，也想開了，臉只是皮相而已。可是韓冥卻帶了一位神醫來，其易容之術堪稱天下一絕，目的只爲讓他將我的容貌恢復，我卻拒絕了。

「姑娘想要什麼樣的臉？」

「平凡。」

「還有呢？」

「只要平凡。」

想到那日與他對話後，他無言地望著韓冥的樣子仍覺得好笑，可能他認爲世間的女子所追求的皆是美貌吧。但是我不想要，我不想再被人毀一次容，更不想要一張與袁夫人一模一樣的臉，我再也不想被人利用，所以我選了一張清秀淡雅的臉，一段平凡無奇的生活。

後來我對韓冥說謝謝，他說他是在報答我的救命之恩。我只是苦澀一笑，那我是該慶幸那日的決定是正確的吧，否則現在的我早就慘死深山了，世界上再也沒有馥雅這個人。我只是不捨，我不捨祈佑，哪怕我眞的不能再與他相見，每月聽著韓冥帶回來給我的消息就足夠了。

一年前，聽說皇上病重之日，東宮竟然策動了一場兵變戲碼，想逼宮於皇上讓其退位。皇上何等精明，早就讓祈佑在暗處佈置好一切，在東宮逼宮那一日，大軍突然出動將其一舉拿下。太子千夫所指，皇帝憤怒之下將其廢黜，逐出皇宮永不得歸，亦以皇后管教無方爲由，將其打入冷宮永不復出。其後身爲嫡子的納蘭祈佑名正言順地登上太子之位，半年後皇上病逝養心殿，太子登基爲亓宣帝，尊九嬪之首韓昭儀爲皇太后，冊封結髮之妻杜莞爲皇后。

兩個月後已是桃花散盡，此片桃林長滿了一顆顆鮮粉嫩白的桃子，挨在牆腳的幾顆竟蔓延出小院。我站在院內聽聞幾聲清脆的聲音由外傳來，細聽此聲應是出自小孩子口中，我當下就猜到是孩子貪嘴，正想摘那幾個蔓出牆外的桃子，我頓時童心大起，立刻推門而出，幾個孩子一見我出來，立刻想撒腿就跑。

我不急不徐地喊住他們，「想吃桃子的隨我進來。」而他們也很奇怪地瞧著我，似信非信地站在原地不肯動。

「進來呀！」我朝他們招了招手，很快他們就朝我奔來，我則牽著他們的小手走進院中。不可否認，我很喜歡孩子，因爲只有孩子的眼神才是最單純無雜念的，只有在他們的眼中才找尋得到久違的純淨，而我的純淨，早就隨著時間歲月的推移而被磨光，但願這些孩子能永遠這樣純眞下去。

我從樹上摘下一顆又大又紅的桃子，笑望他們，「你們要是想吃的話，就與姐姐接詩，接對了就能吃，要不要來？」

幾個孩子用力點頭，我眼波一轉，「榴枝婀娜榴實繁，榴膜輕明榴子鮮。有誰知道下一句？」

他們互相對望，皆不知如何接下去。我這才恍然，他們都還是孩子，哪有那麼厲害能接下去，正想改口換個容易點的，卻見一個約十二歲的男孩舉起手道：「姐姐我知道，這是唐朝李商隱的〈石榴〉，下一句爲，『可羡瑤池碧桃樹，碧桃紅頰一千年。』」絲毫沒有猶豫地將詩接了下去。我眼前一亮，在這個小鎮上竟然有這麼厲害的孩子。我將那顆桃子遞到他手上，「你叫什麼名字？」

「我叫展慕天，爹之所以爲我取名爲慕天，就是盼望著我有朝一日出仕朝廷，慕得天顏。」他接過桃子放在身上用力擦了擦，張嘴就是一大口。

我輕輕撫著他的額頭，一聽他說起慕得天顏我就一陣苦笑。百姓們都夢想著出仕在朝爲官，卻不想在朝廷若沒有任何勢力，如何才能找到容下自己的一席之地？除非攀附權貴，依附黨羽，否則定難在朝廷大展抱負。

當我的思緒飄向遠方之時，數十位官兵竟破門而入，一臉凶神惡煞地朝我走來，許多孩子都嚇得躲至我身後。唯獨展慕天依舊不動聲色地站著，注視著那群官兵朝我們走來。

「登記你的名字！」爲首的粗野男子拿著一本小冊與一支毛筆朝我吼道。

「爲何登記？」我將身後的孩子們護好，就怕他們會傷著這些幼小的孩子。

他不耐煩地瞪我一眼，口氣甚差地說道：「新皇登基，後宮宮女嚴重減少，皇上有命，於民間徵收一批女子進宮爲婢。」

「你們這是在強徵。」展慕天竟然比我還快一步，口氣凌厲得根本不像個十二歲的孩子，倒有王者般的氣勢。

「小鬼，哪輪得到你插嘴，一邊待著去。」他的手一揮，就朝展慕天打去。展慕天用力抓住他的胳膊，張嘴就咬了下去。眾士兵一見此景象，立刻上前將他拖走，卻也費了好大一番力氣，「小鬼，你不要命了?!」那位士兵首領捂住被咬的胳膊，已經疼得齜牙咧嘴，滿臉通紅，可見展慕天下嘴還真是沒留一點情面。

我見一個士兵揮手就給了他一巴掌，氣憤地擋到他面前，攔住揮之而下的手，「小孩子不懂事，官爺莫計較，我隨你們進宮便罷。」

宮粉玉砌，希涉紫庭，禁苑奇珍御花芬，九龍壁彩朱門粉淡殤。

再次進到亓國皇宮，看到的依舊是這氣派傾世之宏偉大氣，我與一千名從民間徵召進宮的姑娘一起被領到關陵殿，一位公公捧著小冊一個一個地念著我們的名字。

「陳繡繡，張蘭，王冰鳳，李靜。分往鄧夫人之鳳吟宮。」

「馬香，小玉，趙黛雲，上官琳。分往妍貴人之雨薇軒。」

「鄭晶兒，白紫陶，陳豔，萬欣欣。分往華美人之紫雅居。」

我低著頭，聽著他一個一個地念著，我的心中竟連苦澀都已淡了。我在進宮前還想著若真被徵召進宮，能見著他一面也好，可是我卻忘記了，他有自己的後宮佳麗三千人，就算看到了又能怎樣，還不是徒增傷心。

「雪海沒來嗎？」公公一陣怒喝，將我的思緒硬是拉回來，我立刻應道：「雪海在這兒。」

「雪海，程夢琳，小茜，南月。分往繡貴嬪之翩舞閣。」

我與其他三位姑娘一同進入翩舞閣，三位姑娘都在好奇地四處張望，似乎頭一次見到如此輝煌之宮殿，忍不住多瞧幾眼。

金水橋白寧壽秀，啼鶯舞燕，曉花顰笑。此景正配翩舞閣之名，時而有高山流水之聲入耳，確是一個好地方。不知這位繡貴嬪又是何許人，貌若天仙抑或蕙質蘭心？

「好了，本公公就送你們至此了，自個兒進去拜見繡貴嬪吧。」他一拂袖便丟下我們悠然而去。待他走遠，我與在場的姑娘們互相對望一眼，很有默契地同時走進那扇暗紫檀木門。細細觀望房內的景色，只想到一句「惆悵東欄一株雪，人生看得幾清明」。寢宮內的前窗半掩著，風輕輕地將其吹動，幾瓣杏花又從縫隙中偷偷溜入，落在地上，時而被風捲起飛揚，隨後又安靜地躺在地上。

「你們是誰？」輕輕的腳步聲傳來，我們就知道是主子來了，立刻跪在地上行禮，「參見繡貴嬪，我們是新派遣來侍候您的奴才。」說話的是南月，聲音婉轉悅耳，口氣平穩，看得出來是位頗有頭腦的女子。

「起吧。」繡貴嬪淡淡地說了句，還輕咳了幾聲，似乎受了風寒，怎麼不請御醫呢？我不禁對她產生了好奇，偷偷抬起餘光打量著她，可這一看我就愣住了，全身控制不住地顫抖。繡貴嬪，竟然就是雲珠！難怪祈佑要賜名為繡，也只有他知道她的本名為沈繡珠。

她未施朱抹粉，臉色蒼白如紙，毫無血色。更令我駭目的是她的左頰，一塊殷紅如拳頭大小的紅色疤痕，令原本娟麗如花的臉盡失顏色。

「她是第一個發現著火的，為了衝進屋救你，半邊臉已被燒毀。」祈星的話竄入腦海，我的雙拳緊握，指甲狠狠地掐進我手心，緊咬雙唇，淚水凝眶。是因為我，雲珠才會毀了那張臉。她早已經什麼都沒有了，為何上天連她的容貌都要奪去?!

「怎麼，本宮的臉嚇著你了？」她蹙眉凝望緊盯她不放而失態的我，隨即苦笑出聲。我立刻搖頭，搖頭的瞬間亦將眼中的淚水甩出，滴至地面。

她莫名地望著無聲哭泣的我，怔忡了許久，「本宮的容貌眞的醜到能將你嚇哭？」口氣突然轉厲，還夾雜一絲羞愧，最終拂袖而去。

在翩舞閣內，我花了兩日時間將雲珠所有的處境形勢摸透。聽聞祈佑在冊封皇后的第二日就封其為九嬪第五等貴嬪，賜號「繡」，所有人都不解，皇上為何要將一位長相醜陋、身分低微的人封為貴嬪。最令人奇怪的是，自封貴嬪以來，皇上從未召其侍寢，更未踏入過翩舞閣。就連我都奇怪，既然祈佑眞的不喜歡雲珠，為何又要冊封她，留她在身邊做奴才服侍自己不是更來得實在？

「娘娘，該用晚膳了。」我畢恭畢敬地站在寢宮檻內輕喚一直呆坐在妝台前細凝自己容貌的她。

她突然回首用異樣的目光望著我的臉，良久，由最初的光芒四射變為黯淡無光，後又坐正身子繼續凝望鏡中的自己。我隱約從鏡中瞧見她的苦笑，便朝她走近幾步輕問：「娘娘怎麼了？」。

「乍聽你的聲音，我還以為……」她沒有往下說，只是動了動唇，將話隱入唇中，再輕咳幾聲。我明白，她說的是潘玉，是馥雅。我壓下心中的蠢蠢欲動，我不能說，什麼都不能說。

「娘娘您身子骨似乎不好，奴婢為您請御醫。」看著她的樣子我很是擔心，彷彿她隨時可能就此倒下，一蹶不起。

她搖頭輕歎：「老毛病了，不礙事。」她欲拿起妝台上的象牙骨玉梳，卻被我搶先一步，「讓奴才為娘娘梳妝。」

「你不怕我了？我可是清楚地記得昨兒個你被我的容貌嚇壞了。」她勾起嘴角露出淡笑，在我眼中看來是如此地嬌媚淡然。

輕輕勾起她披肩的一縷青絲，細膩柔滑之感充斥手心，我輕輕地為她理順，「我從未覺得娘娘醜。」認真的口氣讓她的身體一僵，我繼續道，「人的容貌只不過是一副皮囊，更重要的是本質，相信娘娘的本質定如蓮花般高潔。」

「你真這樣認為？」她帶著興奮的聲音猛地回頭，嚇了我一大跳，手中的象牙骨玉梳一個沒拿穩，掉落在地碎成兩半，我立刻蹲下想拾起，口裡還喃喃著，「奴婢該死。」

「不礙事。」她將蹲著的我扶起，才觸碰到她的手心，冰涼之感傳遍全身。她的手，好冷！「可是皇上為什麼就不注意我呢？」

一聽她提起祈佑，我的心就一陣抽痛，雲珠真的如此喜歡祈佑，那麼深切。「娘娘，那你就想辦法讓皇上注意你啊！」

她自諷地一笑，「皇上根本不見我，我如何讓他注意。」她的手一鬆，將我放開，再轉身望望自己的容貌，她始終介意這張臉吧。「況且皇上的眼中，只有靜夫人。」

「靜……夫人。」我的聲音有些顫抖，祈佑他……另有所愛了嗎？

她突然一陣冷哼，「靜夫人之所以受寵還不是因為她的身上有姑娘的影子，否則哪輪得到她寵冠後宮？」聲音有了一絲暢快與不甘。

我的心跳因她的話加快了幾分速度，但見她深吸一口氣，從木凳上起身，「去用膳。」

來到正堂，桌上有滿滿一桌山珍海味，我與南月立於桌前侍候著她用膳，門外是程夢琳、小茜與兩位公公守著。一絲月光照進，鋪灑在地如凝霜，我與她們的影子交錯重疊，拉了好長好長。

「對了，你們叫什麼名字？」她突然想起了什麼，細聲開口詢問，再拿起絲帕輕拭嘴角的油漬。

「回娘娘，奴婢南月。」

「回娘娘，奴婢雪海。」

她怔住，凝眸細望我，淺吟出聲，「路徑隱香，翩然雪海，好美的名字。」

「娘娘謬讚。」我迴避著她的目光，生怕她會察覺出什麼。

「奴婢能問娘娘一個問題嗎？」南月突然插了一句進來，得到雲珠的頷首應允後，她開啓朱唇，「您的臉，何故如此？」

聽了她這句話，我在心中暗歎她的大膽，竟敢當著主子的面問如此避諱的問題，她是眞傻還是充愣我就不得而知了。只見雲珠目光一凜，良久才將緊鎖的蛾眉鬆開。

「爲了從火海中將我生命中最重要的人救出，可惜，徒勞。」她冷淡地將我們摒退，獨居案前，也不知在想何事，如此出神。

夜幕繡簾卷，蟲蛩鳴深切，夜來花嬌媚。

在雲珠就寢前，我與南月捧著亮赤金銅盆前往秋琳院的井中提水爲她梳洗。

正好，由於正爲就寢之時，在井邊提水的宮女也就多了，排了長長的一條小隊。等了一炷香左右的時間終於輪到我們，可是卻被另外兩位宮女給插了過去。南月一陣怒火將她們推開，「去後面排隊。」

「你敢推我們？」其中有位差點被她推得摔跤的宮女怒氣騰騰地叉腰大叫一聲。

「爲什麼不敢？」南月見她火氣大，也不甘示弱地叉起腰，想將她的氣勢蓋過去。

那位宮女一見她的盛氣淩人，有一刻的怔忪，「你們是哪個宮的？」

「翩舞閣。」南月大聲地報出了這三個字，卻換來兩位宮女的對望，隨即輕蔑一笑，眼中淨是嘲諷與不屑一顧，「原來是那個醜貴嬪的奴才。」

「你們說什麼？」我將擋在我身前欲發怒的南月拉開，冷冷地瞪著說話的那名宮女，連自己都感覺到自己的語氣格外陰冷。

她一陣輕笑，更加放肆地出言不遜，「說錯了嗎，你們的主子根本就是醜得不堪入目，也難怪皇上厭惡到連看她一眼都不願意。」

我的火氣在她這句話落音後頃刻衝上心頭，揚手就扯住她披灑在肩的髮絲，一陣慘絕人寰的叫聲畫破這清冷的小院，她也不甘示弱地反手扯住我的手臂，用盡全身力氣掐著我的手臂，我更是顧不得其他，雙手齊上用力扯著她的髮絲，而她則是一臉痛苦，掐我胳膊的手臂又加了幾分力道。

「你好大膽……我們可是靜夫人的侍女……」與她一起的宮女尖叫著拉扯著我，想將我拉開，卻徒勞無功。

我絕對不會允許有人這樣辱罵雲珠，在我心中，早已將她當做我的親人看待，況且她的臉也是因我而毀。

「你們還不住手！」一聲怒喝讓我們停下了手中的動作，接著一聲「嘶——」的聲音，在這安靜的一刻格外刺耳。我的衣袖被那宮女扯破一大半，變得殘破不堪，手臂上雪白的肌膚露出幾點紅，觸目驚心。可是現在我已無暇注意自己的狼狽，而是看著站在院門前的男子。

不知是誰先喚了一聲「弈大人」，其他人跟著也紛紛跪倒，伏身而拜。獨我立於原地，望著一臉冷漠略帶慍怒的男子——弈冰。

他走向我們，視線來回地在眾人身上掃過，最後落至我臉上，終於還是離開。似乎他並不介意我沒規矩地站著，出言道：「你們好大的膽子，竟敢在後宮重地廝打。」

「是她先動手的。」那名宮女立刻搶先指著我，理直氣壯地將責任推至我身上。

「是她先侮辱我們娘娘的。」南月不甘示弱地頂回一句。

弈冰皺著眉頭，眸中閃過一絲不耐，「你們娘娘是誰？」

「繡貴嬪。」我用不高不低的語氣回答，卻再次吸引了他的注意。他用審視的目光將我從頭至腳地打量了一遍，「你是誰？」

短短三個字讓我心中一慌，他看出來了嗎？不可能，我的容貌早已不是原來的樣子，沒有人會看出端倪的，除了這聲音。「奴婢雪海。」

後來，這場鬧劇在弈冰一句「散了」中結束。回到翩舞閣我向兩位比我們早來的公公小福子與小善子打聽起弈冰，從他們口中得知，現在的他已經是正一品領侍衛內大臣，皇上身邊的大紅人，百官巴結的對象。弈冰已經開始享受起這樣奢靡的日子了嗎？他已經忘記馥雅公主，忘記他要幫助我復國的承諾了嗎？這樣也好，你就安逸地過你的生活吧，反正對於復國，於離開亓國之時我便已放棄。

翌日辰時我與小茜準時進入雲珠的寢閣爲其梳洗，而南月與程夢琳則在外準備早膳。

「娘娘，奴婢爲您梳妝。」我請她坐於金鳳妝台前，將金木檀盒打開，裡邊琳琅滿目的首飾令我眼花撩亂。

「隨便一些。」她面無表情地回了句，我明白現在的她對梳妝打扮再無多大興趣，畢竟她有一張駭目醜陋的疤面。

我不語，只是動手爲她綰鬢，此次所選雙環望仙鬢，頭頂雙配五鳳寶珠紫花鈿，斜嵌碧玉蘭熏纓絡簪，耳掛玉蝶豆綠細耳墜，項佩珞金玲瓏玫瑰環。輕描芙若柳黛之細眉，恰到好處，淡撲珍珠香粉於雙頰，欲隱疤痕，微拂瑰香胭脂於兩腮，白裡透嫣紅。

「大功告成。」我開心地後退一步，讓她自己欣賞鏡中的自己。

她不敢相信地眨了眨眼睛，似乎不敢相信鏡中人是自己。她臉上的傷痕已被我利用香粉胭脂盡量隱去，若不細看實難發現。況且她原就天生麗質，經珠光寶氣，玲瓏首飾一番裝扮，即宛若脫胎換骨。

「雪海，你是怎麼做到的？」她終於肯相信鏡中之人眞是她，即刻側首詢問。

我薄笑欣賞這樣的雲珠，只是說了句：「娘娘，以後有雪海在您身邊，您什麼都不用擔心了。」

聽了我的話，她先是懷疑，後爲迷茫，最後轉爲感動，晶瑩的淚珠在眶中凝聚。

「娘娘……」南月慌張地跑了進來，神色焦急擔憂，「百鶯宮的靜夫人請貴嬪娘娘過去。」

「她？」雲珠一陣疑惑，而我明白，大麻煩來了，定是因昨日與那兩名宮女廝打之事。正好，我也想見見這位靜夫人。

宮樓曙色氣派，輝煌壁彩鋪陳，碧玉妝綠絲條，屐齒印蒼苔。

我們伴著雲珠來到百鶯宮的側殿，一名高傲自負的女子在首位等著我們到來，手中不停地把玩著茶水，似沉思。

我們都向她行了個禮，在起身時我聽聞一聲：「夫人，就是她。」目光直射於我。

而我只是凝眸望著靜夫人，烏黑的青絲，白嫩的嬌膚，秀而細長的柳眉，修長深邃的鳳目，配合身上淡淡的天然幽香，如一幅令人傾倒的美女圖。她，就是祈佑最寵愛的靜夫人。她，也是那日在船上與我談詩品畫的女子，溫靜若。我不敢相信，她竟然就是寵冠六宮的靜夫人，這是我萬萬沒有想到的。

「不知靜夫人請我親來，有何賜教？」雲珠睥睨她一眼後淡婉掠過，口氣似有輕諷之意。

靜夫人詫異地望著雲珠的容顏微愣，隨即平復失態，「繡貴嬪，你的奴才可眞厲害，連本宮的芷清丫頭都敢打。」她將目光掃向我。

雲珠順著她的目光望向我，神色中竟暗藏一絲笑意，「打也打了，夫人欲待如何？」

靜夫人臉色一凝，因她這句挑釁的話而變色，「這麼說，你想護著她？」

「夫人可有先問問你的芷清，在我打她之前，她都說過些什麼？」我回視她的目光，絲毫不顧慮她的身分與凌厲之色。「你，把昨夜對我們說的話，當著夫人與貴嬪的面再說一次。」我指著臉色有些蒼白的芷清。

她很爲難地望望靜夫人，再膽怯地凝了雲珠一眼，一字不敢言。

「說。」靜夫人厲聲一喝，她立刻全身輕顫，「奴才不敢。」

「她說貴嬪娘娘醜，所以皇上厭惡她。」南月適時地開口接話，引得在場的靜夫人與雲珠臉色大變。

「夫人的丫鬟這樣出言不遜，難道不該打？」雲珠的聲音格外生硬，略帶一絲顫抖。

靜夫人臉上一陣青白，「就算要打也輪不到這丫頭打。」她伸出纖手指著我後一陣媚笑，凝視雲珠，「況且，芷清說的是事實。」我猛然一怔。這話竟然出自溫靜若之口！是那日她隱藏得太好，還是我被她的外表所欺，竟然沒有看出她是這樣一個女子。

「靜——夫——人。」雲珠咬牙切齒地瞪著她，眞的發怒了。靜夫人依舊笑得嬌媚如花，「即使你用脂粉將那醜陋的疤痕掩飾得再好，也不能掩蓋住你醜陋的事實。」

我看見雲珠的雙拳緊握，似乎瞬間便要衝上去給她一拳，但是這件大逆之事絕不能讓身爲貴嬪的雲珠去做。我一個箭步上前就甩了靜夫人一巴掌，清脆的聲響伴隨著靜夫人跌倒在地，周圍一片冷冷的抽氣聲。

「放肆！」怒火中夾雜著凌厲，我全身一僵，彷彿已經定在原地不得動彈，望著一身金錦龍袍的男子由我身邊而過。

他冷冷地掃了我一眼，再關切地將倒地的靜夫人扶起，關切地詢問她可安好，我知道，他沒有認出我。「來人，將這個大膽奴才給朕拖出去杖責六十。」冰冷無情的聲音迴盪在耳邊。我笑了，讓我苦苦惦念了四年的祈佑，要杖責我。

幾名隨同前來的侍衛上前欲將我拿下，雲珠卻緊緊地將我抱住，不讓他們動我，朝祈佑乞求道：「皇上開恩，皇上開恩。」

他漠然不語，輕輕撫上靜夫人頰上那殷紅斑斑的肌膚，目光柔情似水，眼中只有她。

「皇上，她只是一個弱小的姑娘，哪裡承受得了六十大板，您會打死她的……」雲珠死死抱著我，繼續乞求。而我的目光卻始終盯在祈佑身上，心，好疼。

「拖出去。」他不耐煩地下令，絲毫沒有要放過我的意思，也不想繼續聽她說下去。

雲珠突然將我放開，跪爬至他跟前：「皇上，您就看在……臣妾曾冒死衝進火海救姑娘的分上，您恕了她的不敬之罪……」她的聲音哽咽顫抖不止，後猛朝他磕頭。

祈佑聽罷，眼神一閃而過的異樣，俯視地上的雲珠，沉思半晌，終於開口恕了我，摟著小鳥依人的靜夫人離開。這側殿頓時陷入一片死寂無聲，雲珠無力地癱臥於冰涼的地面，而我則木訥地僵在原地冷笑。

對，這就是我所認識的祈佑，冷酷無情，對於沒有價值的東西從來不會多去費神思量關注。那麼當初他又花了多大勇氣才下定決心放棄他多年追求的目標欲與我在一起，如今的他是不是已經後悔當初衝動的決定？現今的馥雅，在他的心中還有多少地位？

「你想知道皇上爲何會封我爲貴嬪嗎？」雲珠依舊伏在地上，口氣近乎絕望，「爲了報恩，因爲我曾衝進火海拼了命地去救一個姑娘而將容貌毀了。他感激我，同情我，可憐我，所以封了我。可他不知道，若終日要受他的冷落，我寧願伴於他身側伺候他一輩子。」

我跪在雲珠身邊，顫抖地將她環抱入懷。原來是我將她推入這無情的後宮，到頭來依舊是我的過錯。是我毀了雲珠，是我……「娘娘，您不能再這樣沉默下去了，您要將皇上的心奪過來。」

「奪？」她抬頭，滿臉淚痕，不解地望著我。

「我……會幫您的。」這是我的承諾，爲了回報雲珠這些年來爲我所犧牲，所承受的一切，我一定得幫她。

第四章　翩然螢光舞

自上回在百鶯宮得罪了靜夫人，這一連三個月翩舞閣的奴才們受盡了六宮奴才的白眼，眾人避之唯恐不及。此刻的翩舞閣只能用「冷冷清清，悽悽慘慘戚戚」來形容。不知不覺，秋至，落花紅滿地，秋葉即凋零，梧桐愁幾許。

好不容易從公公們的口中打聽到位居中宮西面的碧玉湖，據聞那裡很邪門，常有許多不知名女屍浮於湖面，久而久之，這也就成了一個荒蕪死寂、無人問津之地，可今夜我卻一定要來。

磐月如馨溶溶若霜，映入平靜泛光的湖面，湖岸旁滿目荊橫，野草叢生，密密麻麻更顯幽森。我緊握手心的小布袋，沉思片刻，吐出一口寒氣，邁步衝進這片幾乎可以將我整個身子掩沒的草叢，張開雙臂不停地拍動荊草，頓時，綠光乍現，如幽繁綠星點點，在我周圍縈繞飛舞。我的動作依舊不停，在叢中旋轉拍打，風亂了我的青絲，流蘇幾點拂於眼前又被吹散，手心略微傳來刺痛。

綠光飄然而舞，清風宛然淡吹，搖曳、縈繞、飛舞、交錯，一切如幻然天成之美景。但此刻的我已顧不得眼前令我怦然心動之景，只知道我要將更多的螢火蟲召喚而出。

還記得那次逃亡，被祈佑救起後，他將我安置在客棧內，終於能睡上安穩的一覺。可是夢中卻屢屢閃過父皇與母后慘死的一幕幕，我猝然從床上彈起，冷汗淋漓，目光迷亂。為了舒緩心中壓抑而至客棧後院閒走，望著茫茫一片草叢，內心湧現淒涼之感，忽看幾點綠光由草叢飛出，我眼光一亮，竟衝進了草叢，頓時螢光乍現，圍繞著我的身邊四散。我揚手輕輕拂過漫飛的螢火蟲，臉上露出了愴然的微笑。

而祈佑卻不知何時來到我的身邊，我清楚地記得他對我說的話：「馥雅公主，你眞是無情！」他的突然出聲打破了當時的寧靜，擾亂了我瞬間的享受。我停下手中動作，望著他的目光有一絲警戒。他朝我走來，雙腳踏入草叢中，驚起更多的螢火蟲，「國破雙親亡，你還有心情觀賞這群螢火蟲，笑得如此開心。」

望著清俊雅然、神采飛揚的他，我的笑容也隨之斂去，「我在笑，並不代表不爲國破而傷。」側首仰望漫天的綠光，神色縹緲，「這裡每一隻螢火蟲都代表著我的希望，希望父皇母后在天上過得安樂。」

「你太天眞。」他伸手捉住一隻螢火蟲，然後狠狠地將其捏死在手心，「螢火蟲能代表希望？那麼你求它幫你復國吧。」

我的臉色倏然慘白一片，血色盡褪，動了動嘴角卻一個字也吐露不出來。而他俊雅溫柔的臉上透露出張狂，笑得滿是清冷，「我也曾經有過希望，但是後來我才發現，眞的很愚蠢。若眞想你的父皇和母后在天上安樂，就拿出你的勇氣，爲他們復仇吧。」

我苦笑一聲，收回思緒，內心的仇恨，或許是被他勾起的吧。

「潘玉？」一聲略帶驚奇之音於我身後叢林中響起，這不大不小的音量正好在這幽靜之處波蕩旋繞，回音陣陣。

我怔在原地，手中的動作、腳下的步伐也停下，一刻也不敢動，更不敢回頭。只聽得一陣腳步聲夾雜著寸草被折斷的聲音朝我而來，我心頭一片緊張，霍然回首，盯著眼前突然止步的祈星，他臉上激動的笑容突然隱去，轉爲迷惑、失望。「你是誰？」

「奴婢雪海。」我低著頭盡量壓低自己的聲音。

「連聲音都這麼像，你就是潘玉吧？」他半開玩笑半認眞的語氣眞是驚了我一大跳，我認識的祈星沒有這麼聰明吧，難道短短四年就將他磨練得更加成熟？「奴婢不懂您的意思。」

他一陣輕笑，我蹙眉望著他的笑，心裡陡生寒意，他又在笑什麼。

「你在這兒做什麼？」他突然轉移話題問我。

「捉螢火蟲。」見他不再繼續追問下去，我的心也漸漸放下。

他舉頭望著飛舞的螢火蟲，微微歎一聲：「我幫你。」

錯愕地盯著他，一陣迷惑，他一個王爺什麼時候喜歡玩小孩玩意兒啦，童心未泯？在怔忪間他已將我手中緊捏的小布袋奪過，「你去捉啊。」

一聽他提醒我才回神，莞爾一笑，回首朝那綠光閃爍的螢火蟲撲去，完全放下心中的戒備，或許，只因他是我唯一的朋友。又或是因爲他能向我坦白心中眞實的想法，即使我的容貌已不如往昔，他卻能一口叫出我的名字，而祈佑卻不能，難道這就是愛人與朋友間的不同？

我捉了滿滿一掌心，合起再回首走至他身邊，笑望他手中的布袋，卻見他遲遲未有反應，我拿胳膊蹭了蹭了他，「想什麼呢？把它打開啊。」

被我一蹭他才回神，尷尬地笑笑，再將小布袋鬆開一個小口，讓我將其全數塞進去，後又去捕捉。卻聽他的聲音再次響起，「爲何捉這麼多螢火蟲？不只是因爲好玩這麼簡單吧？」

「就是因爲好玩。」我頭也不回地說道，一聲低微的歎息卻讓我停下手中的動作，不解地望著他：

「爲何歎氣？」

他苦笑一聲，竟就地而坐，置身於漫漫草地，他可是位王爺，竟然全然不顧這草地上的骯髒？只看他眼神飄忽著，隨著螢火蟲的飛舞而轉動，「小時候，我也常與哥哥、弟弟們一起捕捉螢火蟲。後來，母妃不允許我再與他們一起玩兒，她說這個宮廷除了親生母親，不可以相信任何人，就算平時對你再好的人，都很有可能在你背後捅你一刀。」借著月光，我看見他眸子深處的孤寂憂傷，如今的明貴人已經貴爲太妃，難道她還未放棄想將祈星推上皇位的念頭嗎？

「其實明太妃說的也不無道理，就如太子殿下與祈……」我的聲音越來越小，最後隱遁於唇中。

「我不記得有與你說起我的身分。」他頗有深意地說道，我正著急想著該如何解釋我的失言，卻被他打斷了，「我送你回去吧。」

我點點頭，也不想再多作解釋，不論他看出什麼端倪，至少他未追問下去，我很感激。更慶幸，我竟會有一個這麼瞭解我的知己朋友。

夜迢迢，吊影蒼波鎖窗明。花隱香，夜來驚落滿中庭。

後宮祈星也不便去，只是將我送出了中宮。

我輕手輕腳地跑回房中，小心地推開門，盡可能用最輕的力氣將門關好，怕吵到與我同住一寢室的南月。「你這些天常常很晚才歸。」南月的聲音倏然由身後響起，駭了我一跳。

「有些事辦。」走至桌旁，拿起火匣點燃桌上的殘燭。頃刻間，微暗的燭光將屋子點亮。

「辦事？貴嬪娘娘交代的？」她從床上爬起，隨手拿一件外衣披上朝我走來。

我不語，只是倒了一杯早已涼透的茶水，一口飲盡，洗去了我喉嚨裡的乾燥之火。她與我面對面地站著，也倒下一杯，卻只是捧在手心捏握著，「眞是弄不懂你，爲了這個不受寵的娘娘打靜夫人，現在還爲她如此奔波勞累，到頭來還不是竹籃打水一場空。」

「做奴才的爲主子辦事天經地義。」我放下手中瓷杯，稍用了幾分力，與桌面相碰發出一聲輕響。

南月一聲輕笑，小聲附於我耳邊道：「如今的繡貴嬪是再無翻身之日，我們何不另尋投靠別的主子，謀條出路。」

「你知不知道自己在說什麼？」我立刻出聲制止她的不敬之語。

「在這個後宮，你若不懂依附權勢就會過得很慘。正如那日在百鶯宮，靜夫人如此譏諷繡貴嬪，她卻不敢出一聲，只有你這個不懂事的奴才會爲了她而得罪靜夫人。皇上來了，他也沒問誰是誰非就要將你拖出去杖責六十，繡貴嬪都拼了命才保住你的小命，可見我們翩舞閣在這後宮的地位。」她一頓，轉眸凌厲地望著我，又道，「若我們有一位如靜夫人那般有權勢有地位的主子……」

我不等她繼續往下說，立刻出聲打斷，「夠了！」

她許是被我這一聲厲吼嚇壞，啞然地望著情緒失控的我，我也發覺自己的情緒似乎過了，平復心中的激動，暗握雙拳，「你也說了，那日貴嬪娘娘竟爲了我這樣一個卑微的奴才，不惜下跪乞求皇上饒恕我的罪過。試問這樣一個好主子，我怎會拋棄她而另行高飛？」

「愚蠢！」她用力放下手中杯，杯中之水因她的手勁飛濺而起，幾點灑在我臉上，她的袖口也沾了不少水漬。

翌日戌時，我又去了中宮的碧玉湖捕捉螢火蟲，祈星竟早早地在那兒等著我。他怎料到我今日還會來？雖是疑惑重重，卻未細問，只是與他共捕如流光閃爍飄忽的螢火蟲。草草幽歡，秋月無端，輕風微涼，暗香入襟。

一連五日，他都陪我抓螢火蟲到體力殆盡，布袋深滿才送我離開中宮。可今夜他卻帶我去了他曾經居住的錦承殿，命人準備一桌酒菜。一壺花雕酒釀，酒香四溢撲鼻，聞著都令人心醉，四盤家常小菜，魚鱗茄子，冰糖銀耳，糟炒雞片，金銀豆腐。菜香縈繞，與酒香混在一起，引得我早已垂涎三尺。在這皇宮內能品上這一桌精緻的民間小菜實屬不易，我暗自感激他的用心。

「吃啊，還與我客氣。」他見我不動筷，就催促了一句。

「那我不客氣了！」拿起擺放於側的湯勺盛了一勺放入口中，香甜之味由舌尖傳至所有的味蕾。當我正吃得津津有味之時，卻發現他始終未動筷，只是靜靜地盯著我吃，害得我怪不好意思的，立刻也催促著他動筷。

「看著你吃，真是種享受。」他帶著親切的笑容，如水透澈。

我將筷尖置於唇齒間一怔，後轉爲淡笑，「聽你說話，也是種享受。」

一時，我們無言相望，淡然一笑，同時舉杯相碰，清脆的聲響敲打在我的心頭。飲下一口酒，喉嚨中火辣辣的不適，立刻夾起幾片雞片放入嘴裡細嚼。側首望著窗外的夜空，磬月慘澹，冉冉懸空俯視蒼穹。我不禁扯開嗓子道：「對酒當歌，人生幾何？」

我與他又對飲上幾杯，很久，沒有喝得如此盡興了，「能與之結爲莫逆知心之交，無關風月，乃我之幸。」此刻的我雖有醉態，神智卻很清醒。

「既你已認定我爲莫逆之交，那我問你一件事，切要如實相告。」他盯著我半晌，似乎作了什麼決定，終於開口了，「你是潘玉。」

「對，我是。」絲毫沒有猶豫，脫口而出，再看看他的表情，很平靜，顯然他很早就料到我的身分了。我勾起淡笑，也問：「既我如實相告，你能否對我坦誠相待？皇位，依舊是你的夙願？」

「是，從未放棄過。」他亦如當年在軍帳內，肯定地對我交代著，無欺瞞，「皇上……納蘭祈佑，是否你心之所愛？」

他的這個問題讓我的笑容一僵，隨即斂去，他……如何得知我與祈佑之事？良久我都未出一語，只是爲自己斟上一杯酒一飲而盡，未盡興，又是一杯。連續五杯，直到祈星按住我置於壺上的手，阻止我繼續喝下去，方終止。

他說：「既你不願相告，我也不強你所難。」

我一直低著頭，凝望手中緊捏著的酒杯，而杯底早已見空，我一聲苦笑，「是的，我愛他。」

當我再次醒來之時已是第二日的晌午，日上三竿，驕陽似火。我揉著昏沉的太陽穴，迷迷糊糊地睜開眼簾，正對上一雙關切擔憂的水眸。我的意識還未反應過來，她就小心地扶著我倚上睡枕，「終於醒了？」

「娘娘，您怎麼在這兒？」我的喉嚨乾澀，說出來的聲音都是有氣無力的。

「今早沒見你來伺候，問起南月才知道你宿醉未醒，故前來看看。」她的聲音輕柔如水，讓我漸漸沉重的心也放下。

我再望望雲珠身後的南月，奇怪之餘就開口詢問：「昨夜……我怎麼回來的？」

「晉南王的侍衛將你送回來的。」她的表情古怪，我心中的疑惑更深，難道我昨夜很失態？努力回想著昨夜發生的事，卻始終無法記起，不會說了什麼不該說的話，又或是酒後亂性？

「雪海，你與晉南王認識？」雲珠的眼中也出現了疑慮。

「不是的，我無意中碰見他……後與他喝了兩杯。」我絲毫沒底氣地解釋著，這就是貪杯的下場，以後再也不喝那麼多了。「對了，娘娘您今日可有服藥？」我立刻轉移著話題。

「一個時辰前已服下。對了，你這個方子還挺管用，連續服了兩個月，這疤痕雖依舊可見，卻已無隱痛，更沒以往那麼駭人。」她欣喜地撫上左頰那塊刺目驚心的疤痕。

「娘娘若堅持繼續服食此藥，所有隱痛都會消失的。」這個方子正是當年那位神醫開給我的藥方，雖說是為我重新易了一張臉，但隱於臉下的疤痕卻時常隱隱作痛，折磨得我身心痛楚。直到神醫研究出一個藥方，我持續喝了半年，疼痛根除。所以我就想，雖然雲珠的臉受傷多年，但此藥方若用在雲珠臉上應該也會見效，所以斗膽一試。果不其然，不只她的疼痛消失，就連疤痕上的血黑之色也漸褪，真不愧為天下第一神醫所開之方。

「那我臉上的疤痕……」她期待地凝視著我。

我輕輕搖頭，若此藥真能驅除這駭目之痕，當初他就不會為我換臉。她略微有些失望地垮下雙肩，不過很快就平復下來，扯出笑容道：「你的事辦得如何？」

我不說話，只是望望依舊立於其後的南月，南月一對上我的目光，了然地福身道：「奴婢去為娘娘準備午膳。」

待南月退下後，我才放下戒備，輕附在她耳邊低語：「十日後的中秋之夜……」

七日後我又去了中宮的碧玉湖，我希望能碰見祈星，有很重要的事要請他幫忙。天映水，秋已半，夜稀愁，幕輕風，盡消瘦。如今螢火蟲已漸漸稀少，只是偶爾驚了荊條叢，會從裡邊飛出三兩隻，於此幽暗寂寥之處略顯驚豔。

我越過草叢，坐於湖岸邊，雙腳懸空而輕揚，時而將平靜的水面拂漾出一圈圈水波。自上回在錦承殿內喝醉到如今，我都未再來此，我只是擔心那日的醉酒說了一些不該說的話，畢竟後面的事我全不記得了。

仰望漆黑的夜空，竟不見新月。過兩日就是中秋，難道月亮也不願意出現在這孤寂無情的紅牆高瓦中嗎？

「我以爲你在躲我。」是祈星戲謔的聲音，我很驚訝，根本沒有抱多大希望他會來此，他堂堂王爺哪有那麼多空閒之時來這荒無人煙的地方閒逛？

側首望著他與我並肩坐下，不自覺露出點尷尬之色，「那天晚上……我是不是很失態？」

他低頭凝望水面，聲音伴隨著輕笑而逸出口，「讓我見識到不一樣的你。」

我靜靜地考量他這句話的眞實含意，他又開口了，「說吧，有什麼事找我。」

我一聲低笑，他還眞瞭解我，就料到我來找他是有事求他幫忙，既然他都已經猜到，我也不拐彎抹角了，從衣襟內取出一張已摺疊成方形的箋紙遞給他，「盼你將這個在中秋之日交給皇上。」

他接過，攤開細瞧，由於天色無光，他要靠很近才能看清，「落香散盡復空杳，夢斷姿雅臨末泉。」

他淺吟完就將其收入懷中，爽快地答應下來：「沒問題。」他一如四年前，對於我的所作所為不多問隻字片語。

突然，幾點雨水打在我臉上，我望望天空，「下雨啦！」難怪今夜月蔽雲遮，空氣沉鬱，原來是大雨將至的前兆。

我與他立刻離開碧玉湖，衝至迴廊避雨。幸好雨不是特別大，我們也跑得及時，只是濕了我額前的流蘇。才站一會兒，雨卻越發下得大，似乎沒有停下的意思。

秋雨拂盡寒葉殘，滿院落紅香斂去。一時間我們竟無言相對，並肩立於長廊邊緣望紛紛雨水拍打在泥土間，飛濺至我們的衣角邊。

「皇兄？剛去向母妃問安，聽她說你早就回府，怎麼還會在此？」說話的是朝我們迎面走來的靈月公主，她一襲紫衣鳳錦緞裁剪的百褶裙，頭頂飛月流風髻，珠翠首飾金光閃耀全身，身後站著的卻是多月未見，於我有救命之恩的韓冥，一身黑衣風袍，烏黑的髮絲全由一條金縷龍綢帶繫於腦後，不失貴氣。

他看見我時，臉帶驚訝之色，卻又礙於旁人，未出聲詢問，我則是平靜地向他們行禮。

「皇兄，你什麼時候對這樣的小宮女有興趣了？」靈月公主的眼光在我臉上徘徊片刻，「生得倒還算水靈乖巧，只不過……合你口味？」話語中充斥著玩笑之氣。

「靈月，別瞎胡鬧。」祈星的聲音多了幾分凌厲。

她不但沒因祈星的話而收斂，反而繼續向我問道：「你叫什麼名字，哪個宮的奴才？我向你們主子討要了你怎樣？」

「她叫雪海，翩舞閣繡貴嬪身邊的丫頭。」祈星沒有反駁她，只是將我的身分告知於她，我還在奇怪他的聲音為何多了幾分警示之意，就發現靈月的臉色變了。

「繡貴嬪？」聲音一個轉調，格外嚴肅，卻又暗藏幾分凌厲，這是為何？難道雲珠在這後宮真的已成為眾矢之的？

「好了，靈月。」祈星的聲音落下，此長廊又轉為一片安靜，各懷心事，氣氛開始變詭異，在提到雲珠後，靈月就不說話了，這其中定然有原因，我一定要弄清楚，才能保雲珠在後宮安然生存下去。但眼前最重要的是一定要讓皇上寵幸雲珠，這才是確保她安危的保命符。

中秋佳節，秋高氣爽，和煦風布暖。雖早就聽聞奴才們說起，皇上今日會與靜夫人共度，任何人都不許滋擾，我與雲珠卻還是早早就至未泉殿的庭院內等待著皇上駕臨，雲珠很緊張，交握的雙手緊緊扣在一起，關節泛白，無一絲血色，這樣的她我還是第一次見，從何時起祈佑在她心中的地位竟如此根深柢固？

我望著身後那扇緊閉著的門，回憶如泉湧入腦海，就在裡面，他說過，要我做他名正言順的妻子，我與他之間的感情也僅有一句縹緲的承諾而已。今日所做之舉，不僅為雲珠，更為想確定如今的馥雅在他心目中的地位。

夜幕低垂，筱牆蘚階蛩切，明月如盤懸於蒼穹睥睨天下萬物。我累了，孤坐廊前凝月，影子漸長遞寒，風飄袂。而雲珠則呆呆地站在庭院中央，凝眸而望，眼中的光彩由最初的期待轉為黯淡失望，可她依舊癡癡凝望。

他，真的不來了嗎？還是祈星未將那句詩交予他手中？又或是他根本沒看懂其中之意？

「雪海，我們……」雲珠收回視線，望著我，似乎已經放棄了。

「皇上駕到——」一聲高亢的吆喝打破了這哀傷的氣氛，我與雲珠跪下行禮，他淡淡地掃了我們一眼，揮手示意我們平身。

「落香散盡復空杳，夢斷姿雅臨未泉。」他將我寫在箋紙上的話念了出口，「你大費周章地請朕來此是何目的？」

「皇上，您與娘娘進屋談吧。」我立刻出聲插了進去，現在的雲珠說再多都是枉然，只有進了那間屋子才能繼續說下去。

他倏然側首用犀利的眸子盯著我半晌，終究還是收回目光，將深邃失望的目光轉向雲珠，「有什麼話就在這兒說，靜夫人在等朕。」

「皇上，夜寒露重，請先進屋吧。」她輕聲細語地懇求著。

他深吸一口氣，沉思片刻，終是移步朝屋前走去。我小跑至前，爲其開門。「吱——」一聲輕響傳遍空寂之庭。屋子內綠光乍現，原本暗然之地卻已縈繞著漫天螢火蟲，若隱若現，忽明忽暗。

祈佑驚訝地踏進門檻，眼眸一眨不眨地盯著四周，也不知在想什麼。雲珠緊隨其後而入，幾隻螢火蟲由門內飛出，彷彿得到自由，漫漫朝上方飛舞向遠方，最後隱遁而去。

「皇上，這滿屋的螢火蟲是娘娘連日來耗盡心力捕捉而來，每一隻都代表她的一個願望，希望她的姐姐在天上能過得幸福快樂。」我的聲音雖小，卻字字鏗鏘有力。

「姐姐……？」他收回被此景震撼的眸子，回首深望了我一眼。再看雲珠，可以清楚地瞧見他的眸子已無初時的漠然。

雲珠用力點頭，「在臣妾心中早已將姑娘當做親姐姐，今日乃中秋團圓之夜，臣妾怕姐姐一個人太孤單，故請皇上前來此處，欲與您共同陪伴姐姐度過今夜，讓她知道，還有人正在惦念著她，從未忘記過。」她的聲音哽咽，帶著哭腔。

望著祈佑的目光由驚訝轉為哀傷，我小步後退，順手將門輕輕闔上，給他們一個安靜獨處的機會。門一絲絲地相掩，最後緊閉，阻絕了我與祈佑。我的手指深深地掐進赤紅朱木門，為什麼，我的心要痛？裡面那個是我妹妹，不可以，怎麼可以痛。這是我欠她的，既然欠了，就該還的。

鬆開緊掐的雙手，轉身欲離開，卻隱隱聽見裡面傳來雲珠的聲音，「皇上，就讓臣妾代替姐姐來愛您。」

我笑了，苦澀之淚卻從眼角滑落。對，就讓她來代替我愛你，我相信，她做得絕對會比我好，我放手了，納蘭祈佑，我徹底放手了。

湖光煙靄中，風勁落紅如剪，爽氣颯秋，蕭瑟西風滿院殘。

我倚坐在未泉宮門外冰涼的石階上，不敢在庭院繼續待下去，只怕自己會控制不住而衝進去，雙拳緊握，指尖深深掐進手心，卻感覺不到疼痛。曾經我以為自己會不在乎，以為我可以很大方地笑看他們恩愛甜蜜，然而我卻錯了，錯得離譜。

今日我證實了一件事，祈佑依舊愛著我，從來沒有變過。我本該開心的，可是我卻開心不起來。天底下最讓人肝腸寸斷的事，不是上窮碧落，不是兩處茫茫，而是我就站在你面前，你卻認不出我。

「問世間情為何物……」

原本的思緒因這一句話而回神，迷茫地望著倚在我對面高牆邊的韓冥。「這麼俗的詩你也拿出來念。」輕哼伴著輕笑，我狠狠地頂了他一句。

「那我該說些什麼？這個世上只有月光是最乾淨的？」他仰望明月，輕笑而語，再見他卻發現，原來他的臉上多出了許多滄桑，這幾個月，他過得不好嗎？

我只是怔怔地盯著他，沒有說話，他收回目光，瞅著我，正好對上我的目光，「當我聽周圍孩子說起你被官兵徵召進宮了，我就沒想過要再找你。因爲我知道，以你的才智，完全可以躲過此劫，而你卻進來了，唯一可以解釋的就是，你自願而來，你還是放不下他。」他的目光幾乎要將我看穿，「可是今日，你卻將自己最愛的人推到繡貴嬪身邊去，這就是你進宮的眞實目的？」

我依舊不語，淡漠地望著他，但是我的心早就因他的話而崩潰。如果可以，我眞的很想大哭一場，但是我不能。曾經，即使再疼，再苦，我都不會哭出聲，我不可以。

「你是膽怯，所以不敢與他相認，你怕自己這張臉他會厭惡是嗎？」他的聲聲質問抨擊到我的痛處，我大聲否認，「不是！」

他突然衝上前，抓住我的手腕，「好，那我現在就帶你去見他，親口告訴他，你就是潘玉。」

「不要……」我立刻想甩開他的手，可是他握得很緊，我無法甩開，可是我仍用力掙扎，感覺手腕都要脫臼，疼痛椎心襲擊全身。

他見我瘋狂地掙扎，立刻鬆開了我的手，我狠狠地跌坐在地上，雙手撐在地面，眼淚悄悄地滑過，滴至手背、地面。「是，我懦弱，我愚蠢，可是這就是我，那又怎樣？」

他蹲下身子，伸手撫過我臉上的淚痕，「對不起！」

「在他心中，我早就已經死了。既然他已認定我死，爲何又要重新出現在他面前？就算出現了又能怎樣，我這張臉下，有多麼醜陋……他身爲一國之君，怎能要這樣一個女子爲妃……況且……」況且，我還是夏國逃亡的公主，若我的身分被揭穿，那祈佑當初對太子的陰謀不就昭然若揭？

他突然將我擁進懷中，我驚訝地望著他，想掙扎出來。他卻用了更大的力氣將我摟在懷中，用平靜的語氣說：「容貌，並不是全部，在我心中，你永遠貌若天仙。」

第五章　唯有香如故

翌日，專侍養心殿的總管太監徐公公帶著皇上的冊封繡貴嬪為繡昭容的旨意來到翩舞閣，後面還有二十來個太監宮女手捧珠寶綢緞而來。

「皇上有賞，金鳳五隻，嵌五等東珠二十五顆，內無光七顆，碎小正珠一百二十顆，內烏拉正珠兩顆。」

「皇上有賞，帽前金花兩枚，嵌五等東珠兩顆。」

「皇上有賞，金嵌珊瑚項圈一圍，嵌二等東珠五顆，五等東珠兩顆。」

「皇上有賞……」

僅在一夜間，繡貴嬪連晉三級為昭容，位僅次於皇后和三夫人，所有的人都不敢相信，這樣一個身分卑微、容貌醜陋之人竟能得到皇上如此的寵愛，奴才們更是眾說紛紜。他們只知道在中秋之夜，皇上拋下最為寵愛的靜夫人而在未泉殿寵幸了醜繡貴嬪，卻沒有人知道其中的真正緣由。

一連五日，皇上都親臨翩舞閣，寵幸繡昭容，甚至下完早朝就直奔翩舞閣，與之閒聊對弈品茗。每日來翩舞閣拜訪的小主與妃嬪更是絡繹不絕，頃刻間，繡昭容的勢頭將靜夫人的光芒壓下。

望著如今的翩舞閣，早已不同往日。可是我卻憂心了，鋒芒畢露很容易腹背受敵，況且雲珠在朝廷上根本沒有可以支持她的後盾，太危險。

「我真的很好奇，你如何一夜間讓繡昭容得寵。」南月好奇地擠到我床榻上詢問，滿臉期待著我會告訴她。

莞爾一笑，將溜至腰間的被褥往上扯扯，「娘娘原本就天生麗質，一朝得寵很平常啊。」

她白了我一眼，「你只會敷衍我，早知道就不問了。」她挪挪自己的位置，又朝我靠近了一些，小聲地問：「你到底是繡昭容的什麼人，為何這麼賣命地幫她？親戚？姐姐？」

我仔細望著她的表情，想從中尋找出端倪，「你想多了，只要主子受寵，奴才當然也就沾光了。」

她微微低著頭，輕搖頭，「你認為她能受寵多久，一個月？半年？在這後宮三千佳麗中，多少鶯燕，而娘娘她既無傾世美貌，更無靠山，終會被皇上遺忘的。」

「你深有感觸？」聽著她的話，我才驚覺她一點兒也不簡單，她到底是什麼身分，來到翩舞閣又有什麼目的？

「睡吧。」她爬下我的床榻，那一瞬間，我在她的眸中看見一閃而過的亮光，我的疑惑再次加深。一切似乎都衝著雲珠而來，那麼雲珠到底因何事引火上身？難道她發現了什麼不可告人的秘密？其中的千絲萬縷我怎麼也理不出個頭緒。

以祈佑的聰明才智來看，不會不知道祈星的野心。那麼現在的祈星正處在懸崖邊緣，只要祈佑下定決心推開他，他就會陷入萬劫不復之地。可是這一年來，祈佑不僅沒有著手對付這個對自己極有威脅的哥哥，反而將靈月公主賜婚於韓冥，他難道不怕韓冥倒戈，與祈星連成一線對付他？他到底想做什麼，雲珠與這場宮闈爭鬥又有何關聯？

閣內檀香陣陣撲鼻，金猊香爐餘煙嫋嫋輕散，籠罩著四周，溫馨之感油然而生。皇上下了早朝又來到翩舞閣小坐，突然興起竟與繡昭容對弈棋局。我在一旁伺候著，目光也一直停留在棋局上，她已經連輸三局了，這第四局怕是又要慘敗，皇上用引蛇出洞的計謀將她一步步誘進自己的圈套，最後將她的白子逼入絕境。

「不玩了，又輸。」繡昭容將手中棋子丟進盒中，棋子間的相碰，發出清脆聲響。

皇上勾起一笑，「你的棋藝還稍欠火候。」拿起手側的漢玉璧杯，小吮一口香茶。

我看著他們倆和睦甜蜜地相處著，心中的喜悅卻多過苦澀，這樣的情形真像四年前啊。雲珠的那句「只求今生能伴在姑娘與主子身邊，別無所求」至今仍令我記憶猶新，現在我們仨又重聚小閣，雖然你們不識我，但是能伴在你們身邊，此生我亦無憾。現在，祈佑與雲珠，就是我的主子。

「如果皇上能贏了雪海，臣妾就服輸。」她突然起身拉過我的手，輕輕地將我推到皇上面前。

皇上若有所思地望了我一眼，「她就是那日冒犯靜夫人的奴才？」犀利的目光來回在我身上打轉，我慌亂地低下頭迴避他的目光，「正是奴婢。」

「你的膽子還眞大。」他的聲音似乎永遠都是淡雅如水，清風遐邇，聽不出喜怒，這才是他最可怕的地方。

「皇上，其實那日是靜夫人先……」我想將那日的情況和盤托出，我很肯定，雲珠絲毫沒在他面前爲自己辯解過。

「好了，後宮這些瑣碎事朕沒有興趣知道。」聲音中夾雜著不耐之色，顯然他早就了然這後宮妃嬪間的相互爭鬥謀權，只是充耳不聞罷了。「陪朕下一局。」

我不自然地坐下，身子在椅子上輕挪了一會兒。我從沒想過，今日可以面對面地與他同坐對弈，顫抖著從盒中取出一枚白子，輕輕地落在棋盤正中。

此局，我們下了一個時辰才結束，我輸他十子。「皇上棋藝精湛，奴才獻醜。」我即刻從椅子上起身。

他將半倚著的身子坐正，細細地打量著我，目光熾熱灼人。我的手心、額頭已溢出冷汗。他，到底在看什麼？

雲珠也發覺這古怪的氣氛，霍然出聲打破，「皇上，她的棋藝不錯吧？」

「的確不錯，但是，不是棋藝，而是心思。」他犀眸依舊徘徊在我臉上，「一邊要考慮著如何應對朕的攻勢，另一邊還要考慮著如何不著痕跡地輸給我。」

聽完他的話，我不語，算是默認吧。雖然他的棋藝堪稱一絕，我若要贏他也沒多大把握。但他畢竟是九五之尊的帝王，我若盡全力卻不小心贏了他，龍顏大怒，又要拖我下去杖責六十大板。我可沒那個膽子去挑戰皇上的威嚴。

「朕現在讓你賦詞一首。」他似忽然興起，又似故意刁難地出了一題。

我心下拿不定主意，便側首望望雲珠，卻見她薄笑點頭，示意我可以賦詞。我收回視線，靜靜地閉上眼簾，那一瞬間浮現在我腦海中的是中秋之日，雲珠於庭院中癡癡守望的孤寂身影，倏然睜開眼簾，脫口吟出：

落花飛舞，寒光掠影輕羅衫。

倚門望，凝眸思語，鬱鬱殤紅顏。

黯然回首，輕舟泛水水空流。

雁單飛，淚落無痕，淒淒魂飛苦。

我的聲音戛然而止，閣內驟然沉寂無聲，卻見祈佑豁然彈身而起，「你的詞，還未賦完。」這一聲驚了雲珠，也驚了我。我們怔怔地望著情緒略微有些波動的他。

「皇上，奴才已然賦完。」我平復心境，倩兮一笑，保持自然之態。

他凌厲地盯著我，似不甘休，啓脣想再問，卻有一個比他更快的聲音由外邊傳來：「皇上，靜夫人在御花園昏倒了。」

皇上最終還是與靜夫人的奴才芷清匆匆離去，我只是嘲諷一笑，昏倒這個藉口雖不夠新鮮，但他還是去了。選擇權在祈佑身上不是嗎？他因爲在乎她，即使知道是假，卻還是選擇去了。繡昭容並不是特別在意他的離去，或許她認爲現在得到的恩寵已經夠多了，她眞的很容易滿足。

她吐出一口涼氣，輕靠上錦衾貂毛椅上，似乎累了。我至她身邊輕輕地爲她捏著雙肩，讓她緩和倦態。

「你那首詞未完吧？」她的聲音很低沉，此起彼伏顯得縹緲不眞實，「在皇上面前不便吟出，在我面前也不行嗎？」

手中的動作僵住，悵然側首仰望窗外，苦澀湧上心頭，卻悠然一笑，「後面幾句俗得很。」深深地吸了口氣，才吟念道：

爲情傷，淚似輕紗飄風隨影去。

爲情累，雨若悲秋紛飛孤城壁。

人面桃花，宮寂悲愴，紅牆朱門，庭院深鎖。

傾國傾城也枉然。

酸澀之感湧上眼眶，心頭一熱，淚凝在眶。此詞前段是雲珠的相思之苦，後段卻是我此刻最眞實的心境。當我將目光從窗外收回來之時，雲珠回首凝望我，眼眶也有一層薄薄的霧氣。

「雪海，怎麼辦呢？我對你很好奇。」她雖蘊著笑，但我卻能體會到她那張笑容背後深藏著的苦澀，「雖生得一張普通的容貌，卻無法讓人忽視你的存在，你身上那股高貴出塵的氣質莫說本宮比不上，就連靜夫人也稍遜三分。言談舉止更是風雅猶絕，文采出眾，詩詞精湛，實乃奇女子。可你爲何入宮呢？爲何又要幫我呢？爲何你能引得一向冷靜的皇上動容呢？爲何……我對你似曾相識呢？」她似在低喃淺吟自語，又彷彿在向我質疑詢問。

「娘娘一連四個『爲何』，奴才該如何回答您呢？」我悵惘一歎，心愈發壓抑躁動，是被這個皇宮所逼嗎？心頭彷彿有一塊千鈞大石壓在我心頭，我無法移動它分毫。

她緩緩地將身子坐正，再慢慢地癱軟到椅中，沉沉地閉上眼簾，不再說話，也不知在想些什麼。

「奴才想問娘娘一個問題。」我沒得到她的回應，但我知道她在聽，就繼續問了下去，「皇上眞的只因你救過那位姑娘而冊封你嗎？」

依舊緊閉雙目，閉口不答任何一個字，但她胸口紊亂的起伏已經給了我答案。雲珠，眞的是個很單純的孩子，連騙人，都不會呢。

當夜我就聽聞一樁消息，靜夫人已懷有一個多月的身孕，皇上高興之餘設宴養心殿，請眾妃嬪前去赴宴慶賀，畢竟靜夫人是第一個爲皇上懷上子嗣的妃嬪。所謂「不孝有三，無後爲大」，如今有了子嗣就能更加穩固皇室根基。

今夜我本想為雲珠盛裝打扮一番出席晚宴，她卻拒絕了，只讓我為她稍施粉掩去疤痕，我知道她的用意，她不想與眾妃爭奇鬥豔。在這後宮像雲珠這樣沒有欲望和城府的女子已經寥寥無幾了。

我與南月伴著她至養心殿，裡面芸芸眾妃已不下二十人，個個美豔絕倫，爭相鬥妍。坐在皇上左側的正是當年的韓昭儀，如今的韓太后，她已三十有餘，依舊風華絕代，冰肌玉骨，只是眉宇間少了當年的風情萬種，嫵媚嬌柔，多了一分成熟老練，肅穆嚴謹。右側坐的是祈佑的皇后杜莞，她一直溫婉煦笑，神情自若，當了皇后就是不一樣，學會了冷靜自持，這麼多年來，她應該收斂了不少。杜莞下首是一臉疲倦卻依舊自負的溫靜若。

靜夫人，鼻膩鵝脂，香培玉琢，其素若何，珠翠輝輝，觀之高傲。

鄧夫人，翩躚婀娜，纖腰楚楚，蛾眉顰笑，唇綻如花，榴齒含貝。

陸昭儀，明眸皓齒，柔媚嬌倩，皎若朝霞，珠光寶氣，光豔照人。

妍貴人，蓮步乍移，回風舞雪，冰清玉骨，其神若何，淡雅高貴。

華美人，淡掃蛾眉，質美如蘭，香嬌玉嫩，盈盈秋水，仙姿玉色。

惠才人，月眉星目，綽約多姿，珠圍翠繞，秀色可餐，分外妖嬈。

……

這些就是祈佑的後宮啊，皆是天姿國色，令人看一眼已難忘。我不禁昂首望著居於龍椅之上的祈佑，俊雅秀目，龍章鳳姿，皓齒朱唇，眸若深潭，神儀明秀，渾身上下都散發著王者氣派，令人只可遠觀，而不敢褻瀆。

在與韓太后低語的他突然轉頭朝我這兒望來，目光鎖定的不是別人，正是我。也許是被他彷若深潭的眸子吸引住，我一時竟忘了移開目光，就這樣靜靜地與他對視。

「雪海，在她們中，是不是我最醜？」繡昭容一聲低喚將我敲醒，我倉皇地移開目光，不自然地回道：「娘娘，您一定要有信心。」

我藏於衣袖中的手緩緩握拳，剛才那分傷感哀傷，我眞眞切切地體會到，那是壓抑許久已死亡的心，因他的目光再次獲得重生，那種久違的心動，可以稱之爲幸福、甜蜜嗎？那一瞬間……屬於我的也僅有那一瞬間的注視而已。

這次的晚宴在祥和安逸中結束，靜夫人由皇上親自送回百鶯宮，其他嬪妃也都各自回宮。而韓太后卻將繡昭容叫住，喊往太后殿。一路上她也只是閒話家常地慰問幾句，也無鋒芒畢露的問題，但是我知道，絕對不只慰問幾句這麼簡單。

梧桐臨風枝搖散，晚來溢清寒，稍攏衣襟禦小寒。隨著太后至金碧輝煌、莊嚴肅穆的太后殿，韓冥就迎了出來，我一見到是他，立刻低下頭不去注視他，心中又想起中秋之日他對我說的話。

「只要你願意，我現在就向皇上要了你，你便不用再承受如此傷痛。」

那一刻，我眞的動搖了，很想開口答應，但是我的心不允許，不允許我的心裡裝著祈佑卻與韓冥在一起，不允許我拋下身邊孤立無援的雲珠而離開，所以我拒絕了，狠狠地拒絕了。

「不可能，我的心只有一顆，它全給了一個人，那就是納蘭祈佑。」

他聽完我的話後就笑了，笑得輕狂，夾帶著幾分凌傲。這樣的他，我第一次見。

「你猜，太后、侯爺與娘娘在裡面說些什麼？」南月將頭湊了過來問我，擾亂了我的心緒。

我微惱地望著一臉詭笑的她：「你很想知道？」

她即刻點頭表示她的好奇，「若普通之事根本無須將我們支開留在殿外，肯定有什麼不可告人的秘密。」

「做奴才的還是守好自己的本分爲先。」我口上雖是訓斥警告，心中卻也頓然生疑，雲珠竟與韓太后也有牽扯。

直到雲珠一臉慘白地從太后殿內走出，腳步虛浮，目光呆滯，我擔憂地伸手想去扶她，卻被她一把甩開。我怔然地望著情緒波動變大的她，更肯定了我的猜測。雲珠一定知道某個不可告人的秘密，牽涉了韓太后、韓冥、明太妃、祈星、靈月，甚至……祈佑。那麼，到底是什麼秘密，竟然牽涉了這麼多大人物？

當我還未將問題理清時，雲珠猝然倒地，寒風曉霧，暗塵飛舞。

雲珠的暈倒使原本打算於百鶯宮安寢的祈佑改變了心意，他頂著漫天小霧趕到翩舞閣，我瞧見他凝望雲珠的目光，是心疼，是自責，還有愧疚。

她躺在軟榻上不住地輕咳，這個病情從我第一日來到翩舞閣就已警覺，多次勸她請御醫，她卻怎麼也不肯，總說是小病。「皇上，請位御醫給娘娘瞧瞧吧！」

「不……不要請……御醫。」雲珠著急地接下我的話，此時已語不成句。

祈佑緊緊握著雲珠的手，彷彿有千言萬語要說，口中卻沒吐出一個字。

「主子……」雲珠突然一改稱呼，喚他爲主子，「雲珠不怕死……只是捨不得主子呀……您孤寂了一生，雲珠眞的不忍心離開……」她眉頭因疼痛而深鎖，目光湧現不捨。

祈佑依舊沒有吐出隻字片語，我的心如刀割，不好的預感湧出，似乎……似乎……我不敢相信地搖頭，他眞的要將雲珠推上絕路嗎？「不……您不能死。」我大喊一聲，衝跪到榻前，緊緊摟著她，生怕一鬆手，她就會永遠閉上眼睛，「娘娘只不過是患了小小風寒，喝幾帖藥就會好了，怎麼會死！」

「傳朕旨意，」祈佑突然鬆開她的手，由榻上起身，轉而望向窗外漆黑的夜色，「繡昭容，溫婉端莊，聰慧靈巧，深得朕心，冊封為正一品繡夫人。」

聽完這個旨意，我的手一鬆，癱坐在地，冷笑。他以為雲珠要的是身分地位嗎？我的不諒解、我的恨立刻湧上心頭，全歸咎於祈佑。他為什麼不請御醫來為雲珠診脈？他為什麼到此時都不願給雲珠一句體貼關懷的話語？他為什麼……要將雲珠推開？他是一國之君，連自己的女人都保護不了，那他費盡心機登上皇位又有何意義?!

那夜皇上與我一同陪伴在雲珠的床榻邊伴她入睡，一刻也沒有闔眼。在沉睡中的她很安詳，只是不時輕咳幾聲，在安靜的寢宮內格外響亮，回聲蔓延到最深處。「皇上你走吧，這裡有我照顧著。」

他突然緊握我的手腕，鷙戾冷凝地望著我，「你是誰?!」

我全身僵著不敢動，也不敢抽回手腕，無力地回望著他質問的眼神，張了張口卻無法吐出一個字，他認出我了嗎？我的心裡有些期待。

他掐住我的手卻更用力了，「你與祈星什麼關係，他為何要幫你送信？」

一陣輕笑逸出口，我低著頭，依舊沒有說話。原來是我的奢望，他怎麼可能認出這樣的我，在他心中我早已死去。「他派你來翩舞閣監視雲珠的？」

我用力想抽回手，卻怎麼也無法掙脫，「奴才不懂皇上的意思。」

「是麼？」他突然鬆開了手，我整個人重重地跌坐在地上，疼痛由下半身蔓延至全身。我凝眸笑望他，帶著一絲嘲諷，「繡夫人如今已危在旦夕，您還有心抓奸細。」

他的眼中突然閃出一絲無措，迷茫地望著我，「你……」他突然伸手想扶跌在地上的我，我倏然甩開他的手，很用力地甩開。

「那日祈星還告訴朕，你就是潘玉，他以爲找個聲音、背影與她神似的女人來到朕身邊，他的計謀就能實現？」他突然笑了起來，我卻完全怔住，祈星……祈星？

那日在錦承殿的一幕幕突然由我腦海中閃過……

我一直低著頭，凝望手中緊捏著的酒杯，而杯底早已見空，我一聲苦笑，「是的，我愛他。」

「雲珠到底是誰？」他倒下一杯酒一口飲盡。

「雲珠……是沈詢的女兒，她的命運眞的很不幸，你若能幫到她，就幫幫她吧。」我又爲自己斟上一杯酒飲下。

「沈詢？那麼皇上……」他突然輕笑，放下酒杯凝望著我，眼中有著了然。我看不懂，我的思緒已經無法思考，最後倒在桌案邊，不省人事。

我垂下頭，淚水沿著眼角滴至冰涼的地面，水漬在地上蔓延了好大一片，我的淚不是爲祈佑不能認出我而流，而是爲祈星。原來，他一直也在利用我，他故意將我灌醉，想套我的話，那句「能與之結爲莫逆知心之交，無關風月，乃我之幸」眞是一個天大的笑話，我眞沒有想到，出賣雲珠，出賣雲珠的人，是我，竟然是我。

他見我不說話，以爲我默認了，口中卻傳來一聲細微的歎息聲，似乎有些失望，「你，現在就離開翩舞閣，離開雲珠。替朕給祈星帶句話，安分一點，朕對他的容忍已到達極限。」

我猛然從地上爬起來，傻傻地望了他一眼，提步就衝出寢殿，南月卻在外面將我攔住，她用奇怪的目光望了望敞開的宮門，再望望我，「你去哪？」

「讓開！」我心情躁動，口氣冰冷。

「想知道眞相的話，隨我來。」南月的唇邊勾起一抹輕笑，笑得嬌媚，我也笑了，我果然沒猜錯，她眞的是奸細。祈星派來的奸細是嗎？那麼就由她帶我去揭曉這個謎底吧。

當我再次踏入錦承殿之時，祈星依舊在殿中央擺放了一張小桌案，四個家常小菜、一壺陳年花雕。我尾隨南月身後朝他走去，他滿滿地斟上一杯酒端至我面前，我立刻揚手揮開，酒杯從他手中飛出，酒灑了滿地，玉杯在地面來回翻滾了好幾個圈才停住。

「爲什麼？」此刻的我心中只有這三個字要問。

「你都知道了。」他勾勾嘴角，神情淡漠，不形於色。

「我問你爲什麼？」我再也克制不住心裡的激動，朝他大吼而出。他爲什麼連我都要利用，皇位眞的能令人喪失理智，出賣靈魂嗎？

他淡漠的目光突然轉爲傷痛，後轉爲瘋狂，「因爲他害死了父皇。」他雙手一揮，掀翻了桌上所有的盤子，劈裡啪啦摔在地上發出駭人的聲響。

我冷笑，他的藉口未免太牽強了吧？先帝是他的親生父親，且答應要傳位於他，祈佑根本沒有理由害死先帝，更何況，天下人都知道，先帝是積勞成疾而病逝。

「我知道你不相信，但是你必須信，父皇就是納蘭祈佑害死的。」他恨恨地瞪著我，食指一伸，筆直地指著我，「始作俑者就是你，潘玉！或者稱你爲馥雅公主更爲恰當吧。」

「我不懂你在說什麼。」我無力地後退幾步，再無多餘的力氣站正身子，他……怎麼會知道？

「你很奇怪我是如何得知你與祈佑的關係，又是如何得知你的眞實身分，父皇又爲何因你而死吧？」他輕笑，收起激動的情緒。

「那日攬月樓無故發生的一場大火，潘玉被活活燒死在裡面，當我趕到的時候，清楚地看見一向冷靜自持的祈佑激動地望著那具面目全非已被燒焦的屍體，流下了幾滴眼淚。當時我就奇怪，他爲何而哭，爲你嗎？那麼你是他什麼人，你們之間又是何關係？但是我卻沒有多加細想。

「直到陰山之戰，你活生生地出現在我面前，求我放過卞國丞相，你與連城究竟是什麼關係，爲何要躲著不敢見祈佑，攬月樓那場大火又是怎麼一回事，是誰的傑作？」他將一個個問題清晰地分析出來呈現在我面前。

「那麼，你如何找到答案的？」我僵硬著聲音詢問。我總認爲祈星瞭解我、體諒我，什麼都不會多問，原來我錯了，他不是不問，是將所有的疑惑放在心裡，事後去細查，我卻傻傻地認爲，他將我視爲知己朋友，多麼可笑。

「當然是從你那位膽小懦弱又貪錢的父親潘仁那兒得知。」他從懷中取出一方錦帕擦拭著手中因掀盤而沾到的油漬，「我一直奇怪你與他的關係，根本不像父女。那夜我就連夜派人將他遠在蘇州的妻子、女兒擄來，逼他講出你的身分，他害怕之餘將所有的事和盤托出，你與祈佑的身分就已了然。那麼你到底是誰？於是我派人拿著你的畫像四處打聽，終於從夏國的一位官員口中得知，你就是夏國曾經的馥雅公主。那麼你來亓國的目的就是爲了復國，你與連城的關係也已昭然若揭。」

「對，你說的一點兒也沒錯。」我很佩服他的才智，原來是我小看了他，一直以爲他只會打仗，對於皇室中複雜的爭鬥根本一無所知，是他隱藏得太好，還是我太相信他了？

他將手中沾滿污漬的錦帕丟至地上，「我還眞是小看了七弟，一直以爲他清心寡欲，與世無爭，卻萬萬沒料到，他比誰的野心都要大。

「當後來，父皇開始信任他，慢慢地將兵權轉交於他，我就想到攬月樓那場大火。有能力讓攬月樓突然著火，又讓所有人誤以爲潘玉已死的只有父皇一個。這一切全告訴了我，父皇想將皇位傳給祈佑，其用心良苦連我都妒忌。從那一刻起，我就放棄了爭奪那個寶座的念頭。」他的神色哀傷，語氣中也有著不甘心。

「兩年前，身強力壯的父皇突然染上了癆病，身子不行了，每日不斷輕咳，愈發地嚴重厲害，所有御醫都說父皇是勞累成疾。一年後，父皇病逝養心殿，當日，主治父皇病情的劉御醫也消失了，我的疑心又起。我把目光盯上了這幾年一直伺候父皇起居的雲珠，她爲何會突然被冊封爲貴嬪？於是我將南月安插到她身邊。」

此時南月優雅地上前一步，朝我輕笑，「我曾向王爺描述過繡昭容的病，竟與先帝的病出奇地類似，只是輕重不同而已，所以她一直不敢請御醫，生怕遭人懷疑。你知道這個病爲何在雲珠身上也有嗎？皇上的御膳，奴才都必須事先試吃，以防有人下毒加害，她就是每日爲先帝嘗那些有毒的菜才患上此疾，而菜裡的毒，正是她每日一點一點加進去的。」

「我眞的很佩服她的勇氣，爲了七弟竟然連命都不要了。」祈星突然歎口氣，「那日我是特地將你灌醉，只想知道雲珠的眞實身分，沒想到你竟對我毫無隱瞞，你怎能這樣信任一個，一個一心想利用你來扳倒當今皇上的人呢？」

我笑著點頭，是我太愚蠢，「爲什麼要將我的身分告訴祈佑？」

「你錯了，我並不是眞的想將你的身分告訴他，那日我是這樣對他說的，『你有沒有覺得繡昭容身邊的奴才很像潘玉，或者就是潘玉？』你知道，我這句話無疑是要將你變成他懷疑的對象，畢竟南月已經遭到懷疑，我不能讓她被懷疑，所以只能將你推了出去。」

我上前就給了他一巴掌，「納蘭祈星，我看錯你了。」

他沒有躲，硬生生地接下了這一巴掌，他笑了，「你果然有個性，不然祈佑不會爲了你而謀畫弒父。」

「爲了我？」我像聽到天大的笑話，瘋狂地笑了起來。

「就因爲他知道是父皇一手策畫了攬月樓的大火，盛怒之下殺意頓生。」

「你憑什麼這樣說？」

「不然他爲何要弒父，這個皇位遲早是他的。他爲何要冒天下之大不韙，萬一輸了，他將會萬劫不復。我現在只有一個疑問，父皇爲什麼要放你一條生路，不乾脆殺了你？」

我不發一語地走出錦承殿，他的話深深地敲打在我的心上。不可能，祈佑怎麼會爲了我……他怎麼會爲了我殺先帝，難道從頭到尾錯的人是我？我根本不該自以爲是地離開皇宮，我根本從一開始就該與祈佑站在同一戰線上，我根本不該懦弱地退讓，以爲這就是爲祈佑好，我……我在祈佑心中的地位，眞的比他父皇還要重要嗎？

雲珠，你眞的……好傻，好傻。

疏影橫斜惜晚露，百卉千花含風露，繁霜滋曉淡月知。

當我停住步伐舉目而望之時，我竟在不知不覺走到長生殿宮門外。如今先帝已故，此處已是一片淒涼，連個守衛都沒有，我躊躇著望著此處，考慮著要不要進去。或許……

想到此處，我不禁傷感，腳也克制不住地走了進去。使勁兒推開朱門，走了進去。如今的長生殿已物是人非，可惜了這片香雪海，再無人欣賞了嗎？漫步進這片雪海林，卻看見林中還有一人，不是祈殞還能是誰？我沒有想到，四年前在這梅林初次遇見他，四年後又再次在此遇見他，真的很巧。

「驛外斷橋邊，寂寞開無主。已是黃昏獨自愁，更著風和雨。」他輕吟著陸游的〈詠梅〉，我朝他走去，順勢將此詩後半節接了下來，「無意苦爭春，一任群芳妒。零落成泥碾作塵，只有香如故。」

我的聲音引得他猛然回頭，「潘……」聲音卻戛然而止，尷尬地望著我。我笑望著他，「只有香如故，說得很不錯呢！」

「你的聲音很像……我的一個……朋友。」他解釋著，彷彿怕我誤會些什麼。

「你那位朋友，是誰？」我若有所思地問了句，我的聲音他還記得。

「在一場意外中死了，你知道她真的很像我的母親，真的，很像……」他的聲音越來越小，小到我根本聽不見。

我微微一笑，他竟然還沉浸在母親死亡的傷痛中，「你的母親，她一定很美吧，像梅花一樣，想必為品性高潔之人吧？」

「對，很美很美，也正因為她的美，被人害死了。」他的聲音突然夾雜過一絲恨意，也驚了我，袁夫人是被人害死的？不是難產而死嗎？

我謹愼地問：「被誰害死的？」

我見他雙手握拳，「杜芷希！」幾乎是咬牙切齒地吐出這三個字。

杜芷希，祈佑的母后？怎麼會是她？我還想開口問，卻霍然禁口，不能再問下去，否則會被他懷疑的。那麼，要找眞相，只有我自己去尋找了。

他過了許久才平復自己的心情，「我都不知道爲什麼會與你說這麼多話，或許……是你的聲音太像她了吧。你叫什麼名字？」

「雪海。」

「香雪海？」他的眼睛一亮，猛將雙手握緊我的雙肩，微疼。我蹙了蹙蛾眉，他才意識到自己的失態，不自然地笑了，「我太激動了。」

「那你的名字呢？」雖然知道他的名字，但我的身分是雪海，我與他只是陌生人而已。

他側頭想了想才脫口而出，「殞，你叫我殞吧。」我點點頭，心中也了然，他不想我知道他的身分，那我就當做不知道吧。

「爲什麼要叫殞呢？」

「因爲我出生那一日，母親就薨逝，父……親就爲我取名爲殞，以此來銘記我的母親。」

笑語漸漸飄散在梅林，無限蔓延至最深處……

第六章　翩舞閣驚變

與祈殞聊了兩個時辰他才離開，也正因為與他輕鬆的閒聊讓我緊綳紊亂的心開始平復，可以安心地理清所有的問題。我在一處庭院折下一枝桂花，芬芳撲鼻，輕輕地把玩著陷入沉思。以我認識的祈佑來看，他不可能會因為我而弒父的，絕對不可能！唯一可以解釋的就是還有另一個不可告人的隱情。想到祈星那句，「我現在只有一個疑問，父皇為什麼要放你一條生路，不乾脆殺了你？」同時也點醒了我，為什麼要放我？難道也有著不可告人的秘密？

我現在是不是該去找雲珠將事情問清楚呢，或者，我該將自己的身分告知於她，這樣她才會將事情的真相坦誠相告。可是，我到底該不該去，這樣對雲珠是好事還是壞事？

我一直徘徊在翩舞閣外不知該不該進去，乾脆移到一旁的梧桐小樹下倚靠而坐，舉頭而望即將破曉的天際，想將今夜發生的事全部理清。

若真如南月所說，先皇是雲珠下毒害死的，病又拖了近一年，可見她的生命已危在旦夕。我已經隱約可以猜到韓太后在太后殿與雲珠說了些什麼，定是他們已經發現祈星在著手查這件事，為了自保，想將雲珠推出去，讓她一人承擔下來此事。那麼先帝的死韓太后與韓冥也有分？為什麼他們要聯手害先帝，她恨的人只有那個已被關在冷宮的杜皇后不是嗎？

我一定要雲珠將真相親口告訴我，下定決心後睡意突然襲上心頭。我暗暗地對自己說，小睡兩個時辰，待雲珠醒來之後，我就將自己是潘玉的事實告訴她。一想到這兒，我安心地閉上了眼簾。

也不知自己睡了多久，只感覺有許多爭吵聲傳入耳邊，我迷迷糊糊地睜開眼睛，望著明媚的驕陽射在我臉上，一陣更大的爭吵聲由翩舞閣內傳來，難道雲珠出事了？

我睡意全無，猛然從地上爬起，也未整衣著，立刻衝了進去。正閣內的情形讓我完全怔住了，皇后、靜夫人、鄧夫人、陸昭儀四人同坐正副四椅，雲珠則是癱軟地跪在地上。守在門外的南月見我欲衝進去，立刻攔下我，「這不是你能插手的事。」

「發生什麼事了？」爲什麼連皇后都來了，是找麻煩的嗎？

「昨日有人給了靜夫人一封匿名信，揭發繡昭容是亂臣之後。」南月很平靜地說，攔住我的那隻手依舊沒有放下。

我冷冷地瞪著她，只有祈星知道雲珠的身分，那麼匿名信定是他送過去的，「皇上呢？」

「不要指望皇上了，皇上將處置繡昭容的權力交給了皇后娘娘，今日她在劫難逃。」她輕蔑一笑，笑得很張狂，「當今皇上眞是無情呀……爲了自保竟要繡昭容獨自承受這些。」

我靜靜地聽著她說，目光卻始終凝視著正閣內始終一語不發跪著的雲珠，她嬌弱的背影如此孤寂。我也明白昨日祈佑爲何要下旨冊封雲珠爲夫人，他的目的只爲引起後宮妃嬪的不滿與妒嫉，讓她們加快速度將雲珠剷除，才有了現在的一幕。

「雲珠，你最好老實交代，你進宮的目的爲何，是誰派你來皇宮的？」杜莞的聲音嬌膩嚴肅，不失魄力。

雲珠低著頭，什麼都不說，靜靜地盯著地面。靜夫人卻從椅子上起身至她身邊，單手掐住她下顎將她的頭狠狠地抬起，目光凜然，「你以爲不說話，我們就拿你沒辦法？」她回望了杜莞一眼，「皇后娘娘，您看……」

杜莞沉思了一會兒，「靜夫人，本宮把處置她的權力給你。」

靜夫人奇怪地望了她一眼，沉默了片刻，「來人，給我打，打到她說爲止。」她的話才落音，幾名侍衛就拿著長棍衝了進來，看來是早有準備。我用力想揮開南月的手，她卻死死地拽著不放，「王爺有交代，絕對不能讓你進去。」

「如果我一定要進去呢？」我將一直放在雲珠身上的目光投向南月，死死地盯著她不放。

她緊拽我的手又加了幾分力道，「那麼我現在就會揭穿你的身分。」

「隨便你……」我現在只有一個念頭，我要到雲珠身邊去，以她現在的身子來看，根本承受不住那些板子，我不能讓她在臨死前還要受這樣殘酷的刑罰。

「你不怕你的身分揭穿後，皇上的地位會因你的身分而受到威脅？他包藏沈詢之女，又包藏夏國公主……」她壓低了聲音對我提醒，徹底澆滅了我心中的怒火，只能憤怒地瞪著她，卻又無可奈何。

「王爺也是爲你好，他其實……」她開口想爲祈星開脫些什麼，卻被我打斷，「是呀，他對我可眞好，利用我害雲珠，利用我想打擊祈佑，利用我想登上皇位。他對我的好，我一輩子都會記住的。還有你，南月！」

她苦澀一笑，「謝謝你記住我。」

我的目光投向已被侍衛按壓在地的雲珠，靜夫人無奈地俯視著她，「給你最後一次交代的機會。」

「雲珠……沒有什麼可說。」她的聲音很虛弱，卻夾雜著堅定。我緊握雙拳，她對祈佑的心眞如此堅韌不移，始終不悔嗎？可是祈佑給她的是什麼，那是拋棄啊。雲珠你怎麼從不爲自己想想，四年前你拋下自己對祈佑的愛，成全了我與他，四年後好不容易可以得到祈佑的疼惜，而今你卻爲了他，獨自承受所有的責任。

「給我打。」靜夫人一聲令下，兩名侍衛就舉起長棍狠狠地打在雲珠的臀上、背上、腿上。我閉上眼簾，不敢再看這麼殘忍的場面。可是一聲聲強忍下的悶哼卻傳入我耳中，有冰涼的淚水由我緊閉著的眼眶溢了出來，我一片空白的腦海中倏然閃過與雲珠曾經的一幕幕。

「只求今生能伴在姑娘與主子身邊，別無所求。」

你的願望僅僅只有這麼簡單，卻始終無法實現。

「爲了從火海中將我生命中最重要的人救出，可惜，徒勞。」

明明知道裡面的大火隨時會要了你的命，你卻依舊不作考慮地衝進去救我，只因爲我是你最重要的人嗎？

「皇上，您就看在……臣妾曾冒死衝進火海救姑娘的分上，您恕了她的不敬之罪……」

爲了救一個奴才，不惜將曾經的恩情拿出來懇求祈佑，你到底是怎樣一個女子呀，你從來都沒有爲自己考慮過嗎？

我緩緩地睜開雙目，突然揮開南月的手，許是她沒有料到我會突然甩開她，我很容易地越過她衝進閣內，飛身撲到雲珠身上，將她牢牢地護在我身下，無人料到會有個人突然衝了出來，兩棍子絲毫不留情地打在我背上，可是我沒有感覺到疼，一心只想保護雲珠。

侍衛見此情形突然將動作停住，錯愕地望著我們，我望著雲珠死灰般的臉，血緩緩由她口中吐出，染紅了地面，好大一片，我顫抖地伸出手撫摸著奄奄一息的她：「珠兒……」我輕喚一聲。

她驀然睜大雙目，用不可置信的目光盯著我，張著唇想說話，「你……你……」卻支支吾吾地說不出一個字，我知道她已經體力耗盡，是用最後一絲氣力硬撐著自己的神智。我也知道她想說什麼，我用力點頭，輕附在她耳邊用只有我們倆能聽見的聲音說著：「珠兒，你聽清楚，我就是潘玉，我沒有死，我一直在你身邊。」

她的目光愈發光彩，死灰般的臉上漸露笑容，用力撐起身子，只對我說了三個字：「對不起。」我萬萬沒有想到，她得知我的身分後，只有「對不起」這三個字，她竟然對我說對不起，我知道她怕我怪她做了祈佑的女人，可我怎麼會怪她呢？我怎麼會……

「好一個主僕情深。」靜夫人不屑地輕哼，優雅地拿起桌案上的茶水輕抿一小口。

「把這個奴才拖開，繼續打。」說話的是一臉淡漠的妍貴人。

我一聽到她的話，立刻跪到地上猛磕頭求她們能放過雲珠，「求求各位娘娘不要再折磨我的主子了，她已經快不行了，求你們讓她安樂地去吧……求你們了！」

「你是什麼東西，敢在我們面前為她求情？」鄧夫人從椅子上起身，怒斥我一聲，並沒有因我的懇求而動容。

我猛然怔住，木然地聽著她們口中無情的話語，以及那無情漠然的目光，也許現在的情形只有「世態炎涼」四個字可以形容。如今的雲珠已經傷成這樣，她們還不肯放過她嗎？

「統攝六宮是本宮的職責，絕不能允許逆臣之女矇騙皇上，禍亂後宮。況且，本宮執掌金印紫綬，掌握這三千佳麗的生殺大權。她既然做錯了事，就該受到應有的懲罰。」一直沉默的杜莞終於開口說話了，說得如此冠冕堂皇，義正詞嚴。

我冷笑，她們會這樣對待雲珠，還不是怕皇上對她的寵愛日復一日影響到她們的地位，欲除之而後快。說白了，都是為了私心。她們有哪一位是眞心為這個皇室操心，為祈佑著想？我的目光靜靜地掃過杜莞、溫靜若、鄧夫人、陸昭儀，今天所發生之事，我會一生銘記。

那一日，驕陽嫵媚多姿，楓葉四散飄零，心飛逐鳥滅，在侍衛將我拖出去之後，雲珠只挨了兩板子就嚥下了最後一口氣。我的眼淚始終徘徊在眼眶內，倔強地不肯流下，怔忪地望著四位娘娘傲然離去，口中還念叨著。

「眞沒想到，才挨三十幾板就死了。」

「死了活該，逆臣之女還想一朝得寵，貴寵六宮。」

「還虧了靜夫人提早揭發這小賤人的眞實身分。」

……

我將指甲狠狠地掐進手心，牙齒用力咬著下唇，有血腥之味傳入口中，待所有人都離去，我終於落下了眼淚。空寂的正閣，雲珠靜靜地趴在冰冷的地面。我跪在她面前看著她帶著甜美笑容的臉，彷若睡著了般，好安詳。望著她我也勾起淡淡的笑容。

「如果我說，那封匿名信並不是王爺送給靜夫人的，你會信嗎？」南月也在雲珠面前跪了下來，語氣很縹緲，很冷淡，但話語卻是如此認眞嚴肅。「王爺沒有理由這麼做……」

「夠了，人都已經死了，你說這些還有什麼意義？」我無力地回了她一句，現在的我已經沒有多餘的心情去想這麼複雜的宮廷鬥爭，只想好好陪雲珠靜一會兒。

「你以為我願意說？王爺因為你差點就放棄了一切，你卻這樣誤會他。」她激動地扯過我的衣襟，激動地朝我吼著，目光夾雜著我看不懂的情緒。

我輕笑伴隨著輕哼出口，「可他確實出賣了我，把我對他的信任踐踏在地，不是嗎？」她無力地鬆開手，莫名地哭出了聲，最後飛奔出去，我也沒有多想她的異樣，只是一直陪在雲珠身邊，也不知待了多久，幾個奴才拿著一個麻布袋進來將雲珠裝了進去。這是規矩，所有因罪而死的宮女或妃嬪都會被送出皇宮火化，最後將骨灰撒入西郊的荒藍湖，絕對不會給她們留全屍，這就是所謂的規矩。

眼睜睜地望著他們扛著雲珠步出正閣，再步出翩舞閣，我沒有瘋狂地拉住他們，沒有追出去送她，只是望著他們越走越遠，最後消失在我的面前，我從懷中取出我的錦帕，輕輕擦著地上的血跡，深深淺淺地將整個錦帕染了好大一片，然後將其緊緊握在手中，這是珠兒的血，是我妹妹的血。

第七章　禍起由蕭牆

晚秋煞微雨，灑冷宮，蕭疏淒然。

惹殘煙，蟬吟蛩響，相應喧喧。

我掌著隨風飄搖而四擺的燈籠走進這座幽愴的「碧遲宮」，幽禁先帝皇后杜芷希的地方。

推開半掩著的朱門，發出一陣刺耳的尖響，寒意襲身。我借著微弱的燈光觀望漆黑的內殿，裡邊擺放得很簡單，一張圓木小正桌。幾方椅子正歪歪斜斜地擺放著，正前方是寢榻，一褥單薄的棉被凌亂地皺成一團，幾縷輕曼紗帳隨風飛舞。這就是冷宮嗎？當年權傾朝野的杜皇后竟淪落到如此地步，那麼曾經機關算盡，費盡心機得來的又是什麼？浮華名利終究是一場空。

「你來這兒做什麼？」幽怨淒然之聲突然由我身後傳來，毫無預警地嚇了我一跳，手中的燈籠隨之由手中滑落，冷汗由背脊滲出。一抹幽魂般的白影飄至我面前，用凌厲的目光狠狠地盯著我。我用力平復心中的恐慌，輕喚一聲「皇后娘娘……」

她一聽我的話立刻戒備起來，但神色卻多了幾分茫然之態。我立刻將手中的食盒擺放至早已沉積灰塵的桌上，再拾起掉落在地的燈籠，「是皇上派我來看您的。」

「皇上……不要……我不要見他。」她的臉色驚駭大變，揮舞著雙手，彷彿見到比鬼神還可怕的東西。我連連暗驚，是什麼令如此堅定冷靜的她這麼驚慌？

「娘娘，不是先帝，是您的兒子祈佑，他已是當今的皇上。」我抓住她的雙手，想讓她冷靜下來。

她一聽我的話果眞漸漸平復了激動，怔然地凝視我，眼眶內閃著晶瑩的淚光：「佑兒當皇帝了？」

我頷首而回望，再扶著她坐上床榻。她將我的手緊緊握住，冰涼之感如刀割蔓延我的手心。再見她傻傻地笑出了聲：「那麼佑兒一定承受了人所不能承受之痛，他該有多麼孤單啊！」說罷，眼淚頃刻灑出，「眞的是佑兒讓你來看我的？」

雖不忍心欺騙如此狼狽的她，但是爲了從她口中得知眞相，我只能瞞著她，或者給她一個期望也好，即使她從未將祈佑當做自己的親生兒子看待，「是的，娘娘。」

自諷地一笑，悄然鬆開我的手，「他還記得我這個母后……這樣狠心對他的母后？」

此刻她談起祈佑，態度與數年前簡直有著天壤之別，是什麼原因促使她這樣？「娘娘，皇上要我來問您一個問題，一個藏在心中二十五年不敢問出口的問題。」

「我知道他想問我什麼。」她了然地輕笑點頭，伴隨著止不住的淚格外淒涼，「他想知道爲何我的眼中只有皓兒，把全部的疼愛都給了皓兒，卻吝嗇著不肯分一點點給他。是我的錯，我根本不配做他的娘親呀。」

「現在您的兒子已是一國之君，您再也不用有所顧忌，能如實相告嗎？」我隱約感覺，她也有著不可告人的苦衷。

她低垂雙眸，望著自己的雙手沉默許久都未說話，當我以爲她不願意相告而想繼續追問之時，她開口了。

「不是我不肯給他疼愛，而是不敢給。」她止住了淚水，迷茫地盯著門外的皓月淒婉一歎，彷彿歎盡了世間悲哀，「有時候，權力眞是可怕的東西呢，我正是一招棋錯，滿盤皆輸。」

直到戌時，我才由碧遲宮離開，月洗高梧，淒咽悲沉，竹檻透寒。蕙畹聲搖，苔徑紛鋪，飄然塵冷。腳下踩著「沙沙」響的落葉，在這幽靜的翩舞閣內徘徊良久，此時早已人去樓空，珠兒你在黃泉路上走得可安好？姐姐爲你報仇可好？讓那些曾經害你的人得到他們應有的報應可好？

狠狠地折下一枝殘柳，再將其折成兩段，最後擲在地上。正如南月所言，祈星沒有理由送匿名信，他不會不知道雲珠對祈佑的忠誠，就算殺了雲珠她也會緊咬雙唇不吐露一個字。根本不可能利用她來扳倒祈佑，那麼信到底是誰寫的？難道是祈佑！

方才杜皇后的話又隱隱傳入耳中。

「二十五年前，我犯了一個天大的錯誤，謀害即將臨盆的袁夫人。我怕，怕她生下皇子後會奪去我的后位，奪走皓兒的太子之位。當下我就派了一個宮女朝她的茶水中下了紅花，只想讓她肚子裡的孩子流產，卻沒想到加速了她的生產之期，奴才們都以爲她要生了，就請來產婆爲她接生，袁夫人太愛腹中之子，拼盡了全力將孩子產出，最後體力殆盡而去。所有人都以爲她是難產而死，卻不知是因我那一劑紅花。

「自那日起，我就陷入了內疚自責中，我不該一時鬼迷了心竅去害她，因此種下禍根。後來皇上竟起疑調查此事，我恐懼之下將那下藥的宮女殺死，以爲此事就此了結。但我發現皇上對我的態度越來越冷淡，目光裡甚至有些厭惡，那一刻我就知道，皇上知道了一切，只苦於沒有證據，無法將我治罪。

「爲了自保，我在朝廷裡擴充勢力，勾結黨羽，只想讓皓兒穩坐太子之位，將來登基爲帝，就可以保護我這個母后。如若他不能順利登基，那麼我與皓兒將萬劫不復，這個結果我早就預料到了。爲了不想佑兒牽涉進這場恩怨，我盡量疏遠他，只爲讓皇上將來對他手下留情。

「天下有哪個娘親不疼自己的骨肉，每對他冷漠一分，我的心如同刀絞。多少次我偷偷前往未泉殿瞧他，多少次差點控制不住想將他摟入懷中，多少次我想告訴他，其實母后是疼愛他的……可是我不能，我已將一個兒子推往風尖浪口，絕不能再將另一個兒子推向懸崖。

「爲了與皇上鬥，我已心力交瘁，最後還是輸了。不是輸在皇上手中，而是輸在我一直欲保護的兒子手中。皇上眞的很可怕。」

聽完皇后的話，我已猜到，祈佑弒父只有一個原因，他發現了先帝的陰謀，那麼先帝的陰謀又是什麼？莫非他從頭到尾都在利用祈佑剷除東宮的勢力？

「那麼佑兒一定承受了人所不能承受之痛，他該有多麼孤單啊！」

我明白皇后這句話的意思，祈佑承受的痛是，親手將自己的母后送入冷宮，親手將自己的哥哥推上絕路，親手將自己的父皇毒害。這分痛，即使是我都無法承擔。從小就渴望母后的疼愛，卻始終無法得到，父皇給了他一個期望，卻親手將這分期望扼殺，母親的冷漠，父皇的利用，他是何其悲哀?!

靜靜地閉上雙目，回想著雲珠始終不悔的目光，也令我頃刻間恍然大悟，那封匿名信很有可能是雲珠親手送出去的，主使者就是與她密談許久的韓太后。這一切都是因爲她深愛著祈佑，她的那分只懂付出不求回報的愛。我自歎不如，眞的自歎不如。

「明日會有人將翩舞閣的奴才遣散至各宮，你打算何去何從？」韓冥無聲無息地走到我身邊，他眸光複雜，含著一絲誠摯。此時再望著他，先前的尷尬已一掃而空，平靜地面對他，露出絲絲笑容，「你覺得我該何去何從？」

「我舊話重提，若是想離開這深宮大院，我去向皇上要了你。」口氣雖冷，卻多了幾分輕柔。

我依舊搖頭，「皇上已經認定我爲祈星的人，不可能放我，除非……我將自己的身分和盤托出，若是這樣，我更加不可能離開此處。自踏進這紅牆高瓦中，就註定了我將一生陷入這無休止的宮闈之爭，再無法抽身而去。」

「那你甘願在此受苦？」他沉默半晌，倏然出聲，提高了幾分音量，多了幾分擔憂。

「再苦，再累，再痛我都堅強地走過來了，你認爲還有什麼能阻止我？」笑容卻在此時越發奪目，望著他的目光卻多了一絲迷離。「如今這世上，我已無一人可信。」祈星的背叛徹底讓我心灰意冷。

「讓我在你身邊守護你好嗎？」這句話，他似乎壓抑太久，竟連聲音都有一絲顫抖，我搖頭拒絕，我不能再拖任何人下水，畢竟這是我自己的事，我想獨立完成。

他愴然而笑，包含著太多情緒，「誰都有自己想守護的一個人，若你想守護的是祈佑，那麼你，就由我韓冥來守護。」不容拒絕的堅定，讓我愣住，他知道自己在說什麼嗎？

「韓冥！」貫徹整個庭院的尖銳聲響畫破寂靜，我與他一齊側目凝望，靈月公主已疾步朝我們而來，臉上的悲傷卻多過憤怒，我哀哀一歎，麻煩似乎永遠跟隨著我。

「我自問嫁與你爲妻後，安守本分，對於你與母妃、三哥之間的恩怨我也從不插手介入，甚至盡全力在他們面前爲你說好話，差點與母妃鬧僵。你卻從不肯多給我一分體貼關懷。現在，你卻將所有的關心給這個丫頭，還要守護她？那我又算什麼？」她痛心疾首地質問，哀傷之色蔓延全身，充斥著我們三人。

韓冥只是望著她，一語不發，靈月臉上的怒氣愈發難看，將慍怒之眸轉凝向我，恨恨地指著我：

「你這個賤丫頭，勾引我三哥不成，竟來此勾搭本公主的相公，你到底安的什麼心！」

「閉嘴！」韓冥一聲冷喝，夾雜著濃烈的怒火。

「你叫我閉嘴？我眞是不明白，她有什麼比得上我，韓冥你說……她哪點比我強？」靈月越說越激動，瘋狂地扯著他胸前的衣襟。

韓冥也未反抗，任由她不住地撕扯著，以平穩的聲音回答道：「她確實比不上公主，沒有傾世的美貌，沒有高貴的身分，更沒有公主你對我那分誠摯的愛。」

「那你爲何……」她的手依舊緊緊扯著他已凌亂不堪的衣襟，傷然淒涼地說。

「因爲她値得，她値得我用一生去守護。」韓冥這句話才脫口而出，我與靈月都被駭住。她的手無力一鬆，垂下，整個人如虛脫一般，由於她一直背對著我，我看不清她的表情。「難道我就不値得你愛？」

韓冥將愴然的目光轉向一直立於靈月身後的我，唇邊勾勒出茫然之笑，「我的心早在第一眼見到她就全部給了她，再容不下任何人駐入。」

他的聲音終罷，換來的是靈月狠狠的一巴掌。四周靜得只剩下我們的呼吸聲交錯著。我看著韓冥那嚴肅認眞的目光，已無法用言語來表達我此刻的心境，這是第一次，他在我面前公然坦承他的心。我一直以爲他對我的情感，僅限於我對他的救命之恩。孰不知，竟早已種在他心中，如此深。

臘月已至，除夕將臨。往年此時早已是冬雪散盡，白雪紛紛鋪滿地，可這個潤冬卻未見皚皚冬雪之蹤跡，唯有北風吹盡枝頭葉，朔風勁襲衣袂裳。我在井邊洗著厚重的衣裳，雙手早已凍得通紅，腰也直不起來，但是我依舊不斷地揉搓著。這些衣裳都是太后娘娘的衣裳，我若是洗不完就要遭殃，晚飯沒得吃。

自雲珠死後，翩舞閣的奴才都被遣散，而我則被遣到太后殿服侍太后娘娘。聽聞那日靜夫人也曾想討要我去百鶯宮做奴才，只不過太后先她一步，靜夫人也不敢與太后爲難，就放手了。我很明白太后之所以會點名要我，定是韓冥在她面前懇求了什麼，如若不然，我現在定是在靜夫人那受盡苦頭。我可沒有忘記上回在百鶯宮曾狠狠給了她一巴掌，她更不會忘記。

這個太后打從第一眼見到我起就在爲難我，我也不曉其中原因，因爲我曾是雲珠的侍女，所以她對我格外戒備？

「你聽說沒有，正月初一昱、夏二國的皇上都會來亓國朝見皇上呢。」與我一同洗衣的宮女淡月突然說道。

「是麼？」我依舊不停手中的動作，狠狠地揉搓。

「到時候會有一場盛宴啊，我若能去瞧瞧就好。」她發出歎息的感慨，似乎真的很期待去瞧瞧。

我也因她這句話停下了手中的動作，立刻側首問道：「什麼盛宴？」

「你還不知道嗎？昱國的皇后靈水依，夏國的皇后陳纓鳳都會在宴會上獻舞。而我朝爲東道主，杜皇后、靜夫人、鄧夫人皆會獻舞，我最期待的還是靜夫人的舞姿。聽別人說過，她的舞姿宛若天水洛神，翩若驚鴻之勢，一旦看過她的舞蹈將會終生難忘，而靜夫人也正是因一曲『狐旋』舞獲得皇上的垂愛，一朝封爲夫人，受盡萬千寵愛的。」

她後面再說了什麼，我都沒聽進去，只知道，那場盛宴是個關鍵。我將滿手的水漬用力甩乾，一個箭步往太后殿跑去，淡月則是驚愕地望著我。
當我氣喘吁吁地跑進太后殿時，卻看見韓太后與韓冥正在說些什麼。她一見我沒規矩地衝撞進來，立刻將臉沉下，「太后殿是你這個奴才隨便亂闖的地方？」
「太后娘娘……關於正月初一的晚宴，奴才想……」
「不行。」出乎意料截斷我話的人竟不是韓太后，而是韓冥，我驚訝地望著他，心中還有不解，他為什麼要阻止我？
我凝視了他好一會兒，見他不語，我又將目光投放到太后臉上，「奴才是想在盛宴那一日……」我的話又被韓冥的一句「不行」給截斷，我憤然瞪著他，他彷彿沒看到我的目光，淡淡地朝太后行了個禮，「臣帶這個不守規矩的奴才出去。」
「慢著。」太后突然出聲阻止，優雅高貴地走到我面前，上下打量著我，「你說下去。」
「奴才是想在盛宴那日為三國皇帝獻舞。」我迎上她的目光，無一絲怯懦，更多的還是自信。我知道，若此刻我的氣勢上有一絲破綻，她就會斷然拒絕我。
「就憑你嗎？」她彷彿沒看夠我，竟在我身邊繞了一圈打量著我，我淡笑回視她的不屑之色，「娘娘您先看了我的舞姿，再作決定也不遲。」

第八章　鳳舞震九霄

正月初一，皚皚皓雪，卻笑孤梅。

將青絲全數集於頭頂，後分爲幾小股，每股彎成一個圓環，這就是南宋頗爲流行的飛天髻。頭頂嵌上鳳凰金冠，配合著我橢圓的臉，更顯玲瓏嬌美，飄灑婀娜。臉上並未施粉抹朱，而是用眉筆巧致地爲我那雙清澈的雙眸描上眼線，更顯靈動。身披紅綾朱緞絲綢裁製的百鳳朝陽裙裳，輕貼肌膚，絲滑沁涼之感由心而生。

此次我的裝扮皆由韓太后一人著手打理，在眾奴才眼中我是何其榮幸。可我明白，此次的梳妝，太后在將來會要我加倍償還，這就是債。

早在三日前，夏、昱二國之主皆攜自己的皇后先後來到亓國，被安置在中宮的金翔殿住下，而今日正是盛宴舉行之日。天下人都明白，夏、昱二國早就歸順臣服於亓國，此次前來只是進貢珍寶、割讓城池。獻舞之說，也只不過是爲讓此次盛宴更加豐富多姿，以示亓國歌舞昇平之態。

「太后娘娘……我們再不去養心殿就晚了。」淡月忍了許久，終還是控制不住開口提醒，她的個性一向都如此急躁。

韓太后輕笑，她的指尖撥過我的髮髻，後移至我的臉頰，溫熱的指尖不斷在我的雙頰四處游移，「這次的晚宴，哀家只期待雪海一個人的表演。」

我安靜地坐在妝台前，從銅鏡中看著太后那滿意的笑容，詭秘邪異。突然，她單手掐住我的下顎，我的頸項順著她的力氣而高仰，只聽她冷冷出聲，「此次若因此得到皇上的垂青，可別忘記，是哀家給了你這個千載難逢的機會。」

「奴才……銘記於心！」她的力道之大讓我疼得已無法完整清晰地說話。

她滿意一笑，條然放手鬆開我的下顎，恢復了一向的和藹之色，回首對淡月吩咐道：「移駕養心殿。」

當我們至養心殿時，盛宴早已開席，太后悄然入座，未驚動他人。只見她俯身靠在祈佑耳邊說了些話，他先是凝重地沉思，後微微點頭。太后笑著朝一直在外觀望的我點頭，示意皇上已經應允我出場獻舞。按規矩來說，我這個小小的奴才是萬萬沒有機會在此等盛大的宴會上獨舞的，但太后卻有這個能力爲我爭取到這個機會，我很好奇，她到底對祈佑說了什麼。

目光不自覺地移向正座皇上右下首的連城，他的眸光飄忽不定，卻依舊清雅明澈，風雅絕美的笑容一直掛在唇邊，不時舉起玉瓊佳釀一口飲盡。於他身邊端莊而坐的正是靈水依，粉妝玉琢，雍容高貴，其美，魚見之深入，鳥見之高飛，麋鹿見之絕跡。若我對人說起，將我容貌盡毀的正是這個端莊溫婉的靈水依，根本沒有人會相信吧？如今她已是一國之后，還會與連胤有所牽扯嗎？

再微側首望著皇上左下首坐的夏國皇帝，我的二叔，不惑之年，兩鬢微白，額略有皺紋。他一直盯著殿中央正翩然起舞的靜夫人，手掌時不時隨著歌聲而打節奏，很是享受。

「雪海，待會兒就該你獻舞了，緊張嗎？」淡月輕輕拽著我的衣袂問。

「有何緊張，如往常那般起舞便是。」看她竟比我還緊張，身體都略微地顫抖。

「可你是一人獨舞啊！」她用力甩甩我的胳膊，想提醒我。

「你放心。」輕輕拍拍她緊握我胳膊的手背，示意她放鬆，不用爲我過多擔心。

將目光深鎖殿中打扮得花枝招展的眾宮女所簇擁的靜夫人，她雙手柔嫩輕拂婉旋，身姿綽約，纖腰擺動，細腿輕揚，每個動作都恰到好處，盡顯美態，連貫不雜。將其全身之獨特發揮得淋漓盡致，已有近兩個月身孕的她還能將此舞跳得如此妙美，真是讓我驚歎。

終於，她以四個曼妙的迴旋舞步結束了她最拿手的「狐旋舞」，博得滿堂喝彩，久久迴盪四周不散。她滿意地向眾人行了個禮退居自己的席案。

「夏、昱二國的國主認爲朕的愛妃表演如何？」祈佑淡笑而問兩側的皇帝，最後將目光深鎖在靜夫人身上，柔光四泛。

「我還是第一次見如此迴風妙雪之舞，撼動我心。皇上真是好福氣，有這麼位才貌雙全的妃子。」夏皇大力稱讚。

相較於他的讚歎，連城卻顯得格外淡漠，只是說了句，「不錯。」

「看來昱國主看得並不稱心，那麼哀家再推薦一名女子前來獻舞。」太后清了清嗓音，由鳳椅上起身，明亮清脆之聲飄蕩於四周，「話說飛燕能掌上舞，她可謂是能曼空舞。是哀家見過最出色的獨舞者，今日她將爲二國國主帶來驚天之舞——鳳舞九天。」

我抽出一方藏於衣襟中的朱紅錦帕，輕輕推開，再將其纏於臉上，蒙住了半邊臉。淡月奇怪地望著我的舉動，才想開口問原因，卻聽聞太后召我進正殿，我立刻翩然而出，由於我一直赤足行於冰涼的地面，寒意由足心傳遍全身。

當我站在殿中央，擺好朝鳳起舞之勢等待琴音響起之時，我聽見有酒杯打翻之聲。覓聲而望，正對上連城不可思議的目光，激動、疑惑。我立刻心虛地收回目光。

琴音乍響，我雙手頓張，長袖兩方而張揚，輕逸飄塵，隨風飛舞。足輕點地面，瞬間將力凝於足尖，再使巧力翻身躍起，輕易地於空中翻旋三圈，後穩穩落地。雙腿輕彈而起，飛躍成一，連貫有序，綽約多姿，纖柔膩舞。在落地時很不巧地又對上連城的目光，我的心一顫，險些未站穩，幸好及時回神，無傷大雅。

聽琴音乍到高潮，我流轉衣袖仰頭揮灑於天地之間，順勢將藏於衣袖中的紅綾拋出，順利將其勾纏上大殿正上方頂梁寶柱，雙綾交纏。纖手緊握，凝氣丹田之上，借力而上，飛躍半空。腰姿弄正迴舞，旋身輕擺，宛若鴻雁翩飛，漫步雲端，身輕如燕，飄然裙襬隨風四散而舞。猶若飄仙逸塵之勢，但聞得琴音戛然而止，我單手緊纏紅綾三圈，單腳扣紅綾四圈。待琴聲貫徹雲霄絕響之際，我側身疾旋，一連九個空中旋舞，勢如疾風一掃而過。這就是鳳舞九天之最高境界——九旋舞。

當我體力殆盡，悠然落地，以鳳凰展翅之姿結束此舞時，沒有人喝彩叫好，周圍一片寂靜。我偷偷掃過四周皆愣愣地望著我的人，最後瞧了正上方的祈佑一眼。他此時已離座而起，驚然凝視著我，目光中竟閃著莫名的心痛，我的眼眸對上他的目光，悄然蒙上一層水氣。

他突然舉步朝我而來，可有一人卻比他的速度還要快，健步如飛地閃在我面前，將我蒙在臉上的面紗扯去，是連城。

他的目光由最初的激動轉爲黯淡，而祈佑眸中那分傷痛倏然散去，眉頭深鎖，淡漠地望著我。

「皇上，我有個不情之請。」連城突然握起我的手，側身回望祈佑，「我要這名女子。」

祈佑莞爾一笑，「你是想要朕的女人？」他信步走下一層層金階來到我身邊，將我拉入懷中。同時，連城也鬆開了他緊握著我的手。靠在祈佑懷中，我徹底僵住，這分熟悉的感覺頃刻傳遍全身，多麼想就此長居在他寬厚溫暖的臂彎中。

「她是皇上的妃嬪嗎？」連城的眉頭深皺，詫異之色一閃而過。

「當然，她是朕的雪婕妤。」祈佑的手臂又使了幾分力道將我按入懷中，以示他的占有權，目光更是堅定不移，不容人懷疑。

連城深深凝視了我一眼，苦澀一笑，表情也緩和下來，「恕我唐突。」

祈佑冠玉斯文的臉上帶著春風沐人的淡笑，只有我看出他笑眸中隱含著絲絲寒芒與肅穆的冷酷。「朕的愛妃舞姿傾世絕美，難免引得一向冷靜自持的昱國主動容。」他的餘光瞥過我，眸光驟冷。我的手心因他的目光已透出冷汗，深莫能測的感覺，使我不敢動分毫。

「朕乏了，先回寢宮，你們繼續。」他驟然將方才的凌厲斂起，悠然笑道，也不等眾人有所反應，在眾目睽睽之下緊握著我的手離開養心殿。

外邊冬雪未融，白茫茫地籠罩宮牆、樓閣、殘枝、石階，我衣著單薄。冷風一陣陣吹起我身上的輕紗綢衣，飛舞飄逸。未察覺寒冷，只因我的手始終被祈佑那隻厚實溫暖的手緊握其中，我的笑容一直掛在臉上，掩飾了多少失落只有自己明白。

「踏雪也無痕，紅衣亦赤足。」一聲輕吟喚回了我的思緒，望著突然止住步伐側首回望我的祈佑。我微愣片刻，才驚覺自己正赤足立於雪地間而不知，冰涼之感傳遍全身，終於察覺到寒冷之感，不禁打了個冷顫。

他倏然鬆開我的手，一陣濃濃的失落油然而生，卻又見他躬身將我攔腰橫抱而起，我一陣懸空，手不由得勾上他的頸項，愣然地望著他此舉，不知所措。

他神色沉靜，似有所思，「怎麼可能……如此相像。」淡然的語氣將聲音拉得格外悠遠綿長，像是含著無限困惑。

微愣一下，沉吟一想其中含意，內心百感交集，一時難以分辨。只能蜷縮在他懷中，享受著這刻屬於我的溫暖，就連淚水悄然滑過方自知。他低頭深凝我一眼，「為何落淚？」

我不語，只是緩緩地閉上眼眸，卻聽頭頂又傳來他低潤的嗓音，「不論你先前是誰的人，從這一刻起，你是朕的女人。」他的聲音暗藏隱忍與警告，我心知他還是將我當做祈星派來的奸細，他對我依舊有警戒。

「祈佑……」我輕喃出聲，突然感覺到他的腳步頓在原地，身體有那一刻的僵硬，但是立刻緩和下來，又繼續前行。我多麼想告訴他，我就是馥雅，被你環抱在懷中的人，就是馥雅啊！

內心泛起傷感，眞眞切切地敲打著我的心，聆聽他平穩強健的心跳聲，腦中一片空白。

當我再次醒來之際，才發覺我竟安靜地躺在皇上的龍床之上，我霍然彈身而起，正對上右側正在龍案上批閱奏章的祈佑一雙費解的眸子，他笑道：「你醒了。」

我尷尬地將身子移下床，卻見他朝我走來，雙手撐在我兩側，望著正坐在床邊緣的我，我嚥下一口清痰，緊張地望著他，「皇上，我……」

「以後你就陪在朕身邊好嗎？」他伸手拂過我額前一縷青絲，目光閃爍著柔情，可是我知道，他此刻望著的人，是馥雅，不是我。

多麼可笑，難道馥雅不是我嗎？苦澀如泉，頃刻湧入心間，我張了張唇，「皇上，其實我就是……」

「我知道，我都知道。」他突然打斷我，不讓我繼續說下去。

「你知道什麼？」我錯愕地凝視著他。

他深吸一口涼氣，後緩緩吐出，再低沉地將話語逸出口，「你是祈星的人，我不在乎。只要從這刻起，你眞心待朕，朕所有的事都能不計較。」

我慘然一笑，伸手握住他置放在我左側的手，輕柔相握，感覺到他明顯輕顫：「皇上，以後就讓奴才陪伴您左右，奴才不想讓您再孤單下去。」

他訝然望著我，神色迷茫不解，後還是用力點下頭，將頭輕靠在我的雙腿間，如一個受傷的孩子般。我輕撫過他線條分明的側臉。好久好久，沒有如此眞實地感受到祈佑了，或許，就讓他把我當做馥雅，沒有必要的話，我絕對不會告訴他我的眞實身分。

我們一直這樣安靜地坐著，享受著此刻的寧靜，我的心中不時湧現出一個天眞的想法：若能永遠與他這樣相依而靠，並肩而臥，那該是多麼幸福的一件事。但我知道，這只是奢望，就算他知道眼前之人就是馥雅，他也不可能只屬於我一人，畢竟他是一朝君主，一代帝王，怎能獨屬我一人？

望望依舊靠在我雙腿上的祈佑，似乎已然睡去，很安詳，我的雙腿雖已麻木，卻也不敢動，生怕會打擾他此刻的沉睡。早已夜幕降臨，緊閉的朱門阻絕了外頭呼呼的北風。透過微掩的紫檀木窗，外頭的景色映入我的眼簾，似乎下雪了呢。詩興突然湧入心頭，我低喃：「夜深知雪驟，時聞折竹聲。」

「皇后娘娘，您不能進去……」外頭隱隱傳來總管太監徐公公刻意壓低的聲音，我一顫，竟然忘記我今日實在太出風頭了，此次皇后來，若是見到我竟在皇上的寢宮，將來定是危機重重。

祈佑突然睜開犀眸，駭了我一跳。他是被外頭的聲音吵醒，還是根本沒有睡去？他輕輕將倚在我腿上良久的頭抬起，惺忪地望了緊閉著的朱門一眼，慵懶道：「讓她進來！」

我一聽他的應允之聲，立刻從龍床上彈身而起。雙腿已無知覺，漸漸又傳來絲絲疼痛，加上輕顫酸麻，很難受，況且，我依舊赤足而立。

當朱門打開後，一身珠光寶氣的杜莞踏入門檻，髮梢掛著幾點未散去的雪花。而祈佑已恢復以往的王者之態，傲然坐在床上，睥睨著杜莞。

「皇上，您怎能讓卑賤的奴才來養心殿！」她略微有些激動，單手指著站在一旁默不作聲的我。

「朕說過，她是朕的雪婕妤。」犀利之光掃過她，再凝望著我，目光含笑。

杜莞聽了他的話，竟一時無法言語，只能慍怒地盯著我許久，胸口的起伏證明了她此刻的憤怒。我一直低著頭，不敢也不想說話，多說只會惹得她對我的憤怒與成見更深。

「皇后找朕何事？」他輕輕整了整方才躺在我身上而凌亂了的龍袍，口氣很是淡然。

皇后不回話，只是望了我一眼，用眼神示意我應該迴避退下。注意到這古怪的氣氛，我很識趣地行了個禮就此退下，祈佑也沒有多說其他。看來，他與杜莞之間亦有著許多不爲人知的秘密。

我赤足行走在沁涼的迴廊中，放眼望著夜空漫漫飄舞的飛雪。連城是否在正殿中已認出了我？畢竟，我的「鳳舞九天」只有他一人看過，他眞能憑一舞認出我嗎？若眞認出了我，他又將如何？是放手將我交給祈佑，還是揭發我的身分，讓天下人都知道祈佑曾勾結夏國逃亡而去的公主？這樣所有人都知道他曾經的陰謀野心，祈佑又該如何自處？

或者是我想得太過入神，竟撞上一堵堅硬的「牆」，我一聲呼痛，驟然仰頭看向來人，臉色立刻慘然一變。

「這不是鳳舞九天的雪婕妤嘛！」低沉地笑了幾聲，我聽著二皇叔別有用心的一句話，心中有著小小的震動。稍喘一口氣，恢復如常，「參見兩位國主。」

盡量閃避著連城若有所思的目光，只見二皇叔突然大笑，格外狂妄，笑聲不斷來回飄蕩於迴廊間，格外刺耳。我的心一緊，難道他發現了?!

「眞的難以想像，此等平凡普通的女子竟有如此舞才，罕見罕見。」他回頭看著面色異樣的連城，「也難怪昱國主在殿上如此失態。」

我情不自禁地鬆了口氣，原來是因此事。卻見連城神色複雜，眼神流露隱痛，目不轉睛地盯著我，「亓國皇帝眞是享盡齊人之福。」此話聽著別有深意。

暗自猜想著他說此話的眞正目的，卻已見他越過我，揚長而去。而二皇叔則是輕蔑地一笑，隨之離去，在與我擦肩而過之時，清楚地聽見一聲冷哼由他鼻腔中傳出。我僵在原地良久都無法再回神，直到祈星出現，望著他隱在陰影中的側臉，我頓時無法開口說話。

「我們再去喝一杯吧？」他的聲音平淡，聽不出高低起伏，我勾起莞爾一笑，「好呀。」

又是錦承殿，又是一桌家常小菜，又是我倆對坐，只可惜早已不如當日那般可以把酒暢談。他一連飲下三杯酒，後又凝視著空杯，始終不說話，而我則是靜靜地坐著，沉浸在這略帶詭異的氣氛中，也未打破。

「丫頭……」他突然舉杯對著我，「對不起，我利用了你對我的信任。」一口飲盡，再倒一杯，又舉起對著我，「對不起，我害了雲珠。」

我望著他，笑出了聲，聲音卻是如此諷刺，給了我一刀，再來對我說兩句對不起，以為這樣就能彌補他做的一切嗎？我為自己倒下一杯薄酒，「臭小子……」我輕輕舉杯，此次再叫他臭小子，只覺一切都變了，「謝謝你，在陰山放過連城。」我飲盡，刺辣之感如火燒小腹，再倒下一杯，「謝謝你，給了我如此深的傷。」

我飲盡之後，將酒杯用力放下，響聲迴盪。我悠然起身，側首離開。才邁兩步，他就叫住了我。「潘玉，從今往後，我們兩不相欠。」

一聽他這句話，我立刻轉身，勾起嫣然一笑，「那麼，我就可以放心了。」對上他的目光，我心下一凜，盡量將臉上的笑容表現得更加自然，最後還是轉身離開了這個錦承殿，毫無留戀。

我一路漫目而行，也不知走到哪兒了，只知道自己已再無力氣走下去，乾脆蹲下，雙手撐在冰涼雪地間，凍了我的雙手。

雙手捧起一堆白雪，我凝視良久。「雪似梅花，梅花似雪，似和不似都奇絕。」吟完我就笑了，雪，梅本就不該相似，更不能稱絕。

「潘玉！」韓冥的突然出現，讓我猛一回神，他這麼大聲叫我潘玉，萬一讓人聽了去怎麼辦。

「你怎麼獨自在這兒？太后在等著你回去。」他的眼中隱含緊促，已將聲音刻意地壓低。

我動了動唇，放聲一笑，他被我的笑弄得莫名其妙，我只是沙啞地說道：「我不認識回去的路。」他錯愕地瞅著我半晌，神情一變，輕笑出聲，後回首背對著我蹲下，「你不是不認識回去的路，而是你已無法將此路走完。」

笑容斂去，望著他躬著的身子，寬厚的雙肩，思緒百轉。卻又聽他開口了，「既然這條路如此難走，就由我背你走過吧。」

輕咬雙唇，猶豫片刻，終是趴至他的背上，由他背著我走向漫漫長路。這條路眞的很難走，況且我還是赤足而行，眞的無力承受。或許此刻的我是自私的，我眞的想自私一次，想要有個人陪我走下去，累的時候可以扶我，痛的時候可以慰我。

「韓冥……」我輕喚一聲，「我能相信你嗎？」祈星的背叛早已如烙印般，深深地在我心中砍下一刀，我不能再承受另一個人來加上一刀。

他沒有回答我，只是緩慢而有節奏地背著我一步步朝前方走去。我側首望漫天飛雪，喃喃問道：「爲何雪沒有顏色呢？」淒然一笑，「記得有人曾對我說，雪本有色，只因它悲傷地忘記該有的顏色。」很傻，很蠢的一句自問自答，連我都覺得好笑。

「韓冥，我的名字，叫馥雅。」這是最後一次選擇信任，所以我將自己眞實的身分托出。或許我能預見韓冥如祈星那般無情地將我對他的信任踐踏。可我必須給自己一個期待，期待在這噬血的皇宮中還有眞正能信任的人，若是這個世上眞的不能信任任何人，那該是多麼可悲之事啊。

第九章　福壽冷爭鋒

次日，我由伺候在養心殿的太監總管徐公公領入擷芳院，與數十位婕妤同住，跟隨在他後頭，我的頭有些昏沉，暗想因是昨日受了風寒，導致今日提不起一點精神來。百花凋零唯枝殘，風勁雲淡融露雪，天地一色，鎖窗淡淡，淺羅衣潤。廂門外徘徊著幾位年紀稍輕的小姑娘，格外清澈水靈，一雙炯然的眼珠隨著我的身影而動。

「各位小主，這位是新來的雪婕妤。」徐公公只是草草將我的身分介紹，後領著我走向東廂最末一間廂房。

一推開門就嗅到一股濃濃的灰塵之味，格外刺鼻。徐公公用手揮了揮在眼前飄散的暗塵，「小主，您就在這先委屈幾日，待皇上召您侍寢後，晉封為嬪指日可待。」

我因灰塵的撲鼻，輕咳幾聲，再從手腕上摘下一枚翡翠玉鐲，交遞給徐公公，「以後還要仰仗公公您。」原本一直推托著不肯接受的他一聽我此言，便笑咪咪的收下，偷偷塞進了懷中，「一會奴才派個手腳麻利的奴才前來伺候著。」

我微笑著送走徐公公後，便輕坐於方木小凳上，單手撐著額頭靠在桌上小憩，眞的很累。全身彷彿快要散架般，很想躺到床上好好睡上一覺，卻又無法安然睡去，腦海中湧入的皆是這幾日所發生的事。祈星的利用，雲珠的死，太后的告誡，以及先帝那不為人知的陰謀，還有……我對韓冥的愧疚。因爲，從昨日答應他背我走完那條路之時，就已開始利用他，利用他與太后的關係，利用他與皇上的交情，所以我向他坦承了我的身分，只爲讓他信任我。我並不擔心他會將我的身分公諸於世，因爲他沒有理由，或許……更多的還是那分對他的信任吧。

一聲嘆息，頭疼得更加厲害，我想……我眞是病了，突然，只覺右肩被人重重一拍，駭得我原本混濁不堪的頭腦立刻變清晰，戒備地盯著眼前兩位笑得格外純眞無邪的女孩。如此天眞的笑顏，在我身上早已不復在，算算日子，再過三個月就滿雙十年華，算是個老女人了吧。

「你就是他們口中的雪婕妤啊！」聲音清脆，宛若黃鶯出谷，清晰悅耳，讓我心頭暢快。眉若遠山，星眸熠熠，國色天香，只是身上多了幾分稚嫩。

「你們是？」我有氣無力的問道，實在沒有多餘力氣再與她們一樣精力充沛。

「我是蘇婕妤，她是楊婕妤。」方才說話的姑娘又開口了，突然緊握住我垂放在桌案上的手，「我聽聞昨日你一曲『鳳舞九天』乃驚天妙舞，奴才們傳得可神乎了，連我都好奇什麼樣的人竟能將一向以舞爲傲的靜夫人給壓了下去，今日一見……」她的聲音由最初的興奮期待轉爲失望，剩下的話隱遁在唇中。

卻見楊婕妤輕輕扯過蘇婕妤，柔美朝我一笑，「我相信，能撼動滿殿，豔驚四座的雪婕妤定有不凡之處，而容貌則爲其次。」優雅的嗓音，宛若百靈低鳴，暖耀四方，「況且當今聖上並不是個貪圖美色的君主，反之，他喜歡有才華、智慧、更能懂他心的人。」

「你如何得知？」有些許訝異她說的話，根本不像出自一個十五、六歲的小姑娘之口，如若蒙得聖寵，想必她能很安然自處於後宮之中吧。

「聽奴才們說多了，自然也就知曉一二。」她單手撫過耳邊散落的流蘇，自然柔美，清麗脫俗，「況且，靜夫人不正是一個例子嗎？皇上愛她的舞才、詩才、慧才。」

一聽她這樣說起，我便驚愕而望，胸口悶得喘不過氣來，「靜夫人……如何蒙得聖寵？」

「這我知道。」蘇婕妤立刻插聲而入，「她曾是一位船主的千金，也不知犯了何事，被當時還是漢成王的皇上給抓進大牢。而她的父親身子本就不好，一聽女兒被抓進大牢，一病不起，終是病死榻前。而她在牢中聽聞父親的死訊立刻慟然大哭，日夜吟唱武帝司馬炎妃左棻所作之詞：

骨肉至親，化爲他人，永長辭兮。

慘愴愁悲，夢想魂歸，見所思兮。

驚寤號眺，心不自聊，泣漣湧兮。

此曲聞者傷心，見者流淚，守牢的侍衛們都不忍之，皇上更是被她的曲子所動，當下釋放她，並收爲妾。」

「等等……我怎麼聽說她是靠一曲狐旋舞而獲得皇上的垂青？」我立刻想起數月前淡月同我說過的話，心中甚是不解。

楊婕妤倩兮一笑，揚起唇角，「我還聽說，靜夫人是因很像皇上摯愛的女子才蒙如此恩寵呢！誰眞誰假早已說不清，反正靜夫人在後宮就像一個傳奇。」

「對呢，況且她現在已有兩個多月的身孕，往後……若是產下皇子說不定還會被封爲太子，眞的很羨慕她……」只聽得蘇婕妤喋喋不休的聲音徘徊在我耳邊，我根本聽不清她在說些什麼，只覺口乾舌燥，目光迷離，思緒混濁，四肢無力。最終我的意識漸漸沉入黑暗。

我在病榻上一連躺了兩日，期間蘇婕妤與楊婕妤來探過我多次，被徐公公指派來伺候我的心婉一直對我悉心照料，御醫爲我開的藥方也是一日三次準時煎好送到我嘴邊。病情才稍加好轉，就聽有奴才傳話，說是靜夫人今夜設宴百鶯宮，款待眾位婕妤。

所有人都興高采烈的在廂房內梳妝打扮，只爲給靜夫人一個好印象，說不準就能將她送到皇上面前侍寢，一步登天。

「小主，您就別去了，奴才去給靜夫人稟報一聲。」心婉有些擔憂的凝視我。

「不可。」我由榻上起身，穿起繡鞋走至水盆邊，用適溫的清水潑拭我的臉。

她爲我遞來方巾，讓我擦拭臉上的水漬，還是不放心的說：「可您若在宴上失態……」

我笑著將殘珠拭乾，「不去赴宴才是眞正的失態。」走至青木妝台前坐下，凝視鏡中那張憔悴無一絲血色的臉，喟歎一聲，若我沒猜錯，靜夫人此次設宴的目的很可能是衝我而來。若我沒去，她難道不會怒火攻心，認定我心高氣傲，故意藉口推脫不去嗎？那我的處境就更加危險了。

當日申時，我與數十位婕妤至百鶯宮拜見靜夫人，她打賞了我們每人一枚玉蝴蝶，小巧精緻，入手沁涼。晶瑩通徹，是上等好玉，她出手果然闊綽。

「各位婕妤生得一副仙姿玉色，又乖巧惹本宮歡心，相信皇上一定會喜歡的。」她掃過所有人一眼，最後將目光落在我臉上，別有深意的說道，「雪婕妤於兩日前在養心殿一舞，本宮眞是記憶猶新，至今仍回味無窮。」

聽她語中帶刺，目光含異，我只是恭謙的回了一句。「夫人謬讚。」

但見她嬌媚一笑，將目光收回，轉投向眾人，「只要眾位婕妤忠於本宮，蒙受聖寵皇恩只是早晚，但是，若有人心懷邪念，意欲顛覆後宮，本宮絕不輕恕。」她悠然又將目光轉投到我身上。

我彷若沒瞧見她警告的目光，隨著眾婕妤齊聲道，「奴才們誓死效忠靜夫人。」

她斂起淩厲的目光，巧笑盈盈，「好了，隨本宮去福壽閣聽戲吧。」

淡霧彌空，北風呼號，我坐在靜夫人右下首第四位，隔了有一小段距離，坐我身邊的是楊婕妤，她的目光一直緊鎖戲台上的戲子們，戲碼是民間廣為流傳的《牡丹亭》。

《牡丹亭》全本我幼時也曾偷偷讀過，講述杜麗娘和柳夢梅一段離魂相愛之情事，為此我曾偷偷抹下不知多少淚，尤其喜歡書中那句「情不知所起，一往而深。」至今仍深有感觸。

當我們聽到高潮之際，卻聽聞皇后娘娘來了，我們皆起身行禮，只見她目光深凝靜夫人朝她款款而去，如一隻高傲的孔雀，唇邊淨是偽善之笑，這就是後宮的生存之道吧，不論你有多厭惡站在你面前的人，都不能表露出來，只能用笑容掩飾。

「聽聞妹妹邀請眾位婕妤在福壽閣聽戲，本宮也來湊湊熱鬧，妹妹不會不歡迎吧？」她的聲音雖很輕柔，卻藏著不容拒絕的威嚴。

「怎麼會呢！」靜夫人退居一步，移至副首位前，邀請皇后坐下，「皇后娘娘請上坐。」

待皇后坐正，她也悠然而座，眼中閃過昭然厭惡之色，隨即斂起。

皇后才聽了幾句就側首問靜夫人，「牡丹亭？妹妹怎麼喜歡此等戲曲。」

「遊園驚夢，緣定三生。此戲感人至深。」她說此話之時，臉上露出迷人的淺笑，藏著憂傷。我很驚訝，她竟有如此性情。

「可《牡丹亭》終究是禁書，撤了吧。」皇后一聲令下，將唱得正盡興的戲班子打斷，後沉思片刻，才開口道，「換《馬嵬坡》。」

靜夫人眸中閃過隱隱不悅之色，卻還是未說話，一語不發的盯著已經得令換戲的戲子們，正聲情並茂的表演著楊貴妃即將在馬嵬坡上吊而死的戲分。

「妹妹你瞧，這楊玉環曾經也是三千寵愛於一身的貴妃，可她的下場終究還是落得如此淒涼。曾經的浮華皆如過眼雲煙，可悲啊！」皇后的聲音很大，似乎想讓在場所有人都聽見，明白人一聽就能發覺她話中對靜夫人的隱射。

「但她與唐玄宗的愛情也成爲千古絕唱不是嗎？七月七日長生殿，夜半無人私語時。在天願作比翼鳥，在地願爲連理枝。」靜夫人平靜的娓娓道來，語調中卻透著無比自豪。

我雙手緊握，關節泛白，靜夫人與祈佑的感情，似乎早已超出了我的想像，是嗎？他們之間的感情，已如楊貴妃與唐玄宗之間那般堅貞不移嗎？我已經開始懷疑祈佑對於靜夫人，眞的只因她似我嗎？

皇后不再說話，我下首的楊婕妤卻歎了一聲，我奇怪的凝著她，小聲低問，「爲何而歎？」

她微微蹙眉，用比我還低的聲音道，「曲眉豐頰，清聲而便體，秀外而惠中。飄輕裾，翳長袖，粉白黛黑者，列屋而閒居，妒寵而負恃，爭妍而取憐。」她僅用了韓愈的短短兩句話，就將此後宮情景刻畫得繪聲繪色，實在難得。

我問道，「爲何有此感慨？」

她淒然一笑，「一入宮門深似海。」說罷便垂首，似乎陷入自己悲傷的往事中，「我本不願進宮，但是父親母親硬要將我推入這寂寞深宮，我對他們有恨，但他們終究是我的父母。」

「也不知爲何，自從看了雪婕妤在養心殿一舞，現在看再好的戲都索然無味。」當我還在靜靜聆聽楊婕妤說著自己悲傷的往事時，皇后的聲音卻從側前方傳來，我順音而望，「不知本宮可有幸再賞你一舞？」

立刻由椅子上起身，福身而跪，「奴才身子不適，怕是不便再舞。」

靜夫人倒是一笑，眸光也凝向我，「皇后娘娘怕是再無眼福賞舞了，雪婕妤的舞姿只爲皇上而起。」

皇后神色一黯，「是本宮不夠分量？」略帶警告之音隨著冷風傳入我耳中，暗想今夜若是不舞的話，她定然不會甘休，但是以我現在的身子來看，要再跳「鳳舞九天」怕是心有餘而力不足。

靜夫人佯裝輕歎惋惜，「皇后娘娘還不知道嗎？皇上親口指名今夜由雪婕妤侍寢。」

我與皇后皆微愕，怎麼我沒有得到這個消息？是靜夫人故意在皇后面前捏造此事，還是她早就打定主意今夜要壞我侍寢之事？

「難怪架子如此大，想爬上枝頭當鳳凰嗎？」皇后倏然而起，冷凜的目光直逼向我，「雪婕妤，本宮把話擺在這兒了，只要有本宮在，你就不要妄想上龍床。」

直到福壽閣所有人都散去，我依舊跪在地上，任北風無情的拍打在我身上，捲起暗塵。溫靜若，你這一招確實挺高明，將我與皇后糾扯在一起，你卻安然抽身而出。

第十章　覆水也難收

當夜皇上確實沒有召我侍寢，我更沒有聽到任何風聲，心中暗生疑惑，卻只能一笑置之。倒是偷偷準備了一些飯菜，再次前往碧遲宮看望那位神智有些許混亂的杜皇后，並無他意，只是想從她口中多瞭解祈佑。

再踏進碧遲宮只覺一陣寒氣襲身，比起上次多了幾分陰森之感，手中的燈籠忽明忽暗，隨風搖曳。我不住的合了合身上的錦裘，仍抵不住寒氣，打了個哆嗦，小心推開緊閉的門。

「吱——」刺耳的一聲輕響，我的手突然失去了力氣，食盒與燈籠頃刻間滑落，摔在地上，發出更大的聲響。我瞪大了雙眼，望著眼前一切，淒厲的尖叫畫破了宮院內的蒼涼冷寂，而後四肢無力的癱坐在地。

一杜香之內，碧遲宮已火光點點，侍衛們將空寂的冷宮裡三層外三層圍了個水洩不通，當他們將吊死在屋梁上的屍體卸下抬出時，我依舊癱坐在地上，呆滯的望著蒼白的杜皇后，久久不能回神。

直至皇上到來，我依舊無法言語，呆滯的凝視著他凝站在杜皇后屍體前，良久，眼中藏著憂傷之色，他緊握雙拳，「怎麼死的？」短短四個字卻帶著危險無比的氣息和不帶感情的冷然。

「應該是上吊自殺。」一旁的侍衛戰戰兢兢的回了一句。

而正蹲在地上驗屍的仵作，突然大喊出聲，「娘娘是他殺，頸上的淤痕蔓延了一圈，如此清晰。定是凶手從她身後用白綾先將其勒死，再吊上梁。」
祈佑猛然將目光盯向我，隱帶森然：「你怎麼在這？」
「我……我來給娘娘……送飯。」聲音中有幾分顫抖，卻極力控制著。
「皇上，娘娘手中握著這個。」仵作怪叫一聲，由她手中取下一塊玉珮遞予祈佑，他接過一看，臉色即變。後將玉珮緊緊捏在手心，轉向眾侍衛，「去把晉南王給朕請來！」那個「請」字用得格外冷厲，背著光的臉忽明忽暗，隱約感覺，即將有一場大變。
祈佑上前扶起我，目光閃爍有異，盯著我良久，終是重重的吐了口氣，「受到驚嚇了？」
「皇上……您的……母后。」控制不住的眼眶一熱，淚水就此湧出，他立刻伸手接住我落下的幾滴淚，另一手則輕輕爲我拭去淚痕。
「可見到有可疑之人出入此處？」他低聲問，卻夾雜著幾分沉鬱，猜不出喜怒。
我立刻搖頭，「我一推開門，就見娘娘已吊在屋梁之上。」
他輕輕握著我的手，良久都未再言語，直到祈星被幾位侍衛給「請」到此處，他依舊輕握我的手，溫暖之感油然而生，撫平了我被驚嚇的心。
「晉南王，一個時辰前，你在哪，在做什麼？」他淡漠平靜的問道。
「已然就寢！」他似乎也察覺到事情的嚴重性，格外凝重的回答。
「誰能證明？」祈佑步步緊逼。
他聲音啞然一緊，「沒有！」很僵硬的兩個字，似乎已經將事情往最露骨一處帶領，我只覺祈佑的手一緊，有汗水滲出，傳至我的手心。

「這個玉珮可是你的？」他將緊握在手中的玉珮攤在手心讓祈星看仔細，上面清楚的刻了一個「晉」字。

祈星淡掃一眼玉珮，再望望我，最後凝視被攤放在地的杜皇后，很沉重的點了點頭，沒說任何一句話。

「來人，將這個弒殺我母后的逆賊給朕拿下。」握著我的手似乎更緊了，而我卻感覺不到疼痛，只是怔怔的望著被侍衛縛住雙手的祈星。

「皇上，容我再說一句話。」他在沉默許久後終是緩緩開口了，將目光放在我身上，臉上掛著笑，格外淒冷。「能與之結為莫逆知心之交，無關風月，乃我之幸，今亦不悔。」

我的手突然輕顫，唇角動了動，無聲的笑了，蘊涵著太多情緒，有苦澀、有釋然、有愧疚、有愉悅……終是隻字不語，凝視著他被侍衛押下去，直到隱入宮門外，我的視線卻依舊未收回，陷入了許久前的那段回憶……

「你與你的小妻子處得怎麼樣？」我一邊捕捉著四散的螢火蟲，一邊找著話題與他閒聊。

他呵呵一笑，有些憨傻，連我都控制不住隨他而笑，「到底怎麼樣啦？什麼時候打算生個娃兒？」

「我與她已分房睡了四年之久，你覺得處得怎麼樣？」他幽幽一聲惋歎，引得我手中的動作立刻停下，錯愕的盯著依舊未停下動作的他，驚叫一聲，「分房睡？」

「她睡寢室，我睡書房。」似乎說得理所當然，目光淨是笑謔，我立刻扯過他，「你怎麼可以這樣，她可是你妻子。」

他眼中閃過無奈之色，「別談她了，談談我們。」

奇怪地凝視著突然變了一種表情的他，後迴避著他的目光。「我們有什麼好談的。」
「我們不是朋友嗎？」他扭過我的身子，後從懷中取出一塊玉珮遞到我手中，「朋友總該有個信物吧，這個給你了。」
我盯著這塊刻了一個「晉」字的玉珮良久，「可是我沒有什麼東西可以給你啊！」
他也沉思了一會，再仰望天空的溶月一番，後朝我勾勾手指，示意我靠過去。我雖不解，卻還是靠了過去，只見他低頭附在我耳邊欲說些什麼，許久卻未聽到有聲音從他口中傳出。我正想詢問之時，只覺左頰傳來一陣溫熱感，我全身僵硬，尷尬的望著他，腦中一片空白，他……竟然吻了我。
我一時也不知該說些什麼，卻見他笑了起來，笑得格外輕狂，似乎發現了一件很新鮮的事，「果然，吻你的感覺就是與吻其他女人的感覺不一樣。」
猛一回神，才了然，原來他在拿我尋開心，害我窮緊張一番，「納蘭祈星，你尋我開心？」

我靜靜地倚在皇上寢宮的朱門前，望著暗淡的溶月被些許烏雲遮去，腦海中浮過的皆是以往的回憶，不堪回首。祈佑正在御書房與眾大臣商量著如何處置祈星，而我則再次被他安置在養心殿，他要我等他回來，因爲……他有話要對我說。
寢宮內空無一人，唯有門外一個公公守著，我聽著屋內燭火的嘶嘶吞吐聲，再次失神。皇上……會如何處置祈星？如今祈星在朝廷中已有很大影響力，要殺他是斷然不可能的。那麼是削去番位奪去兵權，還是終身監禁永不復出？
我走至皇上桌案前，指尖輕輕撥弄燭火，溫熱的感覺傳至指尖，亓國在此時發生如此大的事件，昱、夏二國會抱著什麼態度呢？尤其是連城，他會趁火打劫？還是隔岸觀火？

「能與之結爲莫逆知心之交，無關風月，乃我之幸，今亦不悔。」

祈星的話突然湧進我腦海中，我不自覺喃喃道，「今亦不悔……當你知道是我嫁禍於你之時，你還不悔嗎？」

一陣灼熱的疼痛傳遍食指，我立刻將手從紅燭上收回，發現指尖已被燒紅，疼痛椎心。彷彿也刺激了我的意識，提步就衝出寢宮，我……要去御書房，我要救祈星。

才跑出寢宮幾步，就見姍姍而來的靜夫人，我愣在原地，向她行禮。她似乎很驚訝我在此，怔忪了許久，「你怎麼在這？」

見她似乎沒有讓我起身的意思，我只能靜靜跪著，任膝蓋的疼痛蔓延，「回夫人，是皇上要奴才在這等他。」

「皇上？」她喃喃自語一番，良久才說道，「你現在可以走了。」

「是皇上要奴才在這等他。」我又重複了一遍，聲音提高了許多，頗有挑釁意味。

靜夫人臉色一變，「本宮的話你都不聽？好大的膽子。」她立刻朝左右兩位公公吩咐著，「給我掌嘴。」

「是！」一得到命令，他們就朝我而來，我一見不好，立刻從地上起身，連連後退幾步，「靜夫人，是皇上要我在這等他回來，你想違抗皇上的命令？」

她嬌媚一笑，蓮步朝我而來，單手輕輕撫過我這張臉，「身分卑賤的醜丫頭，也想蒙得聖寵，眞是不自量力。」

我倏然一怔，瞧見前方有幾個人影朝這而來，輕輕一笑悄然收回目光，低附於她耳邊輕道，「你一個船家女，身分又能高貴到哪去。」

似乎說到她痛處，靜夫人狠狠揚手給了我一巴掌，清脆的聲響響徹四周。我的臉撇向一側，有血腥之感傳入口中，右頰火辣辣地疼。

「溫靜若！」一聲怒吼由不遠處傳來，冷戾之聲不斷在四處迴盪，她臉色一變，僵硬的轉身望著一臉盛怒的皇上。

「你也太放肆了吧！」皇上疾步而來，越過一臉楚楚可憐的靜夫人，走到我身邊，察看我臉上的傷，「你沒事吧？」

我淡笑著搖頭，「奴才沒事。」

「皇上我……」靜夫人突然扯住皇上的衣袂，細語柔聲著想解釋剛才的狀況，卻被他揮開，「朕不想再看到你，滾！」

當靜夫人淚落如雨，滿臉凝腮羞愧而去之時，祈佑的眼中竟無一絲心疼，只是靜靜地朝寢宮走去，我卻始終站在原地，怔然望著他的背影，孤傲清絕。忽然他停住步伐，回首沉眸凝望著我，「走呀。」

我依舊目不轉睛的凝視著他，「你……」一抹奇怪的感覺由心中升起，他面上看不出任何情緒，依舊掛著淡然的笑，可是眸中卻無一絲溫度。我知道，他在為母后而傷，即使如此恨她，終究血濃於水，有誰能眼睜睜見親人的枉死而處之坦然？

「是要朕抱你進去？」一句似認真似玩笑的話從他口中逸出，我一愣，後轉笑，「是呀！」

本只當此時所言為玩笑之語，沒想當真，卻發現他竟真的往回走，橫抱起我，走入寢宮。我雖有訝異，卻未表現出來，「皇上……晉南王的案子，大臣們怎麼說？」

「你希望朕如何處置？」俯首凝了我一眼，竟將問題轉丟給我。

我暗自思忖他話中之意，似在試探，我悵然一歎，輕倚在他懷中道，「皇上的家事，奴才不便多言。」

「是不便還是不敢？」他已抱著我走進寢宮，守衛在外的奴才順手將朱門輕輕關上。

他是在逼我嗎？我該如何回答才恰當。「奴才以為，他畢竟是您的哥哥，雖不……」我小聲的想替祈星說話，卻因他莫名的笑聲而噤口，疑惑的凝著他笑得格外虛無。

只見他輕柔地將我放在柔軟絲滑的龍床上，深莫能測的凝我片刻，「嫁禍他的是你，欲幫他脫罪的也是你。告訴朕，你到底想要怎樣？」

心頭因他此言一緊，呼吸一屏，他竟然知曉。他既已知曉此中眞相，又為何放過我？第一個闖入我腦海中的名字就是——韓冥，因為，杜皇后正是他所殺。

當我推開碧遲宮緊閉著的朱門，第一個闖入我目光中的，就是一名黑衣男子用一條白綾緊緊纏住杜皇后頸項，她一直掙命掙扎著，想呼喊卻發不出任何聲音，當她發現了站在門外的我，便揮舞著雙手向我求救，我卻只傻傻的站在原地，呆滯的望著那名黑衣男子——正是韓冥。我早已忘記呼喊。

直到她再無力掙扎，雙手如凋零的落葉垂下，最後跌至冰冷的地面，目光卻始終狠狠瞪著我，彷彿……我就是殺人凶手。

韓冥瞥了眼始終僵在門外的我，眸中閃過複雜之色，終是不言不語的從衣襟中取出一塊金光閃閃的令牌，想將其塞入已殞去的杜皇后手中，借著慘澹的月光，一個「晉」字反射在我眼中，我立刻明白這又是一齣嫁禍的戲碼。

「等等。」我出聲叫道，急促的聲音飄蕩四周，略顯森冷，我由腰間取出一枚剔透的玉，上面刻著一個「晉」字。「用這個似乎更容易讓人信服。」稍一用力，將玉珮擲出，它在空中畫出一個完美的弧度，最終落到他手中。

他什麼也沒有問，只是將那塊玉塞進她手中，後以卓越飄然的輕功由後窗飛躍而出。片刻後，我一聲尖叫響徹黑夜雲霄，什麼也還沒來得及多想，迴盪在我腦海中的僅是那幽怨瞪著我的雙眼。這一幕猶如烙印般刻在我心頭，揮之不去。

那時的我根本來不及多想韓冥到底要做什麼，受誰指使。我只知道，他的目的是爲嫁禍祈星，雲珠的死再次湧入腦海，若不是他始終惦記著那個皇位，若不是他想方設法欲扳倒祈佑……他們又怎會將雲珠推出做替罪羔羊？一想到此，我便狠下心腸助了韓冥一臂之力。

直到現在，祈佑的一句話將我打醒，更讓我認清了一個不應該是事實的眞相。韓冥此舉是受祈佑指使！爲什麼，只爲除掉祈星而已，他竟忍心對自己的母后下手，他眞如此滅絕人性了嗎？

「你知道，在雲珠死前我曾允諾過她一件事。」他的聲音悠悠傳來，打斷我此刻的思緒，「替她沈家幾十口翻案報仇，我是一國之君，一諾千金，所以不得不對母后下殺手。雖然她從不曾將我當她的骨肉看待，雖然她未盡過一分母親應有的責任，但她終究是我的母后，縱有千萬般不忍；但她殘害沈家幾十口人命確是事實，同時，我也想到一箭三鵰之計，第一可爲雲珠報仇，第二將野心勃勃的祈星給剷除掉。」他壓抑不住湧動的情感，聲音微微戰慄，緊握著我的手也有些無力。

「那麼第三呢？」我一字一語的將話吐出口，才終止，此時我方驚覺，他與我說話之時一直在用

「我」，而不是「朕」，我的呼吸開始緊促，心底一陣涼意上竄。

他抬手撫上我的頸，溫柔地觸及我的唇瓣，我的臉頰，我的眼眸，「可以將你永遠留在我身邊。」攬過我的肩，爾雅一笑，暗藏多少滄桑孤寂，卻不時溢出複雜的神色，「馥雅，四年前我已失去你一次，四年後，我再不會放手。」

「你……什麼時候知道的。」我壓抑住心中的暗潮洶湧，低聲淺問。

他的聲音低沉了幾分，卻有著道不盡的柔情，「記得你叫祈星送來的信嗎？落香散盡復空杳，夢斷姿雅臨未泉。其意不正是馥雅二字嗎？起先我還以為是祈星的刻意試探，卻在未泉宮見到你……」

「為何不能是珠兒寫的？」

「珠兒根本不知道你名馥雅，又怎會寫出此句？況且……你的聲音，你的眼睛，你的字，我怎會不識？還有那滿屋螢光，唯有你才會如此用心去捕捉，也唯有你才如此懂我的心。」短短數語，卻道盡了所有，如冬日一抹暖風吹散了我心中無盡的哀傷。

原來，他早在那日就已認出了我，我竟還傻傻的以為他什麼都不知道，還想就此成全了他與雲珠，未料，一直被蒙在鼓裡的是我自己。

「莫怪我現在才向你坦白一切，若不是祈星的步步緊逼，想利用你要脅我……我只能漠然面對你，可知我忍下多少次緊緊擁你入懷的衝動？」一句句言淺意深的話語由他口中吐出，字裡行間的感情流露聽來分外眞實。

而我，已然無言。

半生之事，皆如雲煙，裊裊消散，終化為一聲輕歎，一抹凝淚。

那夜，寢宮內黯然飄風，燭火熄滅，紗簾輕掩。他緊緊擁我入睡，頭輕輕靠在我的髮頸間，未發一語，只是將手臂強硬的圈住我。

我雖有好多好多話想問他，卻未開口，因爲我知道，此刻的他只想要一分安靜。甚至自私的不肯將他母后之所以冷落他的原因告知，只恐他會更加自責悔恨，他已經背負太多太多，我只願伴他左右，平撫他半生之傷。就讓他以爲……他的母后從來未曾眞心待他吧！

一想到此，我便靠在他懷中，安然睡去。

朦朦朧朧，隱覺有影子在我眼前晃動，我很不情願的睜開眼簾，迷茫的凝視著一臉淡笑凝著我的祈佑，他說，「好久，沒有見到你安靜的睡顏，眞的好美。」

我莞爾一笑，一剎那，心被塡得滿滿的，這分甜蜜我甘之如飴，他眞的不在意我的容貌嗎？心中還有些隱隱不安，卻見他俯首親吻我的唇，在相觸那一刻，如電流般的酥麻令我輕吟一聲，唇齒間的交纏讓我醉倒，迷失在他那看似溫柔卻又霸道的求索中，輕閉眸，感覺到喘息間的情欲之氣。

「皇上！」煞風景的聲音從門外傳進，「該上早朝了。」

他輕輕放開我，若即若離的在我鼻唇間廝磨，意猶未盡。我輕輕推開他，才發現天色早已破曉，「該去早朝了。」

他有些不情願的撫過我的髮，輕歎一聲，「馥雅。」再緊緊握住我的雙手，十指交纏緊扣，「生死闊契，情定三生亦不悔。」

聞言，我緊緊靠在他的衣襟前，用力攬著他的腰，埋進他懷中，聆聽他紊亂的心跳聲，倩然一笑，「我亦如是！」

「皇上！」門外的徐公公又是一聲不安的催促，惹來祈佑一陣慍怒之聲，「朕知道了！」

我一聲低笑逸出唇齒間，換來他一個怔愣，略微不自然地放開懷中的我，翻身下床，命奴才們進來為其更衣。而我則依舊靜靜地跪蜷在紗帳內，目不轉睛的凝視正被一群奴才伺候著更衣的他。一舉一動確有著王者般的氣勢，只是渾身散發著一股讓人觀之冷凜的漠然。

「皇上……」我突然想起了一件很重要的事，急急脫口而出，音量也不自覺提高幾分。

「嗯？」他側首回望我，奴才們因他的突然轉身而停下手中動作，小心的隨著他換了個位置，繼續為其更上那件負贅累累的龍袍。

「祈星的罪……皇上打算……」我的話才說到一半，就已啞然而止，因為他的瞳色稍暗，犀眸一沉，注意到他的異樣，我暗自一歎，不敢再問下去。

他沒回我的話，驀然轉身，不再看我，任奴才們七手八腳的為他更衣，寢宮內頓時安靜得有些恐怖陰森。「一會我給你道手諭，去看看祈星吧。」

我猛然怔住，他是什麼意思？難道他要——殺無赦？他一切準備妥當，正要朝外而去，我倏然回神，赤著足跑下床，口中急促的喊著，「皇上……皇上……」終於還是扯住了他的胳膊，止住了他的步伐。

他無奈地瞅我一眼，「朕意已決！」四個字，如一盆冰水，將我所有的希望全部澆滅。

最後只能僵在原地，望著他毅然離去的身影，顫抖著雙唇，無力跌坐在地上，真的是殺無赦嗎？

半個時辰後，皇上果然派人給了我一道手諭，讓我可以進出天牢見祈星，我雙手緊握，站在天牢外猶豫著該不該進去，進去之後該如何面對他，又該與他說些什麼？卻正好碰見了朝這走來的南月，手中提著食盒，目光帶怨的盯著我。

我心中竟生起心虛，看著她不屑一顧的與我擦身而過，想進天牢，卻被看守的侍衛攔住了。她拿出金燦燦的黃金欲行賄賂，只想進去見祈星一面，卻被侍衛嚴詞拒絕，並不受錢財所動。看著她一臉失望還夾雜著著急的情緒，我終於還是提步朝她而去，將皇上給的手諭擺出，輕易地帶著南月走進了天牢，天牢內黑漆漆一片，僅有幾束火光將四周照亮，勉強可辨前方之路。

一路隨在南月身後，她連正眼都不看我一眼，只顧著往前走。我也不說話，跟隨著她的腳步前行，突然她頓住了腳步，大喊一聲，「王爺！」

我躲在一旁不敢現身相見，我……無顏以對，只能細細聆聽著裡面的動靜，牢中之人沒有說話。

南月輕輕將手中提著的食盒放下，「王爺，南月來看您了，您吃些東西吧。」她將一盤盤菜端了出來，從縫隙中將菜遞放進去。

依舊無人說話，南月倏然跪下，放聲哭了起來，「爲什麼不解釋，您明明可以解釋的，那玉珮早就不在您身上了。」語氣中有著隱忍、激動、暗責……「是不是因爲她？」她突然撇過頭，含淚凝望著我，濃烈的譴責意味昭然若揭。

我緩緩挪動著步伐，從一旁走至牢前，望著裡面的祈星，容顏憔悴，髮髻凌亂，目光深陷，唇齒蒼白著坐在天牢中的木床上，軟軟的倚靠著稻草堆。一向意氣風發的祈星，竟然變成這個樣子，都是我害的！若不是我將那塊玉珮交給韓冥，他就不會如此百口莫辯，我低低的叫了一句：「祈星！」

他終於動了動身子，抬頭凝望了我一眼，苦澀一笑，未語，後又低頭沉浸在自己的思緒中。

「吃點東西吧？」我蹲下，將一碗飯捧在手中，希望他能過來吃些，應該一整天未進食了吧。

南月一把奪過我手中的碗，將我推開，我毫無防備的跌在地上，「不用惺惺作態了，你以爲我不知道，嫁禍王爺的就是你，我親眼看見他將玉珮送給你！」一字一語，如尖刀般畫在我心上。

「南月！是我心甘情願的。」沙啞一聲，將南月激動淒厲的聲音截斷，「若我解釋了……你將會與我一同被關進天牢。」他惋然輕歎，深吐一口涼氣，朝我走來。

「你不用內疚，就算沒有你，納蘭祈佑也會有更好的理由將我送進天牢！」他到此刻還在安慰我，要我不用內疚？他要我怎能不內疚？

「我去自首，是我陷害你的……」我聲音漸漸變弱，一轉身欲朝牢外跑，胳膊卻被祈星狠狠箍緊住，我愣愣的望著他的舉動。

「我輸了，徹底輸了！」他突然仰天大笑，抓住我胳膊的手無力一鬆，「納蘭祈佑，眞的是位曠世奇主，我納蘭祈星輸得心服口服！」口吻中竟有著欽佩之意，我莫名地望著他，想從他目光中找出他的眞意。

「他比起我，也好不到哪去，依舊利用了你。」他的目光倏然一沉，笑望我，卻多了幾分輕鬆之色，「只可惜，我輸在沒有贏得你的心！」

我驟然一凜，目光炯炯的盯著他，「你在說什麼！」

「你以爲他爲什麼讓你來天牢中看望我？他明知我在朝廷的勢力已根深柢固，要殺我根本不可能，今日卻將你送到此處，只爲提醒我，只要我有求生之欲，你必是我的陪葬品。」他呵呵一笑，笑得淒涼，「他在與我賭，他贏了，我輸了。」

我的手倏然握住鐵牢欄杆，手硬生生的疼痛，卻不想接受這個事實，「不可能，他怎麼可能利用我！」頭一回，我如此激動，我絕對不相信，祈佑爲了殺祈星，連我都視爲棋子。

「你太天眞了，若我不死，死的就是納蘭祈佑。」他恨恨地捶了鐵欄杆一拳，我看見血從他手背溢出，那鮮紅的血液刺激了我的思緒，也讓我接受了這個事實。

祈佑確實利用了我，但是，「就算如此，我還是要去自首，如若皇上眞的要殺我，我也甘願！」

「丫頭！」他猛地喚了出口，「就算躲過了這一次，還會有無數次危險等著我。請不要讓我爲難，我之所以絲毫不做解釋，只爲了保你，你到現在還不明白嗎？」

「我不明白，我不明白！我不要你死！」我瘋狂的喊了幾句，聲音不斷在空寂的牢中迴盪，淚水早已氾濫如泉湧。嫁禍他之時，我怎麼沒有想到韓冥是受祈佑主使，目的只爲徹底剷除祈星！爲什麼我會被仇恨蒙蔽了雙眼，盲目不顧後果地犯下如此嚴重的錯誤？

他猛然將地上的盤子摔碎，清脆的響聲傳遍四周，驚了我。他摔盤子……要做什麼！

只見他蹲下身子，拾起一塊鋒利的碎片，如釋重負的笑道，「丫頭，你知道嗎，我是眞的將你當作我的知己朋友……利用你我也是逼不得已。」他的手一動力，鋒利的碎片畫過他的手腕，血頃刻湧出，「現在若要用你的死，來換我的生……我絕對做不到！」

我只有那一刻的怔忪，倏然有個聲音比我更早放聲尖叫，「不要啊……王爺！」這一聲尖叫換來我的回神，我大聲朝外邊的侍衛喊道，「快來人啊……祈星，祈星自殺了……快來人啊！！」我嘶啞地喊著，瘋狂捶著鐵門，想將它拉開，卻徒勞無功，鐵門依舊紋絲不動。

幾個侍衛好一會兒來匆匆趕到，手忙腳亂的將門打開，我衝了進去，抱住已經跌在地上的他，血染紅了地面，染紅了我的裙襬，「快請御醫……快請……」

他反手緊握我的手，「丫頭，曾經對你的利用，我……眞的很抱歉！」

「我早就不怪你了，你……你別說話了！」我撫過他一直血流不止的手腕，血如泉湧將我整個手心、手背全數染紅，格外駭目刺眼。

「那麼，我就……可以安心離開了！」他臉色蒼白，目光迷離。

我用力搖晃著他，「不可以……御醫馬上就到，你堅持……堅持住。」

他氣若游絲的哀歎一聲，「浮華名利眞的……只是一場空，早該聽你的話，放棄那個不屬於……我的位子，丫頭……答應我，不要被這個血腥的……後宮污染，能走多遠就走多遠。祈佑……不是你最終的歸宿，你屬於……屬於……」他的聲音漸漸變弱、變沉、變小……最終隱遁唇中，整個身體無力地鬆弛，反握住我的手再無一絲氣力，軟軟地垂至染滿血跡的地面。

「王爺！」南月淒厲一聲嚎哭，淚水絕堤而落，用力磕了個頭，癱軟地撲在地上，放聲大哭。

我愣愣望著眼前一切，已然無法言語，我沒有料到，此次我前來探望，竟是爲他送終！這就是所謂的覆水難收嗎？我親手將一個，我眞心視爲知己的朋友，送上了絕路。

第十一章　冷香欲斷腸

我茫茫然走出天牢，朝御書房奔去，現在只有一個念頭，要立刻見到祈佑！有些話一定要當面問清楚，否則我不會相信。今早他還對我說「生死闊契，情定三生亦不悔」，難道都是假的？到最終我還是你的一枚棋子嗎？

步伐由最初的急促變得虛浮無力，也不知跑了多少路，只覺得體力殆盡全身癱軟，氣喘吁吁，直到我已無力再走下去。軟軟地癱靠在粉淡的朱牆上，眸凝淡蕩浮雲的天空，我眞的不屬於這兒，突然間有種想逃開的衝動，深宮大院危機四伏，四面楚歌的宮牆內，又藏著多少不爲人知的樁樁血案。雲珠與祈星的死不就是個例子嗎？

我放棄了再向前行，莫說御書房我進不去，就算進去了又能怎樣，質問譴責祈佑嗎？祈星說得很對，若是他不死，祈佑必死，難道我希望此時死的那個是祈佑嗎？

苦笑一聲，當初我爲何要堅持不肯隨韓冥而去呢？或許與他離去，我就不用身陷如此艱難的處境。

我木然轉身，勾起一抹苦澀的笑，才抬眸，發現連城已不知何時站在我面前，良久他才開口，「我有話問你。」他夜眸如醉，依舊是那副令人生妒的絕美之容。

「我沒有話能回答你。」此刻的心境早已陷入一片躁動與絕望之中，再無多餘的力氣向他解釋。

「若你不回答，我現在就去揭發你的身分。」他朝我步步逼近，銳利的警告之色令我想笑，換了昨日若他對我說此話，我定然會怕。而如今，我已把一切看淡。

「連城，如今連你也要利用我嗎？」我的笑始終掛在唇邊，「你現在就去揭發啊，你去呀……只要你拿得出證據，證明我就是馥雅公主，你就贏了。」一聲冷哼伴隨著輕笑逸出口。

他的面色乍然一變，再次打量我，竟有著昭昭的陌生困惑。我則輕撫上這張臉，不溫不冷地道，「這張臉早已不如當年那般絕美傾世，而你，捫心自問，你愛的是那副皮囊還是馥雅本人。」

他眸芒掠過，驟然沉色，不發一語。我唇邊的笑越發擴散開，邪惡之意湧入腦海，「若你想要解釋，去問問你的皇后，靈水依，相信她會給你一個滿意的答案。」

越過他，我朝來的路上往回走，獨留連城在原地，寒風中略帶冷香撲鼻而來，我用力吸上一口，後輕輕吐出，我的思緒越來越清晰。

當我回到擷芳院之時，許多婕妤皆由房內跑出，站於廊邊望著一臉狼狽而歸的我，三兩個一群竊竊私語著，我卻什麼都聽不見，只看著她們的朱唇一張一合，格外有趣，不自覺的竟笑了出聲，惹來她們一陣錯愕。

「小主，你怎麼弄成這個樣子？」心婉擔憂地攙扶著我，生怕我一個不小心就摔倒在地，確實，我已經再沒多餘的力氣去穩住我的步伐。

「沒事！」只覺嗓子格外乾澀，連說話聲音都有些啞，方才與連城的一次言語交鋒，似乎已用盡了我全部的精力。

「哎呀，小主你的臉！」心婉一聲低呼讓我回神，只見她目光擔憂的凝視著我的下顎，那是方才被杜莞用指甲畫傷的地方。

我輕輕撫上，方覺疼痛。她還是一如往常沉不住氣呵，那與生俱來的自負，狂妄，不可一世依舊沒有收斂。

「雪婕妤，我這有瓶藥膏。」楊婕妤手中握著一陶瓷小瓶遞來到我身邊，「我爲你抹上吧，很靈的。」

我頷首應允，再回以感激一笑，與她一同進入廂房，她親自將透明晶瑩的藥膏塗在食指上，再均勻地爲我抹於傷痕上，先有著略微的隱痛，後有沁涼之感傳遍全身，隱含的淡淡清香使我心頭舒暢。

「聽說晉南王於牢中畏罪自盡了。」一句很平淡的話由楊婕妤口中說出，卻讓我臉色一變。

「畏罪自盡……」我一聲嗤笑，引來楊婕妤奇怪一眼，卻換來心婉一聲感慨，「明太妃一聽此噩耗猝然病倒，一蹶不起，眞是可憐……不過我眞不明白，晉南王爲何要謀殺冷宮中的杜皇后？」

「確實……令人費解。」我輕輕一語，悵惘而望，才抬首就見匆匆忙忙趕來的徐公公。

他的臉色微紅，帶著小喘，似乎一路疾步而來，「雪婕妤，皇上召您去養心殿。」

我不急不徐的問，「皇上有事？」

「奴才也不曉，皇上只是叫奴才立刻請您過去。」他已漸漸平復急喘，但額上的冷汗依舊不斷滲出，凝成一顆顆汗珠，滴滑而落。

楊婕妤姿態嫺雅的放下手中的藥膏道，「快去吧，皇上召喚肯定有急事呢！」

我凝了眼楊婕妤，再瞅了眼徐公公，惋然一笑，「去回稟皇上，我身子不適，不便前往。」

幾聲冷冷的抽氣聲，將此時的氣氛冷凝到極點，徐公公臉色由最初的紅潤變爲慘白，楊婕妤的眸中閃過詫異不解，心婉則一臉驚懼擔憂。

用過晚膳，我就遣心婉出去，想一個人安靜的待著，屋內燭火通明，火芯隨風搖曳四散漂浮，我一直立於窗前，影子拉了好長好長。只覺寒風由窗外撲來，割得我雙頰疼痛，髮絲隨風四擺，衣襟飄飛。溶溶新月照拂霜滿地，淡雅芬芳清晰撲鼻來。

自己也不知站了多久，彷彿一炷香，又似一個時辰，彷彿想了許多，又似什麼也未想，迎風而立。第一次，仇恨來得如此凶猛，覆蓋了我整個心間。就連父皇、母后的慘死，我都樂觀面對，甚至還相信這個世間尚有眞情。可經歷這麼多事後，才發覺我的退讓，換來的依舊是一次次利用。我的隱忍，終究還是被人玩弄於鼓掌之間，渾然不知。

祈星，不是我不離開這個皇宮，而是我不能離開，我的使命還未完成，怎能一走了之？我眞的不想再爲別人而活，我想爲自己活一次，我要完成母后的遺命與對珠兒的承諾——報仇。

「小主！」守在外的心婉突然推開門，聲音微微顫抖，「皇上……皇上來了。」

我依舊靜靜仰望天際，不言不語，在他們眼中，我的舉動應該稱爲放肆吧。但是，在祈佑面前我不想僞裝自己，只怕自己的僞裝，會將我與他之間僅存的那分純澈愛情污染，所以我不想因他的身分而委屈自己逢迎他。

「你退下吧。」他低而有魄力的聲音在空寂的廂房內格外清朗明亮。

只聽得一聲細微的關門聲，房內又陷入一片安靜，彷彿，只有我一人。

「馥雅！」只是一聲輕柔的低喚，卻再沒了下文。

我的手撫上窗檻，指尖輕輕撥弄著上面的灰塵，淡然一歎，「經歷了這麼多波折，我的退讓換來的竟是你又一次利用。」

「你知道，祈星知道的太多。」他的腳步聲起，似乎朝我這兒靠近。

「所以，你選擇利用我爲你除去這塊絆腳石，穩固你的地位。」我盡量讓自己的聲音顯得很平靜，不要混雜過多的情緒，「告訴我，你如何得知我與祈星的關係？」

「韓冥。」短短兩個字，更證實了我的猜測，唯有他知道杜皇后手中那塊玉珮是祈星給的，那麼……這算是出賣嗎？

感覺他已經來到我身邊，他身上那股淡雅氣息讓我喘不過氣，胸口異常沉悶，對於他，我該如何面對？

「我給過他機會，甚至將靈月賜婚於韓冥，只爲讓他安安分分做他的王爺，可是我的步步退讓換來的卻是他步步緊逼，甚至欲利用你的身分揭發我當年的陰謀。」言語中滿是清冷無奈。

「何必呢，根本無人能證實我的身分……」我的手緊掐窗檻，除了韓冥……卻突然被祈佑打斷，「前段日子他還秘密在民間尋訪那位曾爲你換臉的神醫！你說他目的何在？」

我倏然轉身，內心百感交集，我竟然又被蒙在鼓裡……

「聰明如你，不會不明白其中利害關係。」他神色格外認眞嚴肅，「今日我只是想試探他對你的情到底有多深，果然，一試便出。」他猛然將我圈入懷中，用力之大令我無法喘息，「利用你，我也是逼不得已。」

「你不怕……祈星不吃你這套，硬要拖我下水？」眼淚悄然滑過，滴在他龍袍上，漸漸擴散。

「沒有把握，我是不會讓你踏入天牢的。」

哭泣之聲不住由口中逸出，聲音猛然提高，「納蘭祈佑，我恨你！」當這七字脫口而出之時，他的身子僵住了，只是手足無措地輕拍我的脊背。

「對不起，以後我再也不利用你了，我發誓。」他的聲音很是眞誠，語氣中更是充滿了安慰。

我一語不發的靠在他壞中放聲大哭，欲將這些年的委屈痛苦一古腦發洩而出，心中更是暗暗告誡自己，這將是我最後一次流淚，最後一次。

也不知在他懷中哭泣了多久，才發現自己的淚已經流乾，唯有淡淡的抽泣聲。他微微歎了口氣，摟著我的手鬆了些力道，由霸道轉爲輕柔，「第一次，你在我面前哭。」

他的這句話似乎蘊涵了許多情緒：複雜、欣喜、無奈、激動……只因我在他面前哭了？

「你知道嗎，每次你即使再疼也不肯呼喊一聲，總是強裝堅強，總是以那飄緲不定的笑容來掩飾，那時候我就對自己說，我要照顧你一生一世。」他厚實的手掌不斷撫摩著我的髮絲。

「你是帝王，你有那麼多妻子，如何照顧我一生一世？」我哽咽著發聲。

忽的一聲低笑，「你是在吃醋嗎？」聲音竟藏著得意激動之感。

「是呀，我吃醋。」我冷哼一聲，卻感覺自己的聲音格外彆扭，很矯情。

他將我微微推開些許，眸光如水般凝著我，藏著數不盡的柔情，「後宮佳麗三千人，獨予你萬千寵愛，這是我對你的承諾。」

看著他認眞的目光以及那堅定的語氣，我用力點了點頭，「我會銘記你的承諾，若你負我，今生永不相見。」

他低頭在我頰邊輕吻，氣息暖暖的拂在脖頸間，目光中隱有纏綿之意，卻聞他低語：「記得我說過，一定會給你一個名分，要你做我納蘭祈佑名正言順的妻子。」

「妻子……」我呢喃一聲，心裡暗澀，多麼虛無的一個詞。我知道，除非他廢后，否則我永遠無法成爲他的妻，但是他不可能廢后，除非他不想要這個皇位。畢竟，他能登上這個皇位，杜莞的爹出了很大一分力。

「十日後，我要你成爲天下最幸福的新娘。」

我腦中茫茫然的空白，笑容漸漸浮上唇邊，內心翻湧著無限甜蜜，然後閉目沉醉其中，對他的感情從什麼時候已經這樣難以放手？竟連他的利用我都能拋開，陷入他濃濃柔情中，這樣的自己，我很討厭。

「祈佑……告訴我，爲何要弒殺先帝。」我突然想到了一件困惑我許久不得解的事，立刻抬眸而問。

他微微一愣，並沒想到我會問出這樣一個問題來，怔愣片刻才道：「誰在你面前亂嚼舌根！」話語夾雜的怒火昭然可見，「是祈星？」他恍然而言，目光隱隱閃爍。

那一瞬間，我眞的被他的怒火駭住，可還是問了下去，「能坦言相告嗎？」

他不語，似在沉思些什麼事，凜然淡漠充斥在我們之間。我微微一歎，便妄自揣測著，「是因爲，先帝想傳位的人，一直就是祈殞嗎？」我的語音方落，換來他倏然一凝，暴戾之氣彷彿欲讓我壓抑窒息，薰爐的淡香飄在空氣中，沉沉鬱鬱。

夜半靜謐的屋內，我茫然地與他對視良久，而他眼神閃過微藍的星芒，攥緊著我的手絲絲冷汗溢出。終因他此刻的驟然沉默找到了我要的答案，我的猜測是對的。

他終是放下了緊綳著的身軀，惋然一歎，「還是瞞不過你……」

「那夜攬月樓的一場大火來得突然又奇怪，我問起雲珠，她說幾日前父皇曾召見你於承憲殿，我就猜到這場大火是父皇主導，當面質問，他亦不否認。那一刻，我心目中完美的父皇形象頓時崩毀，但他是我父皇，放那場火也是爲了我，所以我不能恨他。

「當我助父皇剷除了東宮，卻隱隱發覺事情有變，他對我暗藏戒備，頻頻召喚祈殞深夜秘密進宮，幸好我早將弈冰安插在父皇身邊，否則根本無法察覺其中之天大陰謀。原來我一直敬重的父皇，竟只將我當作剷除東宮的棋子，他的承諾如一盆涼水狠狠澆醒了我。你的死與父皇的利用如一把刀，狠狠地勾起了我的恨意。」

不知怎的，我的心突然一陣抽搐，一滴清淚斜斜從眼角滑落，「祈佑，你……」我早已猜想先帝並非眞心欲傳位於祈佑，可現在眞眞切切聽他說起，這眞相還是強烈地震撼了我。心底慢慢絞雜了一縷哀傷，欲再言，卻無言。

（請繼續閱讀《傾世皇妃（中）誰道無情帝王家》）

國家圖書館出版品預行編目資料

傾世皇妃(上)——一寸情思千萬縷／慕容湮兒著．
－ 初版． －台中市：好讀， 2011.11
面： 公分，——（真小說；04）
ISBN 978-986-178-218-8（平裝）

857.7 100023398

好讀出版

真小說 04

慕容湮兒作品集—傾世皇妃（上）一寸情思千萬縷

作　　者／慕容湮兒
總 編 輯／鄧茵茵
文字編輯／童茗依
美術編輯／鄭年亨
行銷企畫／陳昶文
發 行 所／好讀出版有限公司
台中市 407 西屯區何厝里 19 鄰大有街 13 號
TEL:04-23157795 FAX:04-23144188
http://howdo.morningstar.com.tw
（如對本書編輯或內容有意見，請來電或上網告訴我們）
法律顧問／甘龍強律師
承製／知己圖書股份有限公司 TEL:04-23581803

總經銷／知己圖書股份有限公司
http://www.morningstar.com.tw
e-mail:service@morningstar.com.tw
郵政劃撥：15060393 知己圖書股份有限公司
台北公司：台北市 106 羅斯福路二段 95 號 4 樓之 3
TEL:02-23672044 FAX:02-23635741
台中公司：台中市 407 工業區 30 路 1 號
TEL:04-23595820 FAX:04-23597123

初版／西元 2011 年 11 月 30 日
定價／ 250 元
如有破損或裝訂錯誤，請寄回知己圖書更換

Published by How-Do Publishing Co., Ltd.
2011 Printed in Taiwan

ISBN 978-986-178-218-8

讀者回函

只要寄回本回函，就能不定時收到晨星出版集團最新電子報及相關優惠活動訊息，並有機會參加抽獎，獲得贈書。因此有電子信箱的讀者，千萬別吝於寫上你的信箱地址

書名：傾世皇妃（上）一寸情思千萬縷

姓名：__________ **性別：**□男□女 **生日：**____年____月____日

教育程度：________________

職業：□學生 □教師 □一般職員 □企業主管

□家庭主婦 □自由業 □醫護 □軍警 □其他____________

電子郵件信箱（e-mail）：______________ **電話：**__________

聯絡地址：□□□ ________________________

你怎麼發現這本書的？

□書店 □網路書店（哪一個？）__________ □朋友推薦 □學校選書

□報章雜誌報導 □其他____________________

買這本書的原因是：____________________

□內容題材深得我心 □價格便宜 □封面與內頁設計很優 □其他________

你對這本書還有其他意見嗎？請通通告訴我們：

____

你買過幾本好讀的書？（不包括現在這一本）

□沒買過 □ 1 ～ 5 本 □ 6 ～ 10 本 □ 11 ～ 20 本 □太多了

你希望能如何得到更多好讀的出版訊息？

□常寄電子報 □網站常常更新 □常在報章雜誌上看到好讀新書消息

□我有更棒的想法____________________

最後請推薦五個閱讀同好的姓名與 E-mail，讓他們也能收到好讀的近期書訊：

1. ______________________________
2. ______________________________
3. ______________________________
4. ______________________________
5. ______________________________

我們確實接收到你對好讀的心意了，再次感謝你抽空填寫這份回函

請有空時上網或來信與我們交換意見，好讀出版有限公司編輯部同仁感謝你！

好讀的部落格：http://howdo.morningstar.com.tw/

請填妥後對折黏貼，直接投郵即可，無須貼郵票。

廣告回函
台灣中區郵政管理局
登記證第 3877 號
免貼郵票

好讀出版有限公司　編輯部收

407 台中市西屯區何厝里大有街 13 號

電話：04-23157795-6　傳真：04-23144188

沿虛線對折

購買好讀出版書籍的方法：

一、先請你上晨星網路書店http://www.morningstar.com.tw檢索書目或直接在網上購買

二、以郵政劃撥購書：帳號15060393 戶名：知己圖書股分有限公司並在通信欄中註明你想買的書名與數量

三、大量訂購者可直接以客服專線洽詢，有專人為您服務：客服專線：04-23595819轉230 傳真：04-23597123

四、客服信箱：service@morningstar.com.tw

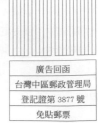